KB245608

날자, 한번만 더 날자꾸나
李箱산문집

날자, 한번만 더 날자꾸나
李箱산문집

오규원 편저

현대문학

| 차 례 |

1

이상의 생애 _오규원

이상李箱과 일화

우리의 현대문학사상 이상만큼 많은 일화를 남겨놓은 사람도 드뭅니다. 어떻게 보면 26살과 7개월의 짧은 생애 동안 그가 펼친 삶 모두 일화라고 함직합니다. 난수표 같은 그의 시며 작소머리와 구레나룻 수염에다 보헤미안 넥타이를 매고, 백단화白短靴를 끌며, 거기다가 스틱까지 휘두르고 다니는 얼굴이 창백한 폐병환자 시인의 행동거지 그 하나만 해도 일화이기 충분합니다.

그런 만큼 이상은 일화 속에 묻혀 있습니다. 이 말은 이상을 싸고도는 수많은 일화가 그를 바로 이해하는 요인이 아니라 그를 추상화시키는 요소로 작용하기도 한다는 뜻입니다. 그의 이름 앞에 빈번히 붙어서 사용되는 천재니 귀재니 하는 말 또한 마찬가지입니다.

사람들이 '천재 이상' 또는 '귀재 이상'이라고 할 때, 일차적으로 그 말은 물론 그의 뛰어남을 간단명료하게 표현하고 있습니다. 그러나 그 말 뒤에는 천재라는 말을 쉽게 사용하고 싶어 하는, 즉 어렵고 힘들고 또 극적인 삶을 살아온 사람들을 이해하는 데 드는 힘든 작업을 회피하려는 소극적 사고가 숨어 있습니다. 이상을 아무리 천재니 귀재니 해봐야 그에 대해 우리가 알 수 있는 것은 아무것도 없습니다. 그러므로 내가 느끼기에는 천재라는 말은 이해하기를 포기해버린 사람들이 쉽게 사용하는 언어로 보입니다.

나는 이상이라는 그의 이름 앞에 천재라는 말이 붙어 있는 것을 볼 때마다 불쾌한 느낌을 받습니다. 그는 천재이기 때문에 이상일 수밖에 없었다는 논리로 와 닿기 때문입니다. 그 말은 언제나 나에게 그의 아프고 고통스런 삶을 즉, 이상을 지금의 이상이게 한 그의 삶을 천재라는 말로 모두 삭제하는 이야기로 와 닿기 때문입니다.

나는 일화라든지 천재라는 말을 믿지 않습니다. 이것들은 그런 이야기를 남기거나 천재적인 그 사람들의 고통스런 삶의 과정을 표백시켜버린 채 결과만 가지고 이야기하는 사람들의 언어이기 때문입니다.

이상에 대한 나의 이해 방법도 그러므로 천재 이상은 아닙니다.

'박제가 되어버린 천재'를 아시오? 나는 유쾌하오. 이럴 때 연애까지가 유쾌하오.

이런 이상의 표현까지도 '천재'를 '인간'으로 읽어야 한다는 게

나의 주장입니다. 왜냐하면 이 말은 그를 이해하지 못하는 사회에 대한 복수의 형태로 주어진 표현이기 때문입니다.

유년 시절

약력에 의하면, 이상은 1910년 8월 20일(음력), 그러니까 우리 역사상 결코 자랑스러울 수 없는 한일합방이 된 그해, 경성부京城府 통인동通仁洞 154번지 부父 김연창金演昌과 모母 박세창朴世昌의 장남으로 태어났습니다. 본명은 김해경金海卿, 본관은 강릉江陵으로 되어 있습니다. 그의 증조부 김학준金學俊이 당상관인 도정都正을 지냈으나 조부 김병복金炳福은 벼슬이 없는 조선 중인이었고, 총독부 상공과 기술관직에 있던 그의 백부(金演弼)나 궁내부 활판소 직공이었던 그의 실부實父의 가계를 훑어보면 그는 서울에 사는 몰락한 조선 양반의 후손이 됩니다.

이상이 태어날 무렵, 그의 아버지는 사직동에서 단발령 이후 새로운 업종으로 등장한 이발업을 하고 있었습니다. 궁내부 활판소에서 일을 하다가 손가락을 셋이나 잘리고 난 다음의 일입니다. 그의 가계에 신분적 몰락 상황은 그의 어머니와 백모가 아주 잘 말해주고 있습니다. 그의 어머니는 이름도 없고 친정도 없는 곰보였고, 그녀의 이름은 백부가 지어준 이름입니다. 그의 백모는 한번 결혼에 실패한 여자입니다.

그러니까 이상은 가계로는 양반(우리 나라 사람치고 조상이 양반이 아닌 사람이 몇이나 될까만)이지만 1910년대의 급격한 사회변동을 겪으면서 그 무렵으로 보자면 천한 직업이라고 할 수밖에 없는 이발업으로 먹고사는 한 조선인의 아들입니다.

이상은 세 살 때부터 20년 동안 적선동의 부모 곁을 떠나 통인동 백부의 집에서 자라게 됩니다. 백부에게 자식이 없었으므로 그는 종손으로 그곳에서 살게 된 것입니다. 그것은 조선시대 사람답게 가계의 중요성을 앞세우는 조부와 백부의 주장에 따라 이루어진 것입니다.

백부 김연필은 이상의 아버지와는 달리 매우 활동적인 사람이었습니다. 그는 압록강 국경지대에까지 가서 기술보통학교 훈도를 하는가 하면 경성에 돌아와서는 궁내부 기술관리이자 총독부 기술관리로 있는 사람입니다. 그러니까 그는 조선시대 직급으로 따진다면 이방 자리쯤 되는 직책과 학식을 가지고 있었던 것입니다.

백부는 이상을 끔찍이 사랑했지만, 그러나 세 살짜리 아이가 부모로부터 떨어져 다른 집의 아들로 산다는 것이 무엇을 의미하는지에 대해서는 깊이 생각해본 바가 없는 듯합니다. 그러니까 이상을 그의 집으로 돌려보내야겠다는 회의를 20년 동안이나 보여주지 않고 있는 것입니다.

그런 의미에서 이상의 삶은 다른 아이들과는 달리 세 살 때부터라는, 즉 지나치게 일찍 시작되는 비극적 형태가 이루어집니다.

어린아이들에게 있어서 부모란 낯선 사물과 세계를 늘 아이들 편에 서서 사랑으로 이해시켜주고 화해시켜주는 귀중한 존재입니다. 그러므로 부모를 떠난 삶이란 곧 낯선 사물과 세계에 직접 부딪침과 갈등을 의미합니다.

어린 시절의 이상은 말이 없는 아이였다고 합니다. 그러나 그것은 너무 일찍부터 부닥친 낯선 세계를 혼자 이겨나가야 했던 그의 벅찬 생활이 안겨준 조심성의 다른 표현입니다. 그의 조부나 백부가 그를 부모로부터 데려와 따로 키우는 이유를 이해할 만큼 그는 충분한 나이에 이른 게 아니었으므로, 그는 그저 어른들이 시키는 대로 백부집에서 먹고 자고 했을 뿐입니다. 그러나 먹고 자고 했을 뿐, 자기의 부모가 아닌 다른 사람의 집에서 살고 있다는 본능적인 두려움과 경계심이 그로 하여금 소심하고도 섬세한 감수성을 일찍부터 일깨우는 결과를 낳은 것입니다. 이상의 남달리 뛰어난 섬세한 감수성은 이러한 먼 어린 시절부터 낯선 세계로부터 안전하고자 하는 본능적인 자기방어의 끊임없는 노력이 펼친 관찰과 연구와 주의, 이런 사고의 결과입니다. 그가 천재였으므로 처음부터 생득적으로 그러한 재질을 가지고 있었다는 식으로 쉽게 생각하는 것은 잘못입니다. 그러니까 어린 시절의 비극적인 삶을 대가로 그는 섬세한 감수성을 얻었다고도 할 수 있습니다.

그는 여덟 살에 누상동樓上洞에 있는 신명학교新明學校에 입학했습니다. 그전에 그는 그때까지만 해도 널리 잔재해 있던 서당에서 잠깐 한문 공부도 했습니다. 서당에서 공부를 하거나 신명학교에 다닐 수 있었던 것은 순전히 백부의 힘이었습니다. 앞에서도 잠깐 나왔지만, 백부는 그가 기술관리였던 만큼 신문화에 대한 이해가 비교적 빠른 편이었고, 또 이상을 통해 몰락한 그들 집안의 가통家統을 일으켜 보려는 의도도 있었던 것입니다. 그러나 그러한 욕망은 이조의 봉건적인 권력 지향이 아닌, 새 시대가 요구하는 쪽이었습니다. 즉 교육을 통한 새로운 지식의 습득과 그것을 통한 출세의 길을 그는 바랐습니다.

그 무렵 대부분의 신제 교육기관이 그랬듯이 신명학교도 지금으로 치자면 조그만 사설 교육기관의 규모에 불과했습니다. 인왕산 밑에 넓은 공터가 있는 한식 기와집이 그 학교였으며 학생이라야 20

명 정도였습니다. 그러나 교과 과목만큼은 신식 교육 기관답게 폭이 넓어, 서당처럼 『대학』이나 『논어』를 강술하는 게 아니라 조선어, 일본어, 산수, 지리, 수신, 체조, 도화, 습자를 가르쳤습니다. 이상이 조선 중인계급의 후손답지 않게 봉건적 사고의 흔적이 별로 없는 것은 기술관리였던 백부와 일찍부터 받은 신교육의 영향이 적지 않습니다.

신명학교 시절까지 이상은 그저 말이 없고 창백한 아이었습니다. 학교 성적은 상위 그룹이었지만 특별히 뛰어난 편은 아니었다고 합니다. 그때 학교 성적은 대부분 나이 많은 총각 학생들이 차지했던 것입니다. 그러나 그가 졸업반인 4학년 때 '칼표' 담배 껍질을 그렸는데, 그 그림은 아주 실물과 비슷해서 가족들을 놀라게 했다는 일화가 남아 있습니다. 이 이야기는 그러니까 그가 묘사에 매우 재질을 가지고 있었다는 예증이 됩니다.

동광·보성학교 시절

신명학교를 졸업한 그는 그해 재단법인 조선불교중앙교무원에서 경영하는 동광학교東光學校에 입학했습니다. 그러나 그가 졸업한 것은 보성普成입니다. 동광학교가 4학년 때 보성에 병합되었기 때문입니다. 동광·보성학교 시절에도 역시 그는 그의 백부가 적령기를 놓치지 않고 그를 입학시켰기 때문에 5년 심하면 10년이나 더 나이가 많은 학생들과 함께 지내게 됩니다. 그러나 자신이 고백하고 있듯 그는 조숙한 아이였습니다. 왜냐하면 다른 아이들의 삶이 많이 양보해서 초등학교에 입학하는 여덟 살부터 시작된다고 하더라도 세 살부터 시작한 그는 다른 아이보다 5년이나 앞서 있었기 때문입니다. 그러한 이유로 그는 나이 많은 동료 학생들 사이에서 무난한 학교생활을 꾸려갑니다. 무난하게라는 것은 그러나 그의 숨은 노력이 빚어내는 외관상의 결과라고 보아야 합니다. 그 무렵 이상의 별명은 국문학자 이헌구에 의하면 '팔삭동이'였다고 합니다. 애칭이었다고 하더라도 '팔삭동이'란 어딘가 모자라는 구석이 있다는 의미를 벗어날 수가 없습니다. 신명학교 시절과 마찬가지로 동광·보성에서도 그의 성적은 상위 그룹에 속해 있었습니다. 그렇다면 그의 애칭은 성적 또는 머리가 모자란다는 의미로부터 생긴 것이 아님을 알 수 있습니다.

추측컨대 나이에 비해 지나치게 조숙한 이상의 어른스러움, 예를 들면 언제나 말이 없이 조용히 웃고 앉아 있다거나 혼자 골똘히 혹은 멍청히 환상에 젖어 있는, 이 어릴 때부터 길들여진 습관을 보고 학우들이 어딘가 모자라는 듯한 인상을 받았는지도 모릅니다.

그러니까 학우들은 이상이 '팔삭동이'로 보이고, 이상은 나이 많은 학우들이 '팔삭동이'로 보였을 가능성이 많습니다. 이상이 가끔 느닷없이 칠판에다 만화를 그려 그들을 웃기거나, 학우들이 놀려대면 입에 바람을 넣고 슬슬 피해버렸다는 이야기는 그가 그의 급우들을 잘 알고 있었다는 예가 되기 때문입니다.

이상과 함께 동광·보성을 다닌 사람들은 고유섭, 유진산, 김상기, 이헌구, 임화, 김성근, 원용석, 김기림, 김환태 등이 있습니다.

그때는 이상이 아니라 해경이라 했지요. 아무튼 해경이와 나는 동광학교에서 함께 보성학교로 편입했어요. 해경은 재주가 있었지요. 아마 5, 6등은 한 것같이 기억돼요. 그림을 잘 그렸습니다. 칠판에 만화를 잘

15

그려서 우리들을 실컷 웃게 한 일도 있었죠. 나는 해경에게 매우 다정하게 했던 것 같아요. 그는 고학생이나 다름없었으니까요. 우리 몇 사람은 그가 파는 빵들을 일부러 사먹은 일이 있었지요.

사학자 김상기의 이 말 가운데 특히 주의를 일깨우는 것은 그가 현미 빵을 팔며 고학을 했다는 점입니다. 그것은 백부의 가정 형편이 그 무렵에 와서 그의 학비를 못댈 만큼 기울어져 있었다는 말입니다. 고학, 이것은 유년기에 충분히 받아야 할 맹목적인 부모의 사랑을 차압당한 뒤, 이상이 부닥친 두 번째의 좌절로 보입니다. 이 좌절은 아마 그의 자존심을 보다 날카롭게 곤두세우게 하고, 세계를 희화적으로 바라보게 한 큰 요인이 된 듯합니다.

동광·보성학교 시절 그를 지탱시켜준 것은 미술로 보입니다. 그의 미술적 재능을 촉발시켜준 사람은 한국의 첫 서양화가라 불려지는 고희동高羲東이었는데, 그가 그 학교 미술교사였던 것입니다. 3학년 때 그는 교내 미술전람회에서 〈풍경〉으로 1등을 합니다. 그는 그 후 곧잘 동생 옥희玉姬한테 미술가가 될 것이라고 강조했다 합니다. 이 말은 그가 남몰래 무엇인가에 매달려 자기의 삶을 양지에 내놓고자 했음을 짐작할 수 있습니다. 그 말이 다른 아이의 말이 아니라 말 없는 아이, 자아망실증에 곧잘 걸리는 아이, 그러다가도 만화로 세계를 희화시켜 세계와의 화해를 꿈꾸던 아이의 말이기 때문에 우리는 더욱 자기를 얼마나 자기 안에 가두어놓고 있었는가를 짐작하고도 남음이 있습니다.

그가 후에 「공포의 기록」에서 '나는 나의 성격의 서막을 닫아버렸다'고 적고 있습니다. 바로 이것이 세 살부터 아이어른이 되어 삶을 의식해야 했던 그의 비극의 실제 모습입니다. 이러한 그가 발견

한 탈출구로서의 미술을, 그 첫 발걸음이라 할 수 있는 입상을, 그러나 그의 백부는 별로 달갑지 않게 여겼습니다. 백부의 꿈은 보다 현실적이었기 때문입니다. 그래서 그는 늘 집으로부터 도망치고자 하는 욕망에 시달립니다.

경성고등공업학교

보성학교를 졸업한 그는 곧장 경성고등공업학교 건축과에 입학했습니다. 그러나 이 고공高工의 진학은 오로지 백부의 권고에 의해서입니다. 그는 '장차 이 집안을 맡을 장자로서 네가 환쟁이나 되어서 그림이나 그린다면 어떻게 되겠느냐…… 네가 기술자가 되면 세태가 아무리 바뀌어도 배는 굶지 않느니라'는 백부의 말을 따른 것입니다.

그의 꿈은 미술가가 되는 것이었고, 일본으로 유학가는 것이었습니다만 결과는 엉뚱한 방향으로 나아가고야 말았습니다. 그는 또 한번 안으로 자신을 집어넣었습니다.

고공의 진학은 이상에게는 미술의 포기를 의미합니다. 뿐만 아니라 폐쇄된 자의식의 세계에서 탈출할 수 있었던 마지막 기회의 포기를 의미하기도 합니다. 어째서 이상은 백부의 의견을 거부하지 못하였을까. 이 물음은 이상에게는 치명적이 됩니다. 이 치명적인 요인이 곧 이상 문학의 비밀이기 때문입니다.

이상에게는 이미 거부하는 힘보다 자기를 안으로 집어넣고 대신 자학으로 거부를 대신하는 습관을 지나치게 몸에 익히고 있었던 것입니다. 어릴 때부터 익혀온, 즉 부모를 떠나 백부 밑에 자라면서 익

17

숙해진, 자신의 욕망을 제어라는 방법이었던 것입니다. 그가 그 후에도 민족이나 사회문제보다 자의식에만 집착한 것도 여기에 큰 이유가 있습니다.

무엇보다 먼저 그에게는 항상 그 자신을 극기해야 할 문제가 그의 코앞에 놓여 있었기 때문입니다. 다시 말하면 그에게 있어서 구체적인 문제는 언제나 스스로가 모순임을 알고 있는 모순된 자기의 삶이었던 것입니다.

보성을 졸업하기 전에 일주일 동안 그는 결석을 했습니다. 그것은 백부로부터 탈출해야 하겠다는 욕망과 자기를 포기해버리자는 욕망과의 싸움의 시간이었습니다. 지금의 우리가 알고 있는 이상은 백부를 떠나 생각할 수 없을 만큼 깊은 관련을 맺고 있습니다. 그를 교육시킨 것도 백부이지만 그를 시인이 되게 하고 짧은 생애로 끝내게 한 것도 백부이기 때문입니다.

경성고공은 서울 공대의 전신이 되는, 일본의 식민지 교육정책의 하나로 설립된 고등기술학교였습니다. 이상이 입학한 1927년만 해도 1학년이 겨우 12명에 불과한, 초라한 학교였으며, 그 가운데 한국인은 3명에 지나지 않았습니다.

이상은 한 번 포기했지만, 그러나 아직도 미련을 버릴 수 없었던 미술에의 집착을 보이면서 건축과에서 배우는 수식을 희롱하며 나날을 보냅니다. 그는 이 학교의 3년 동안 줄곧 성적이 1등이었다고 합니다. 이 성적을 대단한 것으로 과장해서 말하는 사람들이 있습니다. 하지만 십여 명의 학생 가운데 1등이란 그렇게 선전할 만한 자료가 아닙니다. 뿐만 아니라 그 무렵의 고공은 뛰어난 학생들이 많이 모여드는 곳도 아니었습니다.

우리가 주의해야 할 것은 그의 성적이 아니라 그의 노트에 서서히 끼여드는 낙서, 즉 그림이 아닌 언어와 그의 만남입니다. 그는 고공의 회람지 「난파선」의 편집을 주도하는 한편 삽화도 그리고 시를 발표했다고 합니다. 그 시란 아마 낙서와 비슷한 종류이겠지만, 그러나 선과 색채가 아닌 언어에 눈을 떴다는 것은 큰 변화인 것입니다. 언어는 선과 색채보다는 훨씬 자신을 객관적으로 바라보고 표현할 수 있는 매체이기 때문입니다.

이상이 그림이 아닌 언어와 만나게 된 데는 두 가지 측면에서 관찰할 수 있습니다. 하나는 이미 보성학교에서 만난 이헌구, 임화, 김기림, 김성근 등과 고공에서 사귄 일본인 친구 가와카미川上의 영향, 그리고 특히 그 무렵 널리 읽혀진 하루야마 유키오春山行夫(그의 시는 이 사람의 영향을 많이 받았다고 지적되기도 합니다) 등의 시집을 들 수 있습니다. 그리고 다른 하나는 그림만으로 만족할 수 없었던 그의 표현 욕구가 찾아낸 낙서의 발전적 형태로서의 그것입니다.

고공시절에 사귄 일본인 친구 가와카미는 이상에게 철학서적을 권하기도 하고, 그의 집에 아뜨리에를 차려놓고 함께 그림도 그린 매우 예술가적인 기질의 소유자였던 모양입니다. 그는 이 친구와 함께 보내는 시간이 많았고, 입학 무렵의 좌절감에서 어느 정도 벗어난 후에는 당시의 젊은이와 대학생들이 탐독하던 서적을 섭렵하거나 한두 여자를 사귀는 여유까지 보였습니다.

그러나 집안은 점점 더 기울고 있었습니다. 겨울밤 빙판에서 넘어진 백부가 그 후유증으로 총독부 건축과 기사직을 그만둔 뒤, 궁여지책으로 다른 사업을 벌였지만 그것도 실패였습니다.

조선총독부 기사

이상이 조선총독부 내무국 건축과 기수技手가 된 것은 그가 고공을 졸업한 1929년 4월, 그의 나이 스무 살 때였습니다.

처음 몇 개월 동안은 그는 새로운 직장 분위기며 의주통전매청 공사를 설계하고 감독하는 일 등으로 긴장의 날을 보냈습니다. 그러나 곧 권태에 사로잡히고 말았습니다.

식민지 정책에 알맞는 건물을 설계하거나 감독하는 따위에는 그의 정신이 깊이 관여하고 희열을 느낄 구석이 없었습니다. 그런 일들은 그에게 지나치게 형식적이고 무의미했던 것입니다.

곧 그는 학교 시절과 마찬가지로 책상 앞에 멍하니 앉아서 자아 망실증에 걸리거나 낙서로 보내는 시간이 많아졌습니다. 이런 이상을 본 일본인 히로세廣瀬 건축과장은 그를 골탕먹이기 위하여 무거운 일을 한 건 맡겼습니다. 히로세의 계산으로는 며칠 동안 그 서류와 씨름하느라고 정신없을 것으로 여겼으나 그는 단 이틀 만에 끝내버렸습니다. 그것을 받아쥔 건축과장은 반신반의하며 서류를 뒤져보았지만, 어디 하나 틀린 구석이 없이 완벽했습니다. 백부와도 안면이 있는 히로세 과장은 속으로 찬탄을 금치 못하며 그가 궁방회계과로 옮겼을 때 이상을 그쪽으로 데려갈 정도였습니다.

그러나 이 일화를 너무 확대 해석할 필요는 없습니다. 한 토막의 일화는 건축기수로서의 이상이 다른 사람보다 그 능력이 결코 못하지 않았다는 사실을 전하는 이야기이기 때문입니다. 정작 우리가 이 이야기에서 읽어야 할 것은 그의 권태 속에 있는, 하고자 하기만 한다면 무섭게 불붙는 집념입니다.

무엇인가 좀 해볼 만한 일, 그러니까 그의 상상력과 미의식이 꿈

틀거리며 헤엄칠 수 있는 일을 찾고 있던 그는 졸업한 그해 있었던 『조선과 건축』의 표지도안 현상모집에 응모했습니다. 그 결과는 1등과 3등에 그의 작품이 동시에 뽑혔습니다. 이 표지도안 현상모집으로 『조선과 건축』과 가까워진 그는 훗날 그의 처녀작을 이 잡지에 발표하게 됩니다.

백부가 사망한 것은 1931년, 그러니까 그의 나이 22살, 건축기사로 취직한 지 3년이 되던 해였습니다.

그동안 이상은 직장생활을 통해서 자기와 남이 다 다치지 않을 수 있는, 그의 독특한 대인관계를 익힙니다. 누구에게나 마음 헤픈 그의 너털웃음이며, 기담이 바로 그것입니다. 따지고 보면 이것 또한 그의 세계를 숨기고 위장하는 기술이었습니다.

백부가 죽자, 이상은 유산의 정리를 서둘렀습니다. 20년 동안 그를 가두었던 곳으로부터 빨리 자유롭고 싶었기 때문입니다.

『조선과 건축』에 그의 처녀작으로 알려진 「이상한 가역반응」을 발표하고, '선전'에 양화洋畵 〈초상화〉가 입선한 것도 모두 이 해였습니다. 백부의 죽음과 시인 이상의 탄생은 무슨 소설처럼 이어지고 있습니다.

「이상한 가역반응」은 그의 좋은 작품 가운데 놓으면 초라할 정도입니다. 그러나 그의 모든 시의 밑바닥에 일관해 있는 언어를 회화적으로 구사하는 방법은 여기에서도 나타나 있습니다. 이것은 그의 시를 읽어내는 방법이기도 합니다. 그는 감정을 그대로 노출하는 게 아니라 그것을 객관적으로 그림을 그리듯이 묘사합니다. 그의 언어의 회화적인 사용, 이것이 미술로부터 시로 옮겨온 그의 수사법입니다.

등잔 심지를 돋우고 불을 켠 다음 비망록에 철필로 군청빛 '모'를 심어 갑니다. 불행한 인구人口가 그 위에 하나 하나 탄생합니다. 조밀한 인구가—

내일은 진종일 화초만 보고 놀리라. 탈지면에다 '알콜'을 묻혀서 온갖 근심을 문지르리라. 이런 생각을 먹습니다.

위의 글은 「산촌여정」의 한 부분입니다. 이 수필 한 편은 이상의 탁월한 수사법(묘사)의 표본 같은 작품입니다. 비망록에 한 자 한 자 글을 쓰는 행위를 '모를 심어 간다'는 것과 '탈지면에 알콜을 묻혀서 온갖 근심을 문지르리라'라는 부분에 주의를 해보십시오. 앞의 것은 실제의 행위를 다른 행위로 대체시켜 회화화한 것이며, 뒤의 것은 우리의 내부에 있는 어떤 정서를 그려내기 위하여 그것을 표현하기에 알맞은 구체적인 행위를 골라 극적으로 보여주는 예입니다. 그의 시는 다다이즘과 쉬르의 영향으로 이 두 가지가 좀 복잡하게 얽혀 있긴 하지만, 위의 사실만 알아도 그의 시를 읽는 데 큰 도움이 됩니다.

새로운 혈통

백부가 남긴 유산은 통인동 소재의 가옥 한 채와 미아리 밖의 임야, 누상동의 전답이 전부였습니다. 이상은 이것을 처분하여 백모와 반을 나누었습니다. 백모에게는 백부에게 입적되어 있기는 하지만 데려온 자식(汝卿)이 있었습니다. 이로 인해 상속에 대한 약간의 시비가 있었지만 원래 조부의 것이었던 재산을 백부와 그의 아버지

연창이 반반을 나누는 식이 되었으므로 무난히 해결이 되었습니다.

재산이 나뉘어지자, 백모는 문경을 데리고 계동으로 이사를 하고, 이상은 20년 만에 부모 곁으로 돌아왔습니다.

재산의 반을 받았다고는 하지만, 백부가 남긴 빚을 청산하고 나니 그의 주머니에는 얼마 남지 않았습니다. 그는 효자동에 방 둘에 부엌이 하나 있는 초가집 한 채를 구입하여 적선동으로부터 가족을 이곳으로 옮겼습니다. 그리고 연초소매 허가를 얻어 생계를 돕도록 했습니다. 식구는 그를 포함하여 여섯이었습니다. 백부집에서 옮겨 앉은 조모와 동생 운경, 옥희.

20년 만에 집으로 돌아온 그의 감회는 「슬픈 이야기」 속에 그대로 적혀 있습니다.

젖 떨어져서 나갔다가 23년 만에 돌아와 보았더니 여전히 가난하게 들 사십디다. 어머니는 내 대님과 허리띠를 접어주셨습니다. 아버지는 내 모자와 양복 저고리를 걸기 위한 못을 박으셨습니다. 동생도 다 자랐고 막내누이도 새악씨 꼴이 단단히 백였습니다.

그러나 육친에 대한 그의 연민은 잠시뿐이었습니다. 끝없이 선량하나, 그들은 백부와 다른 의미에서 그가 「육친의 장」에서 말하고 있듯 그의 '일생을 압수하려는' 존재였던 것입니다. 즉 그들이 그에게 준 '근육'과 '골편'과 또 약소한 입방의 청혈에 대한 원가 상환을 청구하는 존재였던 것입니다. 이미 그는 가난하지만 선량하게 먹고 사는 일에만 집착해 있는 부모와는 너무나 다른 세계의 꿈을 먹고 있었습니다. 그 눈으로 그의 아버지를 가만히 보고 있으면 그가 아들이 아니라 '아버지의 아버지'인양 착각이 되곤 했음을 「오감도」의 한 작품으로 발표하고 있습니다.

나의아버지가나의곁에조을적에나는나의아버지의아버지가되고또나
는나의아버지의아버지가되고그런데도나의아버지는나의아버지대로나
의아버지인데어쩌자고나는자꾸나의아버지의아버지의아버지……
—「시제2호」

이러한 격차는 물론 이상이나 그의 부모만의 잘못이 아닙니다. 급격하게 수입된 새로운 문화와 봉건체제의 붕괴 속에 휘말린 두 세대 간의 참담한 단절이기 때문입니다. 이들 부자 간의 두 세대는 불행하게도 식민지 치하에서 한 사람은 현실 속에서, 다른 한 사람은 현실과 괴리현상을 일으키는 의식 속에서 새로운 사회에 그들의 삶을 적응시키지 못해 따로 다른 고통 속에 살고 있었던 것입니다.

한 사람은 가난에 찌들어 인쇄소 직공에서 이발사, 그것도 안 되어 잡화행상에까지 나서고, 다른 한 사람은 잃어버린 유년을 담보로 그의 삶으로부터 삶을 사랑하는 방법보다 조롱하고 학대하는 방법을 사랑하게 되고…… 이 두 세대의 거리가 가까워지기에는 많이 늦어 있었습니다. 돌아온 아들을 마치 귀한 손님 맞이하듯 하는 부모와, 그 부모를 연민의 눈으로 바라보는 아들의 관계란 이미 '이상한 가역반응'일 수밖에 없습니다.

그래서 그는 이 참담한 괴리를 뛰어넘으려고 「모조기독模造基督」인 아버지를 살해할 꿈을 꾸는가 하면 다음과 같은 환상을 꿈꾸기도 합니다.

7년이 지나면 인간 전신의 세포가 최후의 하나까지 교체된다고 한다.

7년 동안 나는 이 육친들과 관계없는 식사를 하리라. 그리고 당신네들을 위하는 것도 아니고 또 7년 동안은 나를 위하는 것도 아닌 새로운 혈통을 얻어보겠다―하는 생각을 하여서는 안 되나. 돌려보내라고 하느냐. 7년 동안 금붕어처럼 개흙만을 토하고 지내면 된다. 아니― 미여기처럼.

다시 생각해보면 그의 이 이야기는 벌써 낡아 있는 것에 속합니다. 그는 7년이 아니라 이미 20년을 그들과 떨어져서 식사를 했으며, 신명 · 동광 · 보성 · 고공을 거치는 12년 동안 진실로 육친과는 관계없는 '새로운 혈통'의 교육을 받았기 때문입니다.

객혈이 시작되었습니다. 객혈은 이 1931년을 정점으로 하여 서서히 수립되기 시작하는 그의 신화에다 우리가 보충해야 할 기본 항목의 마지막 것이 됩니다.

신화의 시작

1931년 7월호 『조선과 건축』에 「이상한 가역반응」을 발표한 이상은 계속해서 8월호에 일문日文 「오감도」를, 10월호에는 「삼차각설계도」를 발표했습니다. 고공高工 때부터 서서히 색채와 선보다 언어쪽으로 관심을 갖기 시작한 그는 선전의 〈초상화〉 입상을 고비로 하여 시 쪽으로 기울게 된 것입니다. 그림보다 문학이 그를 사로잡은 것입니다. 그러나 그의 시는 그때까지도 자신을 만족시키는 암호일 수는 있어도 문학을 만족시키는 수준은 아니었습니다. 그의 시는 지나치게 수식과 암호의 속성에 젖어 있었습니다.

꼽추화가 구본웅具本雄과 만난 것도 그 무렵이었습니다. 선전 입선과 『조선과 건축』에 발표한 시로 조금의 이름을 얻은 그는 서구화를 치닫고 있던 개화기의 댄디들과 함께 어울려 다방과 카페 출입이 잦아졌습니다. 그들이 드나드는 다방은 시청 앞의 '낙랑樂浪 팔라', 종로 2가의 '멕시코'였고, 카페는 종로 2가의 '낙원회관', 명동의 '에이원(A1)'이었습니다. 그곳은 인테리를 자칭하는 남녀들이 풍성하게 말을 낭비하는 장소이기도 했습니다. 초창기 다방과 카페는 그를 비극적으로 만든 봉건적 퇴물인 조선의 잔영과는 달리 이상을 지극히 만족시켜주는 문화이기도 했습니다. 이 다방과 카페의 문화를 만나면서 그리고 폐병의 진단을 받으면서 그는 화려한 자학의 길로 치닫기 시작합니다. 백색 양복에다 백단화, 스틱 이런 의상과 소도구가 등장한 것도 이때부터입니다. 외견상의 이 화려한 댄디즘은 그러나 그를 덮치는 죽음의 그림자에 대한 반항이었습니다.

목은 그대로 타 들어온다. 밤이 깊을수록 신열身熱이 점점 더 높아가고 의식은 상실되어 몽현간夢現間에 왕래하고 바른편 가슴은 펄펄 뛸 만큼 아파 들어오는 것이었다. 무엇보다도 우선 가슴 아픈 것만이라도 나았으면 그래도 살 것 같다. 그의 의식이 상실되는 것도 다만 가슴 아픈 데 원인될 따름이었다.(적어도 그에게는 그렇게 생각되었다.)

—「병상이후病床以後」

이런 환자인 그가 낮이 되면, 너털웃음을 뿌리며 다방과 카페를 전진하는 것입니다. 모조기독模造基督을 살해해서라도 자신을 뛰어넘으려던 그가, 아주 극적으로 극기 대신 자멸의 순간순간을 즐기는 관찰자로 돌아선 셈입니다.(이게 그의 문학의 핵심입니다.) 지난 날에는 백부의 존재가 그를 자학의 길로 이끌었지만, 이번에는 병이 백부를 대신해서 자의식이라는 갇힌 공간의 더 깊은 자리로 인도했습니다.

꼽추에 동경제국대학 출신에 '선전' 특선 화가인 구본웅과의 만남은 그를 더욱 이상 신화에 가깝게 접근시키는 계기가 되었습니다. 다방에서 만나기만 하면 그들은 카페로 달려갔고, 여러 선진국의 예술과 작가를 논하면서 술과 시간을 죽였습니다. 장안의 갑부로 알려진 다동茶洞의 구본웅 집은 그들이 마치 술집 출입하듯 드나드는 곳이기도 했습니다. 그래서 구본웅의 집을 '다옥정茶玉亭'이라고 불렀습니다. 미술평론까지 겸하고 있었던 구본웅의 예술에 대한 도도한 웅변은 이상을 매료시켰고, 이상의 암호시와 그의 기묘한 언행은 구본웅을 만족시켰습니다.

고공 재학 시절 건축공사장에서 김상金樣인 그를 리상李樣으로 잘못 부른 인부의 착각을 그의 필명으로 사용한 시 「건축무한육면각체建築無限六面角體」를 발표한 것도 바로 구본웅을 만나기 전후였습니다. 이 이름에 대한 일화 또한 많은 사람들의 입에 오르내리는 그것입니다. 그러나 나는 이것을 과장할 필요는 없다고 봅니다. 사실 그대로 받아들여도 충분히 이상답다고 느껴지기 때문입니다. 그때나 지금이나 작가들에게는 필명을 쓰고 싶은 관념에 시달릴 때가 있고 또 다들 그만한 이유가 있습니다. 그러므로 그의 필명은 그가 자연인 또는 조선인의 후예 김해경으로 살고 싶지 않았다고 해석함이 적당합니다.

건강이 악화된 그는 1933년 3월, 직장을 버리고 집에서 한약을 먹으며 요양을 했습니다. 그러나 그것도 잠시뿐, 다시 집을 떠날 음모를 꾸밉니다. 그에게 있어서 집이란 생활, 더 구체적으로 말한다면 '그의 생활'이 없는 곳이기 때문입니다.

> 생활, 내가 이미 오래전부터 생활을 갖지 못한 것을 나는 잘 안다. 단편적으로 찾아오는 '생활 비슷한 것'도 오직 '고통'이란 요괴뿐이다. 아무리 찾아도 이것을 알아줄 사람은 한 사람도 없다.
> ─「공포의 기록」(序章)

> 문을암만잡아다녀도안열리는것은안에생활이모자라는까닭이다.
> ─「가정」

가정에 있는 생활은 그의 가족에게는 생활이었지만 그에게는 '생활 비슷한 것'이었거나 '고통'이었던 것입니다.

그에게 생활이란 다른 사람과 반대로 끊임없이 자연인 김해경을 망각하는 일과 망각할 수 있는 곳으로 가는 일, 그것이었습니다. 그럼에도 불구하고 그의 가족이 있는 집은 반대로 끊임없이 자신이 김해경임을 일깨우는 곳이었습니다.

만류하는 가족들을 뿌리치고 구본웅과 백천온천으로 떠난 것은 그가 어디로 떠나겠다고 음모를 꿈꾼 그 다음 날이었습니다.

금홍과의 만남

백천으로 갈 때의 심정을 그는 소설 「봉별기」에 옮겨놓고 있습니다. 여섯 달 동안 기른 수염을 코 밑에 나비만큼 남겨 놓고 모두 깎고, 약 한 제를 지어 들었습니다. 그곳에서 요양을 하며 낮에는 구본웅과 스케치를 하고, 밤에는 시를 쓸 작정이었습니다. 이것을 보면 그가 요양을 하고자 한 것처럼 보입니다. 아니 사실 그랬을지도 모릅니다.

'그러나 이내 아직 기를 펴지 못한 청춘이 약탕관을 붙들고 늘어져서 날 살리라고 보채는 것을 어찌 하는 수가 없다'는 구절을 읽으면 자신의 내부에서 살려고 버둥대는 욕망을 오히려 비웃고 있음을 또한 알게 됩니다. 이런 상태에서 요양이란 말뿐인 게 틀림없습니다. 아니나 다를까 그는 '사흘을 못 참고 기어이 나는 여관 주인 영감을 앞장 세워 밤에 강고소리 나는 집' 찾아갔습니다.

이상의 문학에 등장하는 첫 여인, 금홍錦紅을 만난 것이 바로 그날이었습니다. 금홍은 그곳 요정 '능라정'의 기생으로 열여섯 살에 머리를 얹어서, 열일곱에 딸을 낳았지만 돌 만에 죽고 없는, 그때 스물한 살의 여인이었습니다. 이상의 친구 윤태영尹泰榮의 말에 의하면 키가 작고 깜찍해서 보들레르의 정부였던 흑인혼혈녀 잔느 뒤발과 비슷한 매력을 풍겼다고 합니다.

요양온 온천에서 이상은 엉뚱하게도 그녀와 사랑에 빠져버렸습니다. 처음에는 여관에 투숙하고 있었으나 두 사람의 사이가 깊어지자 거처를 금홍이의 방으로 옮겨 앉았습니다.

1933년부터 1937년까지 4년 동안 이상이 사귄 여자는 세 사람이 있습니다. 금홍, 권순옥權順玉, 그리고 변동림卞東琳이 그들입니다. 이상은 이들을 모두 사랑했습니다. 그러나 그의 사랑은 다른 사람들이 이해하기가 힘든 부분이 있습니다. 그는 결코 그녀들을 절대적으로 소유하기를 기피한 것입니다. 즉, 백천에서도 그랬지만, 서울에 다방 '제비'를 개업하고 금홍을 데려왔을 때도 그는 금홍의 외박을 허용했습니다. 아니 은근히 권하기도 했다는 게 정확하겠습니다.

　그 이유를 몇 가지 가정해볼 수는 있습니다. 예를 들자면 죽음을 가까이 둔 자의 연민을 그 하나로 들 수 있습니다. 그가 죽은 후에도 그녀가 그와의 관계로 인해 큰 충격을 받지 않도록 사전에 방지하고자 하는 배려가 그것입니다. 다른 측면으로는 성에 관한 한 변태적인 병을 가지고 있었다고 가정해볼 수 있습니다. 그러나 그를 사랑한 금홍을 예로 들어 이야기한다면 그녀는 이러한 이상의 방치상태를 오히려 비난하고 있다는 인상이 짙으므로 그 근거가 확실하지가 않습니다. 또 한 가지는 가정을 가지는 것에 대한 두려움을 들어볼 수 있습니다. 아마 이것이 가장 합당할 것일지도 모릅니다. 그의 비정상적인 성장과정과 무능력에 가까운 경제력이 정상적인 가정을 기피하게 했을 가능성도 짙습니다.

　그 어느 것 또는 그 모든 것이 합쳐진 상태였다고 하더라도 자기의 여자를 외박시키고도 웃을 수 있었던 이상을 무섭지 않은 눈으로 바라보기는 힘듭니다. 그의 시, 소설이 무서운 까닭은 그의 이러한 삶의 연장선상에 있기 때문입니다.

　구본웅의 걱정에도 불구하고 약보다 사랑이 치료에 효과적이라며 그는 웃었습니다. 백부의 소상 때문에 상경한 것은 백천에 간 지두 달 뒤였습니다. 그러니까 두 달 동안 금홍과의 사랑에 몰두한 셈입니다.

　이상이 모든 작품이 그렇듯이, 그의 사적 체험을 희화화하고 있는 「봉별기」에 나타난 이별 장면도 다음과 같이 되어 있습니다.

　　그러나 사랑하는 금홍이는 늘 내 곁에 있었다. 그리고 우禹, C 등등에게서 받은 십원 지폐를 여러 장 꺼내놓고 어리광 섞어 내게 자랑도 하는 것이었다.

그러자 나는 백부님 소상 때문에 귀경하지 않으면 안 되게 되었다. 복숭아꽃이 만발하고 정자 곁으로 석간수가 졸졸 흐르는 좋은 터전을 한 군데 찾아가서 우리는 석별의 하루를 즐겼다. 정거장에서 나는 금홍에게 십원 지폐 한 장을 쥐어주었다. 금홍이는 이것으로 전당포 잡힌 시계를 찾겠다고 그러면서 울었다.

금홍 또한 그와의 사랑에 어느새 빈털터리가 되어 있었던 것입니다.

다방 제비와 오감도 사건

서울로 돌아온 이상은 전부터 생각해본 바 있는 다방 개업에 착수했습니다. 다방을 개업하면 금홍을 서울로 데려올 수 있기 때문입니다.

종로 1가 조선광업소 1층을 전세로 계약하고 '제비'를 개업한 것은 7월이었습니다. 금홍은 행복한 얼굴로 그의 곁으로 달려와 '제비'의 마담이 되었습니다.

다방 '제비'는 그로부터 2년간 문인·예술가들의 아지트 역할을 맡았습니다. 봉두난발(그들은 이런 이상의 머리를 작소鵲巢머리라 했습니다)에다 수염투성이의 이상이 다방 한쪽 구석에서 너털웃음으로 그들을 맞이했습니다. 이곳을 찾는 사람은 물론 주로 박태원, 윤태영, 김기림, 이태준, 정지용, 조용만, 이무영, 김소운 등등이었습니다.

　이상의 문학이 문학으로 자리잡기 시작한 시기도 바로 이때입니다. 이들과 적극적인 교류가 있기 전까지의 이상은 어디까지나 『조선과 건축』이라는 건축전문지에 국한되어 있었고, 그의 언어 또한 앞에서 말했듯이 지나치게 개인적인 암호의 속성에 젖어 있었던 것입니다. 그의 시가 암호 같은 언어에서 시의 언어로 순화된 데는 정지용의 영향이 결코 적지 않습니다. 한글로 시를 발표하기 시작한 것도 이때부터입니다. 『조선과 건축』이 아닌 『가톨릭청년』에 처음 작품을 발표할 수 있었던 것도 정지용의 소개였습니다. 그해 그는 『가톨릭청년』에 시, 「1933. 6. 1」「꽃나무」「이런 시」(이상 7월호) 「거울」(10월호)을 발표하고 있습니다. 비로소 그는 한 사람의 시인으로 자기 목소리를 낸 것입니다.

　　거울속에는소리가없소
　　저렇게까지도조용한세상은참없을것이오

　　거울속에도내게귀가있소
　　내말을못알아듣는딱한귀가두개나있소

　이 「거울」이라는 시는 「이상한 가역반응」과는 엄청나게 다른 언어에 속합니다.

　이상은 30년대 한국문학의 발전에 중요한 역할을 맡은 아홉 사람의 친목단체인 '구인회' 가입을 계기로 본격적인 문학활동을 시작합니다. 그것이 다방을 개업한 다음 해, 즉 1934년입니다. 『조선중앙일보』에 「오감도」를 연재하여 물의를 일으킨 것도 이 해입니다.

이 「오감도」 사건으로 이상은 지금 우리가 알고 있는 이상의 편모로 완성됩니다.

「오감도」의 원고는 신문사 문선부文選部에서부터 말썽을 일으켰습니다. '鳥瞰圖'란 말은 있어도 '烏瞰圖'란 말은 사전에도 없다는 것이었습니다. 학예부장의 설명으로 간신히 조판되어 교정부에 넘어가자 그곳에서 또 말썽이 일어났습니다. 나중에는 편집국 안에서 게재 여부를 두고 왈가왈부까지 하게 되었습니다. 제목도 제목이지만 도대체 미친 사람의 낙서 같은 이런 것을 왜 게재해야 하느냐는 것이었습니다. 신문사 안에서 겨우 문제를 해결하고 신문에 연재되어 나가니까 이번에는 독자들로부터 항의 전화와 투서가 들어오기 시작했습니다. 그 항의를 간단히 요약하면 '무슨 개수작이냐'는 것이었습니다.

30회 연재를 계획했던 「오감도」는 결국 15회로 중단되고 말았습니다. 「오감도」 연재는 중단되고 말았지만 이 사건으로 이상은 하루아침에 화제의 중심인물이 되었습니다. 그리고 이 사건은 그를 더욱 오만한 문학적 자부심 속에 살도록 부추겼습니다.

다방 '제비'의 경영은 적자로 치닫고 있었지만 그런 문제에 대해서는 전혀 무관심했습니다. 그에게는 단지 그곳이 그를 구속하는 가정이 아닌 자유로운 그의 집일 수 있다는 것만으로 만족했습니다. 어둠침침하고 곰팡이 냄새나는 '제비'의 구석이나 금홍이 거주하는 내실에 누웠다가 구본웅·정인택·윤태영 등 친구들이 몰려오면 수염투성이의 얼굴에 작소머리, 아래위로 백색 양복을 걸치고, 백단화에 스틱을 휘두르며 술집과 거리를 누볐던 것입니다. 마치 꺼져가는 촛불이 더욱 찬란한 빛을 발하듯.

처음에는 금홍도 이 분위기에 젖어 행복해했습니다. 그러나 그녀가 바라는 것은 남편으로서의 이상이었습니다. 다방의 경영이 차츰 바닥으로 내려앉고, 백천에서와 마찬가지로 다른 남자를 소개하거나 또는 외박을 해도 아무 반응이 없는 그를 보자, 결국은 참지 못하고 어디론가 사라져버렸습니다.

26년 7개월의 마지막

「오감도」에 이어 이상이 그의 대표작 소설 「날개」를 쓸 때까지가 그의 황금기라 할 만합니다. 황금기란 그의 문학적 성과로 보아서 한 말일 뿐, 현실적으로 그는 계속 실패를 거듭합니다. 실패를 거듭한다기보다 이미 준비된 실패를 그냥 연출만 했다고 봐도 별로 틀리지 않습니다.

다방 제비가 경영 실패로 문을 닫자, 그는 인사동의 카페 '학'을 인수해 경영에 나섭니다. 그러나 자본이 넉넉하지 못한 그가 경영하는 초라한 술집에 손님이 많을 까닭이 없습니다. 손님이라야 그를 둘러싸고 오가는, 언제 보아도 그 사람이 그 사람인 그들이었습니다. 이 카페 다음에는 종로 1가에 다방 '69'를 자신이 설계하고 개업을 준비합니다. 그것도 2개월 만에 실패, 명동에 다방 '맥麥'을 설계했으나 중도금 지불이 어려워 건물주로부터 해약 통고를 받고 말았습니다. 계속된 다방과 카페의 경영 실패로 그의 가족들은 신당동 빈민촌으로 이사를 합니다.

이 불쌍한 동물들에게 무슨 방법으로 죽을 먹이나. 나는 방탕한 장판 위에 넘어져서 한없는 죄를 섬겼다.(종사從事) ─ 나는 시냇물 소리에서 가을을 들었다. 마개 뽑힌 가슴에 담을 무엇을 나는 찾았다. 그리고 스스로 달래었다. 가만 있으라고, 가만 있으라고—

—「공포의 기록」

갑자기 이상의 자취가 서울에서 사라지고 없었습니다. 서울의 친구들이 궁금해 하고 있는 동안 그는 인천을 거쳐 성천成川에서, 그의 표현대로 하면 썩고 있었습니다. 경의선을 타고 가던 그가 마음 내키는 대로 성천이란 간이역에서 내려버렸던 것입니다. 그곳에서 그는 한 달 동안 '자의식 과잉조차 폐쇄된' 자신의 권태와 그 권태의 세계를 체험합니다. 그곳에서의 생활은 참담했지만, 그 대가로 그는 「산촌여정」이란 비극적일 만큼 아름다운 글을 얻습니다.

서울로 돌아온 이상은 「날개」 등 왕성한 작품 발표를 했습니다. 소설 「날개」는 작품의 우수성도 따질 만하지만, 앞에서 잠깐 이야기한, 소설과는 상관이 별로 없는 넋두리를 작품의 앞에 달고 있는 점도 재미있습니다. 그를 이해하지 못하고 미친 사람 취급하는 사회에 대해 복수의 형태로 주어지는 낙서가 적지 않게 붙어 있기 때문입니다. 그러나 이제 아무런 계획도 없이 다방과 카페를 떠돌았습니다. 그러나 사실은 이미 서울을 견디지 못하고 있었습니다. 그는 서울을 떠나야겠다는 음모를 스스로 만들면서, 한편으로는 변동림과 동거를 합니다.

그녀는 이화여전을 나온 신진 여류작가로 몇 개의 단편과 수필을 발표한 사람이었습니다. 서울에서 탈출을 꿈꾸면서 탈출하려는 곳에서의 사랑, 그러므로 그 사랑은 행복이 약속된 사랑이 아니었습니다. 이것이 가장 이상다운 사랑일지도 알 수 없습니다.

이미 이상의 신화는 기울고 있었습니다.

날개야 다시 돋아라.

날자. 날자. 날자. 한번 더 날자꾸나.

한번만 더 날아 보자꾸나.

「날개」의 표현 그대로 그는 '한번 더' 날아보기 위해 동경으로 갔습니다만, 그곳은 그의 환상과는 다른 곳이었습니다. 이상과는 전혀 무관한 남의 나라 남의 세계였던 것입니다. 서울보다 소금 더 문명화됨으로써 더욱 초라한 물질 세계와 차가운 메커니즘이 있는 남의 땅이었던 것입니다. 그곳에서의 이상은 식민지 조선에서 온 병들고 초라한 무명시인이었을 뿐입니다. 그는 그곳에 가서야 시인이 끝까지 있어야 할 곳이 어딘가 하는 중요한 사실을 깨닫게 됩니다.

그리하여 그는 서울이 아닌 동경에서 「공포의 기록」 「종생기」 「권태」 「슬픈 이야기」 「환시기」 등을 통해 그의 삶을 다시 체험하며 작품화하고 삶의 막을 내립니다.

『이상전집』의 약력을 그대로 옮기면 이렇게 됩니다.

1937년. 사상협의를 입어 일경에게 피검.

서신전西神田 경찰서에 구속됨. (2월 중순)

건강이 극도로 악화됨으로써 보석됨. (3월 중순)

동경제대부속병원에서 영면. 향년 만 26세와 7개월.

기일 4월 17일.

그가 죽기 하루 전에 고국의 부모들도 돌아가셨습니다. 하루가 늦어 부모보다 먼저 죽는 불효는 면했습니다. 서울에서 건너 온 변동림이 그의 유해를 고국으로 옮겨 미아리 공동묘지에 묻었습니다.

그는 이렇게 가고, 그후 그의 신화와 문학 그것만 우리의 몫으로 이 땅에 남은 것입니다.

참고문헌 :
1.『이상전집』1 · 2 · 3(태성사) 임종국 편
2.『이상전집』(민음사)
3. 오빠 이상(김옥희)
4. 자신이 '건담가健談家' 라던 이상(윤태영)
5. 미발표 유고(문학사상)(현대문학) 다수

2

슬픈 이야기_어떤 두 주일 동안

이상의 비극은 세 살 때부터 부모를 떠나 백부집에서 살게 된 것으로 하여 시작된다(이상의 생애 참조). 그가 부모 곁으로 돌아온 것은 1932년, 그러니까 20년 만이다. 그러나 그때도 그는 약 두 주일밖에 부모 곁에 머무르지 않았다. 그 후 쓴 이 「슬픈 이야기」에서 이상은 그의 가손의 궁핍과 무지, 그리고 몰락한 조선 중인의 얼굴을 가차없이 그려내고 있다. 사후, 『조광』(1937. 6)에 발표되었다. 뒷부분은 변동림과 자살모의에 관한 이야기 (「행복」 참조).

거기는 참 오래간 만에 가본 것입니다. 누가 거기를 가보라고 그랬나 모릅니다. 퍽 변했습니다. 그전에 사생하던 다리 아치가 모색 속에 여전하고 시냇물도 그 밑을 조용히 흐르고 있습니다. 양 언덕은 잘 다듬어서 중간중간 연못처럼 물이 고였고 자그마한 섬들이 아주 세간처럼 조촐하게 놓여 있습니다. 게서 시냇물을 따라 좀 올라가면 졸업기념으로 사진을 찍던 목교木橋가 있습니다. 그 시절 동무들은 다 뿔뿔이 헤어져서 지금은 안부조차 모릅니다. 나는 게까지는 가지 않고 걸상처럼 생긴 어느 나무토막에 가 앉아서 물속으로도 황혼이 오나 안 오나 들여다보고 앉았었습니다. 잎새도 다 떨어진 나무들이 거꾸로 물속에 가 비쳤습니다. 또 전신주도 비쳤습니다. 물은 그런 틈사구니로 잘 빠져서 흐르나 봅니다. 그 내려놓은 풍경을 만져보거나 하는 일이 없습니다. 바람없는 저녁입니다.

　그러더니 물속 전신주에 달린 전등에 불이 들어왔습니다. 마치 무슨 요긴한 '말씀' 같습니다. '밤이 오십니다' 나는 고개를 들어서 땅 위의 전신주를 보았습니다. 얼른 불이 켜집니다. 내가 안 보는 동안에 백주白晝를 한 병 담아가지고 놀던 전등이 잠깐 한눈을 판 것도 같습니다. 그래 밤이 오나. 그러고 보니까 참 공기가 차갑습니다. 두루마기 아궁탱이 속에서 바른손이 왼손을 아구에 꼭 쥐고 땀을 흘리고 있습니다. 내 마음이 허공에 있거나 물속으로 가라앉았을 동안에도 육신은 육신끼리의 사랑을 잊어버리거나 게을리하지는 않는가 봅니다. 머리카락은 모자 속에서 헐크러진 채 끽 소리가 없습니다. 어떻게 생각하면 이 가난한 모체를 의지하고 저러고 지내는 각 부분들이 무한히 측은한 것도 같습니다. 땅으로 치면 투박한 불모지 셈일 꺼니까. 눈도 퀭하니 힘이 없고 귀도 먼지가 잔뜩 앉아서 주접이 들었습니다. 목에서는 소리가 제대로 나기는 나지만 낡은 풍금처럼 다 윤택이 없습니다. 콧속도 그저 늘 도배한 것, 낡은 것 모양으로 구중중합니다. 20여 년이나 하나를 믿고 다소곳이 따라 지내온 그네들이 여간 가엾고 또 끔찍한 것이 아닙니다. 이런 그윽한 충성을 지금 그냥 없이하고 모체母體 나는 망하려드는 것입니다.

　일신의 식구들이 손, 코, 귀, 발, 허리, 종아리, 목 등 주인의 심사를 무던히 짐작하나 봅니다. 이리 비켜서고 저리 비켜서고 서로서로 쳐다보기도 하고 불안스러워하기도 하고 하는 중에도 서로서로 의지하고 여전히 다수굿이 닥쳐올 일을 기다리고만 있는 것 같습니다. 그러는 동안에 꽤 어두워 들어왔습니다. 별이 한 분씩 두 분씩 모여들기 시작입니다. 어디서 오시나 굿이브닝 뿔뿔이 이야기꽃이 피나봅니다. 어떤 별은 궐련을 피우고 어떤 별은 정한 손수건으로 안경알을 닦기도 하고 또 기념촬영을 하는 패도 있나 봅니다. 나는 그런 오붓한 회장을 고개를 들어보지 않고 차라리 물속으로 해서 쳐다봅니다. 시각이 거의 되었나 봅니다. 오늘밤의 '프로그램'은 참 재미있는 여흥이 가지가지 있나 봅니다. 금단추를 단 순시巡視가 여기저기서 들창을 닫는 소리가 납니다. 갑자기 회장이 어두워지더니 모든 인원 얼굴이 활기를 띄웁니다. 중에는 가벼운 흥분 때문에 잠깐 입술이 떨리는 이도 있고 의미 있는 듯한 미소를 주고받으면서 눈을 끔벅하는 이들도 있나 봅니다. '안드로메다' '오리온' 이렇게 좌석을 정하고 궐련들도 다 꺼져버렸습니다.

그때 누가 급히 회장 뒷문으로 허둥지둥 들어왔나 봅니다. 모든 별의 고개가 한쪽으로 일제히 기울어졌습니다. 근심스러운 체조體操 그리고 숨결 죽이는 겸허로 하여 장내, 넓은 하늘이 더 깊고 멀고 어둡고 멀어진 것 같습니다. 무슨 일인고—넓은 하늘 맨 뒤까지 들리는 그윽하나 결코 거칠지 않은 목소리의 음악처럼 유량한 말씀이 들려옵니다. ―여러분 오늘 저녁에는 모두들 일찍 돌아가시라는 전령입니다. 우—들 일어나나 봅니다. '베로아' 검정 모자는 참 품이 있어 보이고 또 서반아식 '망또' 자락도 퍽 보기 좋습니다. '에나멜' 구두가 부드러운 융단을 딛는 소리가 빠드득 빠드득 꼬아리 부는 소리처럼 납니다. 뿔뿔이 걸어서들 갑니다. 이제는 회장이 텅 빈 것 같고 군데군데 전등이 몇 개 남아 있나 봅니다. 늙은 숙직인이 들어오더니 그나마 하나씩 둘씩 꺼들어 갑니다. 삽시간에 등불도 다 꺼지고 어둡고 답답한 하늘 넓이에는 '추잉껌' '캬라멜' 껍데기가 여기저기 헤어져 있습니다.

무슨 일이 있으려나. 대궐에 초상이 났나보다. 나는 팔짱을 끼고 오랫동안 잊어버렸던 우두자국을 만져보았습니다. 우리 어머니도 우리 아버지도 다 얽으셨습니다. 그분들은 다 마음이 착하십니다. 우리 아버지는 손톱이 일곱밖에 없습니다. 궁내부 활판소에 다니실 적에 손가락 셋을 두 번에 잘리우셨습니다. 우리 어머니는 생일도 이름도 모르십니다. 맨 처음부터 친정이 없는 까닭입니다. 나는 외갓집 있는 사람이 퍽 부럽습니다. 그러나 우리 아버지는 장모 있는 사람을 부러워하시지는 않으십니다. 나는 그분들께 돈을 갖다 드린 일도 없고 엿을 사다 드린 일도 없고 또 한 번도 절을 해본 일도 없습니다. 그분들이 내게 경제화를 사주시면 나는 그것을 신고 그분들이 모르는 골목길로만 다녀서 다 해뜨려버렸습니다. 그분들이 월사금을 주시면 나는 그분들이 못 알아보시는 글자만을 골라서 배웠습니다. 그랬건만 한번도 나를 사설하신 일이 없습니다. 젖 떨어져서 나갔다가 23년 만에 돌아와 보았더니 여전히 가난하게들 사십디다. 어머니는 내 대님과 허리띠를 접어주셨습니다. 아버지는 내 모자와 양복저고리를 걸기 위한 못을 박으셨습니다. 동생도 다 자랐고 막내누이도 새악씨꼴이 단단히 백였습니다. 그렇건만 나는 돈을 벌 줄 모릅니다. 어떻게 하면 버나요. 못 법니다. 못 법니다.

친구도 없어졌습니다. 내게는 어른도 없습니다. 버릇도 없습니다. 뚝심도 없습니다. 손이 내 뺨을 만집니다. 남의 손같이 차디차구나. '무슨 생각을 그렇게 하시나요—이렇게 야위었는데' 모체가 망하려드는 기색을 알아차렸나 봅니다. 연해 위문이 끊치지 않습니다. 그러면 무얼하나. 속절없지. 내 마음은 버얼써 내 마음 최후의 재산이던 기사들까지도 몰래 다 내다 버렸습니다. 약 한 봉지와 물 한 보시기가 남아 있습니다. 어느 날이고 밤 깊이 너희들이 잠든 틈을 타서 살짝 망하리라 그 생각이 하나 적혀 있을 뿐입니다. 우리 어머니 아버지께서는 고하지 않고 우리 친구들께는 전화 걸지 않고 기아棄兒하듯이 망하렵니다.

하하, 비가 오시기 시작입니다. 살랑살랑 물 위에 파문이 어지럽습니다. 고무신 신은 사람처럼 소리가 없습니다. 눈물보다도 고요합니다. 공기는 한층이나 더 차겁습니다. 까치나 한 마리. 참 이 스며들 듯하는 비에 까치집이 새지나 않나 모르겠습니다. 이제는 까치들도 살기가 어려워서 경성 근방에서는 다 없어졌나 봅니다. 이렇게 궂은 비가 오는 밤에는 우는 사람이 많을 것입니다. 건너편 양옥집 들창이 유달리 환하더니 이제 누가 그 들창을 안으로 닫아버립니다. 따뜻한 방이 눈을 감고, 실없는 장난을 하려나 봅니다. 마음대로 하라지요. 하지만 한데는 너무 춥고 빗방울은 차차 굵어갑니다. 비가 오네 비가 오네나. 이제 비가 들기만 하면 날이 드윽하렸다. 그런 계절에 대한 근심이 마음을 불안하게 하는 때 나는 사람이 불현듯 그리워지나 봅니다. 내 곁에는 내 여인이 그저 벙어리처럼 서 있는 채입니다. 나는 가만히 여인의 얼굴을 쳐다보면 참 희고도 애처롭습니다. 이렇게 어둠침침한 밤에 몸시계처럼 맑고도 깨끗합니다. 여인은 그전에 월광 아래 오래오래 놀던 세월이 있었나 봅니다. 아, 저런 얼굴에, 그러나 입 맞출 자리가 하나도 없습니다. 입 맞출 자리란 말하자면 얼굴 중에도 정히 아무것도 아닌 자그마한 빈 터전이어야만 합니다. 그렇건만 이 여인의 얼굴에는 그런 공지가 한군데도 없습니다. 나는 이 태엽을 감아도 소리 안 나는 여인을 가만히 가져다가 내 마음에다 놓아 두는 중입니다. 텅텅 비인 내 모체가 망할 때에 나는 이 '시몬느'와 같은 여인을 체滯한 채 그리렵니다. 이 여인은 내 마음의 잃어버린 제목입니다. 그리고 미구에 내다 버릴 내 마음 잠깐 걸어두는 한 개 못입니다. 육신의 각 부분들도 이 모체의 허망한 것을 묵인하고 있나 봅니다. 여인, 내 그대 몸에는 손가락 하나 대이지 않으리다. 죽읍시다. "더블 플라토닉 슈어사이드(동반자살—엮은이 주)인가요." 아니지요. 두 개의 싱글 슈어사이드지요. 나는 수첩을 꺼내서 짚었습니다. 오늘이 11월 16일이고 오는 공일날이 12월 1일이고 그렇다고. "두 주일이군요." 참 그렇군요. 여인의 창호지같이 창백한 얼굴에 금이 가면서 그리로 웃음이 가만히 내다보나 봅니다. 여인은 내 그윽한 공책에다 악보처럼 생긴 글자로 증서를 하나 쓰고 지장을 하나 찍어주었습니다. "틀림없이 같이 죽어 드리기로", 네—감사하다 뿐이겠습니까. 나는 내가 제일 좋아하는 노래를 생각하고 휘파람을 불었습니다. 나는 세상의 모든 죄송스러운 일을 잊어버리기로 결심하였습니다. 그리고 깨끗한 손수건을 기처럼 흔들었습니다. 패배의 기념입니다. "저기 저 자동차들은 비는 오는데 어디를 저렇게 갑니까. 네." 그 고개 넘어 성모聖母의 시장이 있습니다. "일 원짜리가 있다니 정말 불을 지르고 싶습니다." 왜요. 자동차들은 헤드라이트로 물을 투기면서 언덕 너머로 몰려갑니다. 오늘같이 척척한 밤공기 속에서는 분도 좀더 발라야 하고 향수도 좀더 강렬한 것이 소용될 것 같습니다. 참 척척합니다. 비는 이제 제법 옵니다. 모자 채양에서도 물이 뚝 뚝 떨어집니다. 두루마기는 속속들이 젖어서 이제는 저고리가 젖기 시작했습니다. 아무도 보는 사람이 없습니다. 아무도 없는데 뉘게다가 부끄러워해야 합니까. 나는 누구나 만나거든 부끄러워해 드리렵니다. 그러나 그이는 내가 왜 부끄러워해 하는지 모릅니다. 내 속에 사는 악마는 고생살이 많이 한 사람 모양으로 키가 작습니다. 또 체중도 몇 푼어치 안 되나 봅니다. 악마는 어디 가서 횡재를 하고 돌아왔습니다. 장갑을 벗으면서 초췌하나 즐거운 얼굴을 잠깐 거울 속으로 엿보나 봅니다. 그리고 나서는 깨끗한 도화지 위에 단색으로 풍경화를 한 장 그립니다.

거기도 언젠가 한번은 왔다 간 일이 있는 항구입니다. 날이 좀 흐렸습니다. 반찬도 맛이 없습니다. 젊은 사람이 젊은 여인을 곁에 세우고 우체통에 편지를 넣습니다. 찰삭—어둠은 물과 같이 출렁출렁하나 봅니다. 우체통 안으로 꼭두서니 빗물이 차겹게 튀어서 편지가 젖었을까 생각해봅니다. 젊은 사람은 입맛을 다시더니 곁에 섰던 여인과 어깨를 나란히 부두를 향하여 걸어갑니다. 몇 시나 되었나, 4시? 해는 어지간히 서로 기울고 음산한 바람이 밀물 내음새를 품고 불어옵니다. "담배를 다섯 갑만 주십시오. 그리고 50전짜리 초코레이트도 하나 주십시오." 여보 허를 없이 실감개 같지— "자 안녕히 계십시오." 골목은 길고 포도에는 귤 껍질이 여기저기 헤어졌습니다. 뚜— 부두에서 들려오는 기적 소리가 분명합니다. 뚜— 이 뚜— 소리에는 옅은 보라색을 칠해야 합니다. 벽두요 올시다, 에그 여기도 버스가 있구료. 마스트 위에서 깃발이 오늘은 숨이 차서 헐떡헐떡 야단입니다. 젊은 사람은 앞가슴 둘째 단추를 빼어놓습니다. 누가 암살을 하면 어떻게 하게. 축항築港 물은 그냥 마루젱처럼 검습니다. 나무토막이 떴습니다. 저놈은 대체 어디서 떨어져나온 놈인구. 참 갈매기가 나네. 오늘은 헌 옷을 입었습니다. 허공 중에도 길이 진가 봅니다. 자 탑시다. 선벽船壁은 검고 굴딱지가 많이 붙었습니다. 여하간 탑시다. 시간이 된 모양이지. 뚜— 뚜뚜— 떠나나 보. 나 좀 들어눕겠소. "저도요." 좀 동그란 들창으로 좀 내다봐야겠군, 항구에는 불이 들어왔습니다. 여인의 이마를 좀 짚어봅니다. 따끈따끈해요. 팔팔 끓습니다. 어쩌나, 그러지 마우. 담배를 피어 물었습니다. 한 개 피우고 두 개 피우고 잇대어 세 개 피우고 네 개 다섯

개 이렇게 해서 쉰 개를 피우는 동안에 결심을 하면 됩니다. 여보 그
동안에 당신을랑 초코레이트나 잡수시오. 선실에도 다 불이 켜졌습
니다. 모두들 피곤한가 봅니다. 마흔 개 마흔한 개—이렇게 해서 어
느 사이에 마흔아홉 개를 태워버렸습니다. 혀가 아려서 못 견디겠
습니다. 초저녁이 흔들립니다. 여보, 이 꽁초 늘어선 것 좀 봐요 마
흔 아홉 개요, 일어나요, 이제 갑판으로 나갑시다. 여인은 다소곳이
일어나건만 여전히 말이 없습니다. 흐렸군, 별도 없이 바나는 그냥
문을 닫은 것처럼 어둡습니다. 소금내 나는 바람이 여인의 치맛자
락을 날립니다. 한 개 남은 담배에 불을 붙여 물고 요거 한 대가 다
타는 동안에 마지막 결심을 하면 됩니다. 여보 섭지는 않소? 여인은
머리를 좌우로 흔들었습니다. 다 탔오. 문을 닫아라—배를 벗어버
리는 미끄러운 소리, 답답한 야음을 떠미는 힘든 소리 바다가 깨어
지는 요란한 소리, 굿 바이. 악마는 이 그림 한 구석에 차근차근히
싸인을 하였습니다.

　두 주일이 속절없이 지나가고 공일날이 닥쳐왔습니다. 강변 모래
밭을 나는 여인과 함께 걷고 있었습니다. 나는 기침을 합니다. 콜록
콜록 코올록 감기가 촉생이 되었습니다. 바람이 상류를 향하여 인
정 없이 불어옵니다. 내 포켓에는 걱정이 하나 가득 들어 있습니다.
여인은 오늘 유달리 키가 적어 보이고 또 생기가 없어 보입니다. 내
그럴 줄을 알았지요. 당신은 너무 젊습니다. 그렇게 젊은 몸으로 이
렇게 자꾸 기일이 천연遷延되는 데에서 나는 불안이 점점 커갈 뿐입
니다. 바람을 띵띵 먹은 돛폭을 둘씩 셋씩 세워서 상고선商賈船은 뒤
에 뒤이어 올라가고 있습니다. 노래나 한 마디 하시구려. 하늘은 차
고 땅은 젖었습니다. 과자보다도 가벼운 여인의 체중이었습니다.
나는 돌아서서 간신히 담배를 붙여 물고 겸사겸사한 숨을 쉬었습니

다. 기침이 납니다. 저리 가 봅시다. 방풍림 우거진 속으로 철로가 놓여 있습니다. 까치 한 마리도 없이 낙엽은 낙엽대로 쌓여서 이 세상에 이렇게 황량한 데가 또 있겠습니까. 나는 여인의 팔짱을 끼고 질컥질컥하는 낙엽을 디디면서 동으로 동으로 걸었습니다. 자갈 실은 화물차가 자그마한 기적을 울리면서 우리 곁으로 지나갑니다. 우리는 서서 그 동화 같은 풍경을 한없이 바라보았습니다. 가끔 가다가는 낙엽 우으로 길도 있습니다. 그러나 사람은 하나도 만날 수가 없습니다. 어디까지든지 황량한 인외경人外境입니다. 나는 얇으막한 여인의 어깨를 어루만지면서 그 장미처럼 생긴 귀에다 대이고 부드러운 발음을 하였습니다. 집에 갑시다. "싫어요. 저는 오늘 아주 나왔세요." 닷새만 더 참아요. "참지요— 그러나 그렇게까지 해서라도 꼭 죽어야 되나요." "그러믄요?" "죽은 셈 치고 그 영혼을 제게 빌려주실 수는 없나요?" 안 됩니다. "언제든지 죽어드리겠다는 저당을 붙여도." 네.

세상에 이런 일도 있습니까. 나는 주머니 속에서 몇 번 편지를 꺼내서는 그 자리에서 다 찢어버렸습니다. 군이 이 편지를 받았을 때에는 나는 벌써 아무개와 함께 이 세상 사람이 아니리라는 내 마지막 허영심의 레터 페퍼들이었습니다.

그러나 그게 뭐란 말입니까. 과연 지금 나로서는 혼자 내 한 명을 끊을 만한 자신이 없습니다. 수양이 못되었습니다. 그러나 힘써 얻어 보오리다. 까치도 오지 않는 이 그윽한 수풀 속에 이 무슨 난데없는 떼 상장喪章이 쏟아진 것입니다.

여인은 새파래졌습니다.

공포의 기록

슬픈 이야기와 이어지는 작품이다. 객혈로 총독부 기사
직을 그만두고, 가족과 함께 얼마간 지낼 무렵부터 그의
첫 여인 금홍과 헤어진 이후까지의 연대기이다. 작품 속
에 나오는 '작은어머니는' 백모를 가리킨다. 사후, 『매
일신보』(1937. 4. 25~5. 15)에 발표되었다.

서장

생활, 내가 이미 오랜전부터 생활을 갖지 못한 것을 나는 잘 안다.
단편적으로 나를 찾아 오는 '생활 비슷한 것' 도 오직 '고통' 이란 요
괴뿐이다. 아무리 찾아도 이것을 알아줄 사람은 한 사람도 없다.

무슨 방법으로든지 생활력을 회복하려 꿈꾸는 때도 없지는 않다.
그것 때문에 나는 입때 자살을 안 하고 특징의 자세를 취하고 있는
것이다―이렇게 나는 말하고 싶다만.

제2차의 각혈이 있은 후 나는 어슴프레하게나마 내 수명에 대한
개념을 파악하였다고 스스로 믿고 있다.

그러나 그 이튿날 나는 작은어머니와 말다툼을 하고 맥박 125의

팔을 안은 채, 나의 물욕을 부끄럽다 하였다. 나는 목을 놓고 울었다. 어린애같이 울었다.

남 보기에 퍽이나 추악했을 것이다. 그러다 나는 내가 왜 우는가를 깨닫고 곧 울음을 그쳤다.

나는 근래의 내 심경을 정직하게 말하려 하지 않는다. 말할 수 없다. 만신창이의 나이언만 약간의 귀족 취미가 남아 있기 때문이다. 그러나 만약 남 듣기 좋게 말하자면 나는 절대로 내 자신을 경멸하지 않고 그대신 부끄럽게 생각하리라는 그러한 심리로 이동하였다고 할 수는 있다. 적어도 그것에 가까운 것만은 사실이다.

불행한 계승

4월로 들어서면서는 나는 얼마간 기동할 정신이 났다. 객혈하는 도수도 훨씬 뜨고 또 분량도 훨씬 줄었다. 그러나 침침한 방 안으로 후룻한 공기가 들어와서 미적지근하게 미적지근한 체온과 어울릴 적에 피로는 겨울 동안보다 훨씬 더한 것 같음은 제 팔뚝을 들 힘조차 제게 없는 것이다. 하도 답답하면 나는 툇마루에 볕이 드는 대로 나와 앉아서 반쯤 보이는 닭의 장 속을 보려고 그래서가 아니라 보이니까 멀거니 보고 있자면 으레히 작은어머니가 그 닭의 장을 얼싸안고 얼미적 얼미적하는 것이다. 저것은 즉 그 덜 여물어서 알을 안 까는 암탉들을 내려다보면서 언제나 요것들을 길러서 누이를 보나 하는 고약한 어머니들의 제 딸 노리는 그게 아닌가 내 눈에 비치는 것이다.

나는 물론 이래서는 안 된다고 생각한다. 작은어머니 얼굴을 암만 봐도 미워할 데가 어디 있느냐. 넓은 이마, 고른 치아의 열, 알맞은 코, 그리고 작은아버지만 살아 계시면 아직도 얼마든지 연연한 애정의 색을 띄울 수 있는 총기 있는 눈하며 다 내가 좋아하는 부분 부분인데, 어째 그런지 그런 좋은 부분들이 종합된 '작은어머니'라는 인상이 나로 하여금 증오의 염을 일으키게 한다.

물론 이래서는 못 쓴다. 이것은 분명히 내 병이다. 오래오래 사람을 싫어하는 버릇이 살피고 살펴서 급기야에 이 모양이 되고 만 것에 틀림없다. 그렇다고 내 육친까지를 미워하기 시작하다가는 나는 참 이 세상에 의지할 곳이 도무지 없어지는 것이 아니냐. 참 안됐다.

이런 공연한 망상들이 벌써 나을 수도 있었을 내 병을 자꾸 덧들리게 하는 것일 것이다. 나는 마음을 조용히 또 순하게 먹어야 할 것이라고 여러 번 괴로워하는데 그렇게 괴로워하는 것은 도리어 또 겹겹이 짐 되는 것도 같아서 나는 차라리 방심상태를 꾸미고 방 안에서는 천정만 쳐다보거나 나오면 허공만 쳐다보거나 하재도 역시 나를 싸고도는 온갖 것에 대한 증오의 염이 무럭무럭 구름 일 듯하는 것을 영 막을 길이 없다.

비가 두어 번 왔다. 싹이 트려나보다. 내려다보는 지면이 갈수록 심상치 않다. 바람이 없이 조용한 날은 툇마루에 드는 볕을 가만히 잡기만 하면 퍽 따뜻하다. 이렇게 따뜻한 볕을 쪼이면서 이렇게 혼곤한데 하필 사람만을 미워해야 되는 까닭이 무엇이냐.

사람이 나를 싫어할 상 싶은데 나도 사실 내가 싫다. 이렇게 저를 사랑할 줄도 모르는 인간이 남을 위할 줄 알 수 있으랴. 없다. 그러면 나는 참 불행하구나.

이런 망상을 시작하면 정말이지 한이 없다. 그러니까 나는 힘이 들고 힘이 드는 것이 싫어도 움직여야 한다. 나는 헌 구두짝을 끌고 마당으로 나가서 담 한 모퉁이를 의지해서 꾸며놓은 닭의 집 가까이 가본다.

혹 나는 마음으로 작은어머니에게 사과하려던 것인지도 모른다. 그런데 또 이것은 왜 그러나—작은어머니는 나를 보더니 얼른 안으로 들어가 버린다. 저러기 때문에 안 된다는 것이다. 닭의 집 높이가 내 턱 좀 못 미치기 때문에 나는 거기 가로 걸린 나무에 턱을 받치고 속을 내려다보고 있자니까 내음새도 어지간한데 제일 그 수탉이 딱해 죽겠다.

공연히 성이 대밑둥까지 나서 모가지 털을 벌컥 일으켜 세워가지고는 숨이 헐레벌떡 헐레벌떡 야단법석이다. 제딴은 그 가운데 막힌 철망을 뚫고 이쪽 암탉들 있는 데로 가고 싶어서 그러는 모양인데 사람 같으면 그만하면 못 넘어갈 줄 알고 그만둠직하건만 이놈은 참 성벽이 대단하다.

가끔 철망 무너진 구멍에 무작정하고 목을 틀어박았다가 잘 나오지 않아서 눈을 감고 끽끽 소리를 지르다가 가까스로 빠져나가는 걸 보고 저놈이 그만하면 단념하였다 하고 있으면 그래도 여전히 야단이다. 나는 그만 그놈의 근기에 진력이 나서 못생긴 놈, 미련한 놈, 못생긴 놈, 미련한 놈 하고 혼자서 화를 벌컥 내어보다가도 또 그놈의 그런 미칠 것 같은 정열이 다시 없이 부럽기도 하고 존경해야 할 것 같이 생각키기도 해서 자세히 본다.

그런데 암탉들은 어떠냐 하면 영 본숭만숭이다. 모른 체하고 그저 모이 주워먹기에만 열중이다. 아하 저러니까 수탉이란 놈이 화가 더 날 밖에 하고 나는 그 새침떼기 암탉들을 안타깝게 생각한 것이다. 좀 가끔 수탉 쪽을 한두 번쯤 건너다가도 보아주지 원, 하고 나도 실없이 화가 난다. 수탉은 여전히 모이 주워먹을 생각도 하지 않고 뒤법석을 치는데 좀처럼 허기도 지지 않는다.

이러다가 나는 저 수탉이 대체 요 세 마리 암탉 중의 어떤 놈을 노리는 것인가 좀 살펴보기로 하였다. 물론 수탉이란 놈의 변두가 하도 두리번거리니까 그놈의 시선만 가지고는 알아차리기가 어렵다. 그래서 나는 보통사람 남자가 여자 보는 그런 눈으로 한번 보아야겠다.

얼른 보기에 사람의 눈으로는 짐승의 얼굴을 사람이 아무개 아무개 하듯 구별하기는 어려운 것같이 보이는데 또 그렇지도 않다. 자세히 보면 저마다 특징다운 특징이 있고 성미도 제각기 다르다. 요 암탉 세 마리도 그러하여서 얼른 보기에는 고놈이 고놈 같고 하더니 얼마큼이나 들여다보니까 모두 참 다르다.

키가 작달막하고, 눈앞이 검고, 털이 군데군데 빠지고 흙투성이의 그중 더러운 암탉 한 마리가 내 눈에 띄었다. 새침한 중에도 새침한 품이 풋고추 같이 맵겠다. 그렇게 보니 그럴 상도 싶은 게 모이를 먹다가는 때때로 흘깃흘깃 음분淫奔한 계집같이 곁눈질을 곧잘 한다. 금방 달려들어 모래라도 한줌 끼얹어 주었으면 하는 공연한 충동을 느끼나 그러나 허리를 굽히기가 싫다. 속 모르는 수탉은 수선도 피우는구나.

아무것도 생각 않는 게 상수다. 닭들의 생활에도 그런 갸륵한 분쟁이 있으니 하물며 사람의 탈을 쓴 나에게 수없는 번거러움이 어찌 없으랴. 가엾은 수탉에 내 자신을 비겨보고 비겨보고 나는 다시 헌 구두짝을 질질 끈다. 바람이 없어서 퍽 따뜻하다. 싹이 트려나 보다.

얼굴이 이렇게까지 창백한 것이 웬일일까 하고 내가 번민해서,

내 황막한 의학 지식이 그예 진단하였다. 회충.

그렇지만 이 진단에는 심원한 유서由緖가 있다. 회충이 아니면 십이지장충, 십이지장충이 아니면 조충, 이러리라는 것이다.

회충약을 써서 안 들으면 십이지장충약을 쓰고, 십이지장충약을 써서 안 들으면 조충약을 쓰고, 조충약을 써서 안 들으면, 그 다음은 아직 연구해보지 않았다.

어떤 몹시 불쾌한 하루를 선택하여 우선 회충산蛔虫散을 돈복頓服하였다.

안다. 두 끼를 절식해야 한다는 것도, 복약 후에 반드시 혼도昏倒한다는 것도.

대낮이다. 이부자리를 펴고 그 속으로 움푹 들어가서 너부죽이 누워서, 이래도? 하고 그 혼도라는 것이 오기를 기다렸다.

기다리는 마음이 늘 초조한 법, 귀로 위 속이 버글버글하는 소리를 알아듣고 눈으로 방 네 귀가 정말 뒤퉁그러지려나 보고, 옆구리만 좀 근질근질해도 아하 요게 혼도라는 놈인가 보다 하고 긴장한다.

그랬건만 딱한 일은 끝끝내 내가 혼도 않고 그만두었다는 것이다.

세 시를 쳐도 역시 그 턱이다. 나는 그만 흥분했다. 혼도커녕은 정신이 말똥말똥하단 말이다. 이럴 리가 없는데.

그렇다고 금방 십이지장충약을 써보기도 싫다. 내 진단이 너무나 허황한데 스스로 놀래고 또 그 약을 구해야 할 노력이 아깝고 귀찮다.

구름 피듯 뭉게뭉게 불쾌한 감정이 솟아오른다. 이러다가는 저녁 지으시는 작은어머니와 또 싸우겠군. 얼마 후에 나는 히죽히죽 모자도 안 쓰고 거리로 나섰다.

막 다방에를 들어서니까 수군壽君이 마침 문간을 나서면서 손바닥을 보인다.

"쉬— 자네 마누라가 와 있네."

나는 정신이 번쩍 났다.

"얘 요것 봐라."

하고 무작정 그리 들어서려는 것을 수군이 아예 말리는 것이다.

"만좌지중에서 망신 톡톡히 당할 테니 염체 어딜."

"그런가—"

입맛을 쩍쩍 다시면서 발길을 돌리기는 돌렸으나 먼 발치서라도 어디 좀 보고 싶었다.

솜옷을 입고 아내가 나갔거늘 이제 철은 홑 것을 입어야 하니 넉 달지간이나 되나보다.

나를 배반한 계집이다. 3년 동안 끔찍이도 사랑하였던 끝장이다. 따귀도 한 개 갈겨주고 싶다. 호령도 좀 하여주고 싶다. 그러나 여기는 몰려드는 사람이 하나도 내 얼굴을 모르는 사람이 없는 다방이다. 장히 모양도 사나우리라.

"자네 만나면 헐 말이 꼭 한 마디 있다네."

"어쩌라누."

"사생결단을 해야겠대."

"어이쿠."

나는 몹시 놀래어 보이고 레이몬드 하튼같이 빙글빙글 웃었다. '아내—마누라'라는 말이 낮잠과도 같이 옆구리를 간지른다. 그 '이미지'는 벌써 먼 바다를 건너간다. 이미 파도 소리까지 들리지 않느냐. 이러한 환상 속에 떠오르는 내 자신은 언제든지 광채나는 루파슈카를 입었고 퇴폐적으로 보인다. 소년과 같이 창백하고도 무시무시한 풍모이다. 어떤 때는 울기도 했다. 어떤 때는 먼 나라의 십자로를 걸었다.

　수군에게 끌려 한강으로 나갔다. 목선을 하나 빌어 맥주도 싣고 상류로 거슬러 동작리銅雀里 갯가에다 대어놓고 목로 찾아 취토록 먹었다. 황혼에 수평은 시야와 어우러져서 아물아물 허공에 놓인 비오飛鳥처럼 이 허망한 슬픔을 참 어디다 의지해야 옳을지 비철거리지 않을 수 없었다.

　"웅― 넉달이 지나서 이제? 네가 내게 할 말은 뭐냐? 애 더리고 더리다."

　"이건 왜 벤벤치 못하게 이러는 거야"

　"아니, 아니, 일테면 그렇다 그 말이지, 그런 앙큼스런 놈의 계집이 또 있을 수가 있나."

　"글쎄 관둬 관둬."

　"관두긴 하겠지만 어차피 말을 하자구보면 자연 말이 이렇게쯤 나가지 않겠느냐 그런 말이야."

　"이렇게 못생긴 건 내 보길 처음 보겠네 원!"

　"기집이란 놈의 물건이 아무리 독한 물건이기루 그렇게 싹 칼루 어인 듯이 돌아설 수가 있냐고."

　우리들은 술이 살렸다. 나야말로 술 없이 사는 도리가 없었다.

　노들서 또 먹었다. 전후불각으로 취하여 의식을 완전히 잃어버려야겠어서 그랬다.

　넉 달, 장부답지 못하게 뒤끓던 마음이 그만하고 차츰차츰 가라앉기 시작하려는 이 철에 뭐냐! 부전附箋 붙은 편지 모양으로 때와 손자국이 잔뜩 묻은 채 돌아오다니,

57

"요 얌체도 없는 것아 요 요 요."

나는 힘껏 고성 질타로 제 자신을 조소하건만도 이와 따로 밑둥 치운 대목 기울 듯 자분참 기우는 이 어리석지 않고 들을 소리도 없는 마음을 주체하는 방법이 없는 것이었다.

넉 달, 이 동안이 결코 짧지가 않다. 한 사람의 아내가 남편을 배반하고 집을 나가 넉 달을 잠잠하였다면 아내는 그에 용서받을 자격이 없는 것이요, 남편은 꿀꺽 참아서라도 용서하여서는 안 된다.

"이 천하의 공규公規를 너는 어쩌려느냐."

와서 그야말로 단죄를 달게 받아보려는 것일까.

어떤 점을 붙잡아 한 여인을 믿어야 옳을 것인가. 나는 대체 종잡을 수가 없었다.

하나같이 내 눈에 비치는 여인이라는 것이 그저 끝없이 경조부박輕佻浮薄한 음란한 요물에 지나지 않는 것이었다.

생물의 이렇다는 의의를 홀떡 잃어버린 나는 환신宦臣이나 무엇이 다르랴. 산다는 것은 내게 따는 필요 이상의 '야유'에 지나지 않는다.

그것은 무슨 한 여인에게 배반당하였다는 그만 이유로 해서 그렇다는 것이 아니라 사물의 어떤 포인트로 이 믿음이라는 역학의 지점을 삼아야겠느냐는 것이 전혀 캄캄하여졌다는 것이다.

"믿다니 어떻게 믿으라는 것인구."

함부로 예 제 침을 퇴 퇴 뱉으면서 보조는 자못 어지럽고 비창한 것이었다. 술을 한 모금이라도 마시고 나면 약삭빠르게 내 심경에 아첨하는 이 전신의 신경은 번번이 대담하게도 천변지이天變地異가 이 일신에 벼락치기를 바라고 바라고 하는 것이었다.

'경칠, 화물자동차에나 질컥 치여 죽어버리지. 그랬으면 이렇게

후덥지근한 생활을 면하기라두 하지."

하고 주책 없이 중얼거려본다. 그러나 짜장 화물자동차가 탁 앞으로 닥칠 적이면 덴겁을 해서 피하는 재주가 세상의 어떤 사람보다도 능히 빠르다고는 못해도 비슷했다. 그럴 적이면 혀를 쑥 내밀어 제 자신을 조롱하였읍네 하고 제 자신을 속여 버릇하였다.

이런 넉 달.

이런 넉 달이 지나고 어리석은 꿈을 그럭저럭 어리석은 꿈으로 돌릴 줄 알 만한 시기에 아내는 꿈을 거칠은 걸음으로 역행하여 여기 폭군의 인상으로 나타난 것이다.

나는 어떻게 해야 하나? 거암과 같은 불안이 공기와 호흡의 중압이 되어 덤벼든다. 나는 야행열차와 같이 자야 옳을는지도 모른다.

추악한 화물貨物

그예 찾아내고 말았다.

나는 안을 들여다보았다. 풀칠한 현관 유리창에 거무테테한 내 얼굴의 '하이라이트'가 비칠 뿐이다. 물론 아무것도 보이지는 않았다.

나는 그 자리에 주저앉고 만다. 내 바로 옆에서 한 마리의 개가 흙을 파고 있다. 드러누웠다. 혀를 내민다. 혀가 깃발같이 굽이치는 게 퍽 고단해 보였다.

─온돌방 한 칸과 '이첩간二疊間' 이렇단다. 굳게 못질을 하여 놓았다. 분주하게 드나드는 쥐새끼들은 이 집에 관해서 아무것도 나에게 전하지 않는다.

안면근육이 별안간 바작바작 오그라드는 것 같다. 살이 내리나보다. 사람은 이렇게 하루에도 몇 번씩 살이 내리고 오르고 하나보다.

"날라와야겠다, 그 오물투성이의 대화물을!"

절이나 하는 듯이 '대가貸家'라 써 붙인 목패 옆에 조그마한 명함한 장이 꽂혀 있다. 한××. 전등료는 ××정町 ××번지로 받으러 오시오 (거짓말 말아라) 이 한××란 사나이도 오물투성이의 대화물을 질질 끌고 이리저리 방황했을 것이어늘— ××정이 어디쯤인가?

(거짓말 말아라)

왜 사람들은 이삿짐이란 대화물을 운반해야 할 구차기구苟且崎嶇한 책임을 가졌나.

나는 집 뒤로 돌아가 보려 했다. 그러나 길은 곧장 온돌방까지 뚫린 모양이다. 반 칸도 못 되는 컴컴한 부엌이 변소와 마주 붙었다. 나는 기가 막혔다. 거기도 못이 굳게 박혀 있다. 나는 기가 막혔다.

성격 파산, 무엇 때문에? 나의 교사敎唆는 나의 생애와 다름없이 되었다. 헌 누더기 수염도 길렀다. 거리. 땅.

한 번도 아내가 나를 사랑 않는 줄 생각해본 일조차 없다.

나는 어느 틈에 고상한 국화 모양으로 금시에 쑤세미가 되고 말았다. 아내는 나를 버렸다. 아내를 찾을 길이 없다.

나는 아내의 구두 속을 들여다본다. 공복空腹—절망적 공허가 나를 조롱하는 것 같다. 숨이 가빴다.

그 다음에 무엇이 왔나.

적빈赤貧—중요한 오물들은 집안사람들이 하나, 둘 집어내었다. 특히 더러운 상품가치 없는 오물만이 병균같이 남아 있었다.

하룻날, 탕아는 이 처참한 현상을 내 집이라 생각하고 돌아와 보았다. 뜰 앞에 화초만이 향기롭게 피어 있다. 붉은 열매가 열린 것도 있었다. 그러나 가족들은 여지없이 변형되고 말았고, 기성奇聲을 발하여 욕지거리다.

종시 나는 암 말 없었다.

이미 만사가 끝났기 때문이다. 나는 혼자서 손바닥만 한 마당에 내려서서 주위를 둘러본다. 내 손때가 안 묻은 물건은 하나도 없다.

나는 책을 태워버렸다. 산적했던 서신을 태워버렸다. 그리고 나머지 나의 기념을 태워버렸다.

가족들은 나의 아내에 관해서 나에게 질문하거나 하지는 않는다.

나는 말하지 않는다.

밤이면 나는 유령과 같이 흥분하여 거리를 뚫었다. 나는 목표를 갖지 않았다. 공복만이 나를 지휘할 수 있었다. 성격의 파편—그런 것을 나는 꿈에도 돌아보려 않는다. 공허에서 공허로, 말과 같이 광분하였다. 술이 시작되었다. 술은 내 몸 속에서 향수같이 빛난다.

바른팔이 왼팔을, 왼팔이 바른팔을 가혹하게 매질했다. 날개가 부러지고 파랗게 멍들은 흔적이 남았다.

몹시 피곤하다. 아방궁을 준대도 움직이기 싫다. 이 집으로 정해버려야겠다.

빨리 운반해야 한다. 그 악취가 가득한 육신들을 피를 토하는 내가 헌 구루마 위에 걸레짝같이 실어가지고 운반해야 한다.

노동이다. 나에게는 생각할 여유조차 없다.

불행한 실천

나는 닭도 보았다. 또 개도 보았다. 또 소 이야기도 들었다. 또 외국서 섬 그림도 보았다. 그러자 나는 너희들에게 이 행운의 열쇠를 빌려주려고는 않는다. 내가 아니면은—보아라 좀 오래 걸렸느냐—이런 것을 만들어 놓을 수는 없다.

책상다리를 하고 앉은 채 그냥 앉아 있기만 히는 것으로 어떻게 이렇게 힘이 드는지 모른다. 벽은 육중한데 외풍은 되고 천정은 여름 모자처럼 이 방의 감춘 것을 뚜껑 젖히고 고자질하겠다는 듯이 선뜻하다. 장판은 뼈가 저리게 차지 않으면 안절부절을 못하게 단다. 반닫이에 바른 색종이는 눈으로 보는 폭탄이다.

그저께는 그그저께보다 여위고, 어저께는 그저께보다 여위고, 오늘은 어저께보다 여위고, 내일은 오늘보다 여윌 터이고, 나는 그럼 마지막에는 보숭보숭한 해골이 되고 말 것이다.

이 불쌍한 동물들에게 무슨 방법으로 죽을 먹이나. 나는 방탕한 장판 위에 넘어져서 한없는 '죄'를 섬겼다(從事).

'죄'—나는 시냇물 소리에서 가을을 들었다. 마개 뽑힌 가슴에 담을 무엇을 나는 찾았다. 그리고 스스로 달래었다. 가만 있으라고, 가만 있으라고.

그러나 드디어 참다 못하여 가을비가 소조蕭條하게 내리는 어느날 나는 화덕을 팔아서 남비를 사고, 남비를 팔아서 풍로를 사고, 냉장고를 팔아서 식칼을 사고, 유리그릇을 팔아서 사기그릇을 샀다.

처음으로 먹는 따뜻한 저녁 밥상을 낯설은 네 조각의 벽이 에워쌌다. 6원—6원어치를 완전히 다 살기 위하여 나는 방바닥에서 섣불리 일어서거나 하지는 않았다. 언제든지 가구와 같이 주저앉았거나 서까래처럼 드러누웠거나 하였다. 식을까봐 연거푸 군불을 때었고, 구들을 어디 흠씬 얼궈보려고 중양重陽이 지난 철에 사나흘씩 검부러기 하나 아궁지에 안 넣었다.

나는 나의 친구들의 머리에서 나의 번지수를 지워버렸다. 아니 나의 복장까지도 말갛게 지워버렸다. 은근히 먹는 나의 조석이 게으르게 나의 육신에 만연蔓延하였다. 나의 영양의 찌꺼기가 나의 피부에 지저분한 수염을 낳았다. 나는 나의 독서를 뾰족하게 접어서 종이비행기를 만든 다음 어린 아내와 같이 나의 자기自棄를 태워서 죄다 날려버렸다.

아무도 오지 마라. 안 들일 터이다. 내 이름을 부르지 말라. 칠면조처럼 심술을 내기 쉽다. 나는 이 속에서 전부를 살라버릴 작정이다. 이 속에서는 아픈 것도 거북한 것도 등에 닿지 않는 것도 아무 것도 없다. 그냥 쏟아지는 것 같은 기쁨이 즐거워할 뿐이다. 내 맨발이 값비싼 향수에 질컥질컥 젖었다.

한 달―맹렬한 절뚝발이의 세월―그동안에 나는 나의 성격의 서막을 닫아버렸다.

두 달―발이 맞아 들어왔다. 호흡은 깨끼저고리처럼 찰싹 안팎이 달라붙었다. 탄도彈道를 잃지 않은 질풍이 가르치는 대로 곧잘 가는 황금과 같은 절정의 세월이었다. 그동안에 나는 나의 성격을 서랍 같은 그릇에 다 담아버렸다. 성격은 간 데 온 데가 없어졌다.

석 달―그러나 겨울이 왔다. 그러나 장판이 카스테라 빛으로 타들어왔다. 얄팍한 요 한 겹을 통해서 올라오는 온기는 가히 비밀을 끄스를 만하다. 나는 마지막으로 나의 특징까지 내어놓았다. 그리고 단 한 가지 재주를 샀다. 송곳과 같은―송곳 노릇밖에 못하는―

송곳만도 못한 재주를—과연 나는 녹슬은 송곳 모양으로 멋도 없고 말라버리기도 하였다.

　혼자서 나쁜 짓을 해보고 싶다. 이렇게 어둠컴컴한 방 안에 표본과 같이 혼자 단좌端座하여 창백한 얼굴로 나는 후회를 기다리고 있다.

실낙원

사후, 『조광』(1939. 2)에 발표된 작품이다. 여기에 나오는 '소녀' '천사'는 본문에 나오는 S군, B군을 참고로 한다면 변동림과 관련된 것 같다. 그러나 지나치게 암호적이다. '모조기독' '한 다리를 절름거리는 여인' '묘혈에 계신 백골'은 각각 아버지, 어머니, 백부의 다른 이름이다. '수염 난 사람'은 물론 이상 자신이다. 병들고 남루한 한 무명시인으로 떠돌던 동경에서 시간을 죽이기 위해 달려들 듯 갈겨댄 많은 작품 중의 하나이다.

소녀

소녀는 확실히 누구의 사진인가 보다. 언제든지 잠자코 있다.

소녀는 때때로 복통이 난다. 누가 연필로 장난을 한 까닭이다. 연필은 유독하다. 그럴 때마다 소녀는 탄환을 삼킨 사람처럼 창백하고는 한다.

소녀는 또 때때로 각혈한다. 그것은 부상한 나비가 와서 앉는 까닭이다. 그 거미줄 같은 나뭇가지는 나비의 체중에도 견디지 못한다. 나뭇가지는 부러지고 만다.

소녀는 단정短艇 가운데 있었다—군중과 나비를 피하여. 냉각된 수압이—냉각된 유리의 기압이 소녀에게 시각만을 남겨주었다. 그리고 허다한 독서가 시작된다. 덮은 책 속에 혹은 서재 어떤 틈에 곧잘 한 장의 '얇다란 것'이 되어버려서는 숨고 한다. 내 활자에 소녀의 살결 내음새가 섞여 있다. 내 제본에 소녀의 인두자국이 남아 있다. 이것만은 어떤 강렬한 향수로도 헷갈리게 하는 수는 없을.

사람들은 그 소녀를 내 처라고 해서 비난하였다. 듣기 싫다. 거짓말이다. 정말 이 소녀를 본 놈은 하나도 없다.

그러나 소녀는 누구든지의 처가 아니면 안 된다. 내 자궁 가운데 소녀는 무엇인지를 낳아 놓았으니. 그러나 나는 아직 그것을 분만하지는 않았다. 이런 소름끼치는 지식을 내어버리지 않고야, 그렇다는 것이 체내에 먹어 들어오는 연탄처럼 나를 부식시켜 버리고야 말 것이다.

나는 이 소녀를 화장해버리고 그만두었다. 내 비공으로 종이 탈 때 나는 그런 내음새가 어느 때까지라도 저회低徊하면서 사라지려 들지 않았다.

육친의 장

기독基督에 혹사한 한 사람의 남루한 사나이가 있었다. 다만 기독에 비하여 눌변이요 어지간히 무지한 것만이 틀린다면 틀렸다.

연기年紀 오십유일五十有一.

나는 이 모조기독을 암살하지 아니하면 안 된다. 그렇지 아니하면 내 일생을 압수하려는 기색이 바야흐로 농후하다.

한 다리를 절름거리는 여인 한 사람이 언제든지 돌아선 자세로 내게 육박한다. 내 근육과 골편과 또 약소한 입방의 청혈淸血의 배상금을 도리어 물어내라 그러고 싶다. 그러나……

내게 그만한 금전이 있을까. 나는 소설을 써야 서푼도 안 된다. 이런 흉장胸醬의 배상금을 도리어 물어내라 그러고 싶다. 그러나……

어쩌면 저렇게 심술궂은 여인일까. 나는 이 추악한 여인으로부터도 도망하지 아니하면 안 된다.

단 한 개의 상아 스틱. 단 한 개의 풍선.

묘혈에 계신 백골까지가 내게 무엇인가를 강청强請하고 있다. 그 인감印鑑은 이미 실효된 지 오랜 줄은 꿈에도 생각하지 않고.

(그 대상代償으로 나는 내 지능의 전부를 포기하리라.)

7년이 지나면 인간 전신의 세포가 최후의 하나까지 교체된다고 한다. 7년 동안 나는 이 육친들과 관계없는 식사를 하리라. 그리고 당신네들을 위하는 것도 아니고 또 7년 동안은 나를 위하는 것도 아닌 새로운 혈통을 얻어보겠다 하는 생각을 하여서는 안 되나.

돌려보내라고 하느냐. 7년 동안 금붕어처럼 개흙만을 토하고 지내면 된다. 미여기처럼.

실낙원

천사는 아무 데도 없다. '파라다이스'는 빈 터다.

나는 때때로 23인의 천사를 만나는 수가 있다. 제각각 다 쉽사리 내게 키스하여준다. 그러나 홀연히 그 당장에서 죽어버린다. 마치 웅봉雄蜂처럼.

천사는 천사끼리 싸움을 하였다는 소문도 있다.

나는 B군에게 내가 향유하고 있는 천사의 시체를 처분하여버릴 취지를 이야기할 작정이다. 여러 사람을 웃길 수도 있을 것이다. 사실 S군 같은 사람은 깔깔 웃을 것이다. 그것은 S군은 5척이나 넘는 훌륭한 천사의 시체를 10년 동안이나 충실하게 보관하여온 경험이 있는 사람이니까.

천사를 다시 불러서 돌아오게 하는 응원기 같은 기는 없을까.

천사는 왜 그렇게 지옥을 좋아하는지 모르겠다. 지옥의 매력이 천사에게도 차차 알려진 것도 같다.

천사의 키스에는 색색이 독이 들어 있다. 키스를 당한 사람은 꼭 무슨 병이든지 앓다가 그만 죽어버리는 것이 예사다.

면경

철필 달린 펜축軸이 하나. 잉크 병. 글자가 적혀 있는 지편紙片.
(모두가 한 사람 치).

부근에는 아무도 없는 것 같다. 그리고 그것은 읽을 수 없는 학문
인가 싶다. 남아 있는 체취를 유리의 '냉담한 것'이 덕하지 아니하
니 그 비장한 최후의 학자는 어떤 사람이었는지 조사할 길이 없다.
이 간단한 장치의 정물은 '스탠카아멘'처럼 적적하고 기쁨을 보이
지 않는다.

피血만 있으면 최후의 혈구血球 하나가 죽지만 않았으면 생명은
어떻게라도 보존되어 있을 것이다.

피가 있을까. 혈흔을 본 사람이 있나. 그러나 그 난해한 문학의 끄
트머리에 '싸인'이 없다. 그 사람은—만일 그 사람이라는 사람이 그
사람이라는 사람이라면 아마 돌아오리다.

죽지는 않았을까—최후의 한 사람의 병사의—논공論功조차 행하
지 않을 영예를 일신에 지고. 지리하다. 그는 필시 돌아올 것인가.
그래서는 피로에 가늘어진 손가락을 놀려서는 저 정물을 운전할 것
인가.

그러면 서로 결코 기뻐하는 기색을 보이지는 아니하리라.

지껄이지도 않을 것이다. 문학이 되어버리는 잉크에 냉담하리라.
그러나 지금은 한없는 정밀精謐이다. 기뻐하는 것을 거절하는 투박
한 정물이다.

정물은 부득부득 피곤하리라. 유리는 창백하다. 정물은 골편까지도 노출한다.

시계는 좌향으로 움직이고 있다. 그것은 무엇을 계산하는 미터일까. 그러나 그 사람이라는 사람은 피곤하였을 것도 같다. 저칼로리의 삭감. 모든 기구는 연한年限이다. 거진거진 잔인한 정물이다. 그 강의불굴强毅不屈하는 시인은 왜 돌아오지 아니할까. 과연 전사하였을까. 정물 가운데 정물이 정물 가운데 정물을 저며내이고 있다. 잔인하지 아니하냐.

초침을 포위하는 유리덩어리에 남긴 지문은 소생하지 아니하면 안 될 것이다─그 비장한 학자의 주의를 환기하기 위하여.

자화상(습작)

여기는 도무지 어느 나라인지 분간을 할 수 없다. 거기는 태고와 전승하는 판도가 있을 뿐이다. 여기는 폐허. '피라미드'와 같은 코가 있다. 그 구멍으로 '유구한 것'이 드나들고 있다. 공기는 퇴색되지 않는다. 그것은 선조가 혹은 내 전신의 호흡하던 바로 그것이다. 동공에는 창공이 응고하여 있으니 태고의 영상의 약도다. 여기는 아무 기억도 유언되어 있지는 않다. 문자가 닳아 없어진 석비처럼 문명의 '잡답한 것'이 귀를 그냥 지나갈 뿐이다. 누구는 이것이 '데드마스크' 〔死面〕라고 그랬다. 또 누구는 '데드마스크'는 도적맞았다고도 했다.

주검은 서리와 같이 내려 있다. 풀이 말라버리듯이 수염은 자라지 않는 채 거칠어갈 뿐이다. 그리고 천기 모양에 따라서 입은 커다란 소리로 외친다. 수류水流처럼.

월상月傷

그 수염 난 사람은 시계를 꺼내어 보았다. 나도 시계를 꺼내어 보았다. 늦었다고 그랬다. 늦었다고 그랬다.

일주야나 늦어서 달은 떴다. 그러나 그것은 너무나 심통한 차림차림이었다. 만신창이, 아마 혈우병인가도 싶었다.

지상에는 금시 산비酸鼻할 악취가 미만彌漫하였다. 나는 달이 있는 반대방향으로 걷기 시작하였다. 나는 걱정하였다. 어떻게 비참한가 하는.

작일昨日의 일을 생각하였다―그 암흑을―그리고 내일의 일도. 그 암흑을.

달은 지지遲遲하게도 행진하지 않는다. 나의 그 겨우 있는 그림자가 상하하였다. 달은 제 체중에 견디기 어려운 것 같았다. 그리고 내일의 암흑의 불길을 징후하였다. 나는 이제는 다른 말을 찾아내지 않으면 안 되게 되었다.

나는 엄동과 같은 천문天文과 싸워야 한다. 빙하와 설산 가운데 동결하지 않으면 안 된다. 그리고 나는 달에 대한 일은 모두 잊어버려야 한다. 새로운 달을 발견하기 위하여.

금시로 나는 도도한 대음향을 들으리라. 달은 수락할 것이다. 지구는 피투성이가 되리라.

사람들은 전율하리라. 부상한 달의 악혈惡血 가운데 유영하면서 드디어 결빙하여버리고 말 것이다.

이상한 귀기가 내 골수에 침입하여 들어오는가 싶다. 태양은 단념한 지상 최후의 비극을 나만이 예감할 수가 있을 것 같다.

드디어 나는 내 전방에 질주하는 내 그림자를 추격하여 앞설 수 있었다. 내 뒤에 꼬리를 이끌며 내 그림자가 나를 쫓는다.

내 앞에 달이 있다. 새로운, 새로운, 불과 같은, 혹은 화려한 홍수 같은.

병상 이후

사후 『청색지』(제5집)에 발표된 작품이다. 1933년, 그의
나이 24세 때 객혈로 총독부 기사직을 그만둘 그 무렵의
이야기이다. 병원 출입을 할 수밖에 없었던 폐병환자인
그가 발견해낸 환자와 의사와의 멀고도 먼 괴리감.

그는 의사의 얼굴을 몇 번이나 쳐다보았다. '의사도 인간이다. 나
하고 조금도 다를 것이 없는!' 이렇게 속으로 아무리 부르짖어 보았
으나 그는 의사를 한낱 위대한 마법사나 예언자 쳐다보듯이 보지
아니할 수 없었다. 의사는 붙잡았던 그의 팔목을 놓았다(가만히).
그는 그것이 한없이 섭섭하였다. 부족하였다. '왜 벌써 놓을까. 왜
그만 놓을까? 그만 보아가지고도 이 묵은〔老〕 중병자를 뚫어 들여다
볼 수가 있을까' 꾸지람 듣는 어린 아해가 할아버지 눈치를 쳐다보
듯이 그는 가련(참으로)한 눈으로 의사의 얼굴을 언제까지라도 쳐
다보아 그만두려고는 하지 않았다. 의사는 얼굴을 십장생화 붙은
방문 쪽으로 돌이킨 채 눈은 천장에 꽂아놓고 무엇인지 길이 깊이
생각하는 것 같더니 길게 한숨하였다. 꽉 다물어져 있는 의사의 입

은 그가 아무리 쳐다보아도 열릴 것 같지는 않았다.

　안방에서 들리는 담소의 소리에서 의사의 웃음소리가 누구의 것
보다도 가장 큰 것을 그는 들을 수 있었다. 모든 것은 눈물날 만큼
분하였다. 그러나 '자기의 병이 그다지 중치는 아니하기에 저렇지'
하는 생각도 들어 한편으로는 자그마한 안심을 가져오게 할 수도
있었다. 그러나 그러는 가운데에도 그가 잊을 수 없는 것은 그의 팔
목을 잡았을 때의 의사의 얼굴에서부터 방산放散해 오는 술의 취기
그것이었다. '술을 마시고도 정확한 진찰을 할 수 있나' 이런 생각을
하여 가며 그래도 그는 그의 가슴을 자제하였다. 그리고 의사를 믿
었다. (그것은 억지로가 아니라 그는 그렇게도 의사를 태산같이 믿
었다.) 그러나 안방에서 오는 의사의 큰 웃음소리를 그가 누워서 귀
에 들을 수 있었을 때에 '내 병 같은 것은 안중에도 없지! 술을 마시
고 와서 장난으로 내 팔목을 잡았지. 그 수심스러운, 무엇인가를 숙
고하는 것 같은 얼굴의 표정도 다 일종의 도화극道化劇이었지! 아—
아— 중요하지도 않은 인간' 이런 제어할 수 없는 상념이 열에 고
조된 그의 머리에 좁은 구멍으로 뽑아내는 철사처럼 뒤이어 일어났
다. 혼자 애썼다. 그러는 동안에도 "아— 그만하세요. 전작이 있어
서 이렇게 많이는 못합니다." 의사가 권하는 술잔을 사양하는 이러
한 소리와 함께 술잔이 무엇엔가 부딪치는 '쟁그렁' 하는 금속성 음
향까지도 구별해내며 의식할 수 있을 만큼 그의 머리는 아직도 그
다지 냉정을 상실치는 않았다.

　의사 믿기를 하느님같이 하는 그가 약을 전연 먹지 않은 것은 그
무슨 모순인지 알 수 없다. 한밤중에 달여 들어오는 약을 볼 때 우선

그는 '먹기 싫다'를 느꼈다. 그의 찌푸려진 지 오래인 양미간은 더 한층이나 깊디깊은 홈(溝)을 짓지 아니하면 아니 되었다. 아무리 바라다보았으나 그 누르꾸레한 액체의 한 탕기가 묵고 묵은 그의 중병(단지 지금의 형세만으로도 훌륭한 중병환자의 자격을 가지고 있다)을 고칠 수 있을까 믿기는 예수 믿기보다도 그에게는 어려웠다.

목은 그대로 타들어온다. 밤이 깊어 갈수록 신열이 점점 더 높아가고 의식은 상실되어 몽현간夢現間에 왕래하고 바른편 가슴은 펄펄 뛸 만큼 아파 들어오는 것이었다. 무엇보다도 우선 가슴 아픈 것만이라도 나았으면 그래도 살 것 같다. 그의 의식이 상실되는 것도 다만 아픈 데 원인될 따름이었다. (적어도 그에게는 그렇게 생각되었다)

'나의 아프고 괴로운(苦) 것을 하늘이나 땅이나 알지 누가 아나' 이러한 우스꽝스러운 말을 그대로 자신에서 경험하였다. 약물이 머리맡에 놓인 채로 그는 그대로 혼수상태에 빠져 있었다. 얼마 후에 깨어났을 때에는 그의 전신에는 문자 그대로 땀이 눈으로 보는 동안에 커다란 방울을 지어가며 황백색 피부에서 쏟아져 솟았다. 그는 거의 기능까지도 정지되어 가는 눈을 치어들어 벽에 붙은 시계를 보았다. 약 들여온 지 10분, 그동안이 그에게는 마치 장년월長年月의 외국여행에서 돌아온 것만 같은 느낌이었다. 약탕기를 들었을 때에 약은 냉수와 마찬가지로 식었다. '나는 이다지도 중요하지 않은 인간이다. 이렇게 약이 식어버리도록 이것을 마시라는 말 한마디 하여주는 사람이 없으니' 그는 그것을 그대로 들이마셨다. 거의 절망적 기분으로 그러나 말라빠진 그의 목을 그것은 훌륭히 축여주었다.

얼마 동안이나 그의 의식은 분명하였다. 빈약한 등광燈光 밑에 한 쪽으로 기울어져가며 담벼락에 기대어 있는 그의 우인友人의 몽국풍경夢國風景의 불운한 작품을 물끄러미 바라다보았다. 평소 같으면 그 화면이 몹시 눈이 부시어서 (밤에만) 이렇게 오랜 동안을 계속하여 바라볼 수 없었을 것을 그만하여도 그의 시각은 자극에 대하여 무감각이 되었었다. 몽롱히 떠올라오는 그동안 수개월의 기억이 (더우기) 그를 다시 몽현 왕래의 혼수상태로 이끌었다. 그 난의식 가운데서도 그는 동요가 왔다. 이것을 나는 근본적인 줄만 알았다. 그때에 나는 과연 한때의 참혹한 걸인이었다. 그러나 오늘까지의 거짓을 버리고 참에서 살아갈 수 있는 '인간'이 되었다. 나는 이렇게만 믿었다. 그러나, 그것도 사실에 있어서는 근본적은 아니었다. 감정으로만 살아나가는 가엾은 한 곤충의 내적 파문에 지나지 않았던 것을 나는 발견하였다. 나는 또한 나로서도 또 나의 주위의 모든 것에 대하여 굉장한 무엇을 분명히 창작(?)하였는데 그것이 무슨 모양인지 무엇인지 등은 도무지 기억할 길이 없는 것은 당연한 일이다.

그동안 수개월, 그는 극도의 절망 속에 살아왔다. (이런 말이 있을 수 있다면 그는 '죽어왔다'는 것이 더 적확하겠다.) 급기야 그가 병상에 쓰러지지 아니하면 아니 되었을 순간 그는 '죽음은 과연 자연적으로 왔다'를 느꼈다. 그러나 하루 이틀 누워 있는 동안 생리적으로 죽음에 가까이까지에 빠진 그는 타오르는 듯한 희망과 야욕을 가슴 가득히 채웠던 것이다. 의식이 자기로 회복되는 사이사이 그는 오래간만에 맛보는 새 힘에 졸리었다. (보채어졌다) 나날이 말라들어가는 그의 체구가 그에게는 마치 강철로 만든 것으로만, 결코 죽거나 할 것이 아닌 것으로만 자신되었다.

그가 쓰러지던 그날 밤 (그전부터 그는 드러누웠었다. 그러나 의식을 잃기 시작하기는 그날 밤이 첫밤이었다.) 그는 그의 우인에게서 길고 긴 편지를 받았다. 그것은 글로서 졸렬한 것이었다 하겠으나 한 순한 인간의 비통을 초抄한 인간 기록이었다. 그는 그것을 다 읽는 동안에 무서운 원시성의 힘을 느끼었다. 그의 가슴속에는 보는 동안에 캄캄한 구름이 전후를 가릴 수도 없이 가득히 엉키어들었다. '참을 가지고 나를 대하여 주는 이 순한 인간에게 대하여 어째 나는 거짓을 가지고만 밖에는 대할 수 없는 것은 이 무슨 슬퍼할 만한 일이냐' 그는 그대로 배를 방바닥에 대인 채 엎드렸다. 그의 아픈 몸과 함께 그의 마음도 차츰차츰 아파 들어왔다. 그는 더 참을 수는 없었다. 원고지 틈에 끼어 있는 3030용지를 꺼내어 한두 자 쓰기를 시작하였다. '그렇다. 나는 확실히 거짓에 살아 왔다.─그때에 나에게는 체험을 반려한 무서운 동요가 있다.─이것을 나는 근본적인 줄만 알았다. 그때에 나는 과연 한때의 참혹한 걸인이었다. 그러나 오늘까지의 거짓을 버리고 참에서 살아갈 수 있는 〈인간〉이 되었다─나는 이렇게만 믿었다. 그러나 그것도 사실에 있어서는 근본적은 아니었다. 감정으로만 살아나가는 가엾은 한 곤충의 내적 파문에 지나지 않았던 것을 나는 발견하였다. 나는 또한 나로서도 또 나의 주위의 모든 것에 대하여서도, 차라리 여지껏 이상의 거짓에서 살지 아니하면 아니 되었다…… 운운' 이러한 문구를 늘어놓는 동안에 그는 또한 몇 줄의 짧은 시를 쓴 것도 기억할 수도 있었다. 펜이 무료히 종이 위를 활주하는 동안에 그의 의식은 차츰차츰 몽롱하여 들어갔다. 어느 때 어느 구절에서 무슨 말을 쓰다가 펜을 떨어뜨렸는지 그의 기억에서는 전연 알아낼 길이 없다. 그가 펜을 든 채로 그대로 의식을 잃고 말아버린 것만은 사실이다.

의사도 다녀가고 며칠 후, 의사에게 대한 그의 분노도 식고 그의 의식에 명랑한 시간이 차차로 많아졌을 때 어느 시간 그는 벌써 아지 못할(근거) 희망에 애태우는 인간으로 나타났다. '내가 일어나기만 하면……' 그에게는 단테의 『신곡』도 다빈치의 〈모나리자〉도 아무것도 그의 마음대로 나올 것만 같았다. 그러나 오직 그의 몸이 불건강한 것이 한 탓으로만 여겨졌다. 그는 그 우인友人의 길다란 편지를 다시 꺼내어들었을 때 전날의 어두운 구름을 대신하여 무한히 굳센 '동지'라는 힘을 느꼈다. 'XX씨! 아무쪼록 광명을 보시오!' 그의 눈은 이러한 구절이 쓰인 곳에까지 다달았다. 그는 모르는 사이에 입 밖에 이런 부르짖음을 내기까지 하였다. '오냐 지금 나는 광명을 보고 있다'고.

―의주義州통 공사장에서

누이에게

『중앙』(1936)에 발표된 공개서신이다. 동생 옥희玉姬(글 속에는 미경으로 되어 있다)의 가출이 있은 뒤 그녀를 생각하며 쓴 글로서 일상인으로서의 그의 의식이 아주 잘 드러난다. 그런 만큼 반대로 그의 의식적인 글이 무 엇을 의미하는가를 생각하게 하는 글이기도 하다. 원제 는 「동생 미경 보아라 세상의 오빠들도 보시오」이다.

8월 초하룻날 밤차로 너와 네 애인은 떠나는 것처럼 나한테는 그래놓고 기실은 이튿날 아침 차로 가버렸다.

내가 아무리 이 사회에서 또 우리 가정에서 어른 노릇을 못하는 변변치 못한 인간이라기로서니 그래도 너희들보다야 어른이다.

"우리 둘이 떨어지기 어렵소이다."

하고 내게 그야말로 '강담판强談判'을 했다면 낸들 또 어쩌랴. 암만,

"못 한다."

고 딱 거절했던 일이라도 어머니나 아버지 몰래 너희 둘 안등시켜서 쾌히 전송할 내 딴은 이해도 아량도 있다.

그것을, 나까지 속이고 그랬다는 것을 네 장래의 행복 이외에 아

무엇도 생각할 줄 모르는 네 큰오빠 나로서 꽤 서운히 생각한다.

예정대로 B가 8월 초하룻날 밤 북행차로 떠난다고, 그것을 일러 주러 하룻날 아침에 너와 B 둘이서 나를 찾아왔다. 요전날 너희 둘이 의논차 내게 왔을 때 말한 바와 같이 B만 떠나고 미경美卿 너는 네 큰오빠 나와 함께 B를 전송하기로 한 것인데, 또 일의 순서상 일은 그렇게 하는 것이 옳지 않았더냐.

그것을 너는 어쩌면 그렇게 천연스러운 얼굴로

"그럼 오빠, 이따가 정거장에 나오세요."

"암! 나가구말구, 이따 게서 만나자꾸나."

하고 헤어진 것이 그게 사실로 내가 너희들을 전송한 모양이 되었고 또 너희 둘로서 말하면 너희끼리는 미리 그렇게 짜고 그래도 내게 작별 모양이 되었다.

나는 고지식하게도 밤에 차시간을 맞춰서 비 오는데 정거장까지 나갔겠다. 내가 속으로 미리미리 께름직히 여겨 오기를,

"요것들이 필시 내 앞에서 뻔지르르하게 대답을 해놓고 뒷꽁무니로는 딴 궁리들을 차렸지!"

했더니 아니나 다를까.

개찰도 아직 안 했는데 어째 너희 둘 모양이 아니 보이더라. 이것 필시 하면서도 그래도 끝까지 기다려보았으나 종시 너희 둘의 모양은 보이지 않고 말았다. 나는 그냥 입맛을 쩍 쩍 다시고 집으로 돌아왔다.

와서는 그래도,

"아마, B의 양복 세탁이 어쩌니 어쩌니 하더니 그래저래 차시간을 못 대인 게지, 좌우간에 무슨 통지가 있으렸다."

하고 기다렸다.

못 갔으면 이튿날 아침에 반드시 내게 무슨 통지가 있어야 할 터인데 역시 잠잠했다. 허허 하고 나는 주춤주춤하다가 동경서 온 친구들과 그만 석양판부터 밤새도록 술을 먹고 말았다.

물론 미경 네 얼굴 대신에 한 통의 전보가 왔다. 미경 함께 왔어도 근심 말라는 B의 '독백'이구나.

나는 전보를 받아들고 차라리 회심의 미소를 금할 수 없을 만하였다. 너희들의 그런 이도利刀가 물을 베이는 듯한 용단을 쾌히 여긴다.

미경아! 내게만은 아무런 불안한 생각도 가지지 마라!

다만 청천벽력처럼 너를 잃어버리신 어머니 아버지께서는 마음으로 잘못했습니다고 사죄하여라.

나 역시 집을 나가야겠다. 열두 해 전 중학을 나오던 열여섯 살 때부터 오늘까지 이 허망한 욕심을 변함이 없다.

작은오빠는 어디로 또 갔는지 들어오지 않는다.

너는 국경을 넘어 지금 이역의 인ㅅ이다.

우리 3남매는 모조리 어버이 공경할 줄 모르는 불효자식들이다.

그러나 우리들은 이것을 그르다고 생각하지는 않는다.

갔다 와야 한다. 갔다 비록 못 돌아오는 한이 있더라도 가야 한다.

너는 네 자신을 위하여서도 또 네 애인을 위하여서도 옳은 일을 하였다. 열두 해를 두고 벼르나 남의 맞자식된 은애恩愛의 정에 이끌려선지 내 위인이 변변치 못해 그랬던지 지금껏 이 땅에 머물러 굴욕의 조석朝夕을 송영送迎하는 내가 지금 차라리 부끄럽기 짝이 없다.

너희들의 연애는 물론 내게만은 양해된 바 있었다. B가 그 인물에 비겨서 그는 불우의 신상이라는 것도 나는 잘 알고 있다.

　다행히 B는 밥 먹을 걱정은 안 해도 좋은 집안에 태어났다. 그렇다고 밥이나 먹고 지내면 그만이지 하는 인간은 아니더라.

　B가 내게 말한 바 B의 이상이라는 것을 나는 비판하지 않는다. 그것도 인생의 한 방도리라. 다만 그것이 어디까지든지 굴욕에서 벗어나려는 일념인 것이니 그렇다는 이유만으로도 나는 인정해야 하리라.

　나는 차라리 그가 나처럼 남의 맞자식임에도 불구하고 집을 사뭇 떠나겠다는 '술회'에 찬성했느니라.

　허허벌판에 쓰러져 까마귀밥이 될지언정 이상에 살고 싶구나. 그래서 B의 말대로 3년 가 있다 오라고 권하다시피 한 것이다.

　3년, 3년이라는 세월은 상사相思의 두 사람으로서는 좀 긴 것같이 생각이 들더라. 그래서 미경 너는 어떻게 하고 가야 하는 문제가 났을 때 나는 너희 두 사람의 교제도 1년이나 가까워오니 그만하면 서로 충분히 알았으리라. 그놈이 재상 재목이면 무엇하겠느냐, 네 눈에 안 들면 쓸 곳이 없느니라. 그러니 내가 어줍잖게 주둥이를 디밀어 이러쿵저러쿵 할 계제가 못 되는 일이지만 나는 나 류로 그저 이러는 것이 어떻겠느냐는 정도로 또 그래도 네 혈족의 사람으로서 잠자코만 있을 수도 없고 해서, 3년은 과연 너무 기니 우선 3년 작정하고 가서 한 1년 있자면 웬만큼 생활의 터는 잡히리라. 그렇거든 돌아와서 결혼식을 해도 좋기는 좋지만 그것은 어째 결혼식을 위한 결혼식 같아서 안됐다. 결혼식 같은 것은 나야 그야 우습게 알았다. 하지만 어머니 아버지도 계시고 사람들의 눈도 있고 하니 그저 그까짓 일로 해서 남의 조소를 받을 것도 없는 일이요.

　이만큼 하고 나서 나는 B와 너에게 번갈아 또 의사를 물었다.

B는 내 말대로 그러만다. 내년 봄에는 꼭 돌아와서 남 보기 흉하지 않을 정도로 결혼식을 한 다음 데려가겠다는 것이다.

그러나 네 말은 이와 다르다. 즉 결혼식 같은 것은 언제 해도 좋으니 같이 나서겠다는 것이다. 살아도 같이 살고 죽어도 같이 죽고 해야지 타역에 가서 어떻게 될는지도 모르는 것을 그냥 입을 딱 벌리고 돌아와서 데려가기만 기다릴 수 없단다. 그리고 또 남자의 마음 믿기도 어렵고—우물 안 개구리처럼 자라난 제가 고생 한번 해보는 것도 좋지 않으냐는 네 결의였다.

아직은 이 사회기구가 남자 표준이다. 즐거울 때 즐기기에 여자는 좋다. 그러나 고생살이에 여자는 자칫하면 남자를 결박하는 포승 노릇을 하기 쉬우니라. 그래서 어느만큼 자리가 잡히도록은 B 혼자 내어버려두라고 재삼 내가 다시 충고하였더니 너도 OK의 빛을 보이고 알 수 없이 승낙하였다. 그리고 나는 너 보는 데서 B에게 굳게 굳게 여러 가지로 다짐을 받아두었건만.

이제 와서 알았다. 너희 두 사람의 애정에 내 충고가 끼워질 백지 두께의 틈사구니도 없었다는 것을 말이다. 또한 내 마음이 든든하지 않으냐.

3남매의 막둥이로, 내가 너무 조숙한 데 비해서, 너는 엉석으로 자라느라고 말하자면 '만숙晩熟'이었다. 학교시대에 인천이나 개성을 선생님께 이끌려 가본 이외에 너는 집 밖으로 10리를 모른다. 그런 네가 지금 국경을 넘어서 가 있구나 생각하면 정신이 번쩍 난다.

어린애로만 생각하던 네가 어느 틈에 그런 엄청난 어른이 되었누.

부모들도 제 따님들을 옛날 당신네들이 자라나던 시절 따님 대접

하듯 했다가는 엉뚱하게 혼이 나실 시대가 왔다. 오빠들이 어림없이 동생을 허명무실하게 '취급' 했다가는 코 떼일 시대다. 나는 그렇게 느꼈다.

나는 망치로 골통을 얻어맞은 것처럼 어찔한 가운데서도 네가 집을 나가지 않으면 안 된 이유를 생각해본다.

첫째 너는 네 애인의 전부를 독점해야 하겠다는 생각이겠으니 이것이야 인력으로 좌우되는 일도 아니셨고 어쩔 수도 없는 일이다.

둘째, 부모님이 너희들의 연애를 쾌히 인정하려 들지 않는 까닭이다.

제 자식들의 연애가 정당했을 때 부모는 그 연애를 인정해주어야 할 뿐만 아니라 나아가서는 그 연애를 좋게 지도할 의무가 있을 터인데—

불행히 우리 어머니 아버지는 늙으셔서 그러실 줄을 모르신다. 네게는 이런 부모를 설복할 심경의 여유가 없었다. 그냥 행동으로 보여주는 수밖에는 없었다.

셋째, 너는 확실치 못하나마 생활이라는 인식을 가졌다. '여자에게도 직업이 있어서 경제적으로 언제든지 독립해보일 실력이 있어야만 한다'는 것이 부모님 마음에는 안드는 점이었다. '돈 버는 것도 좋지만 기집애 몸 망치기 쉬우니라'는 것은 부모님들의 말씀이시다.

너 혼자 힘으로 암만 해도 여기서 취직이 안 되니까 경도京都가서 여공 노릇을 하면서 사는 네 동무에게 편지를 하여 그리 가서 같이 여공이 되려고까지 한 일이 있지.

그냥 살자니 우리 집은 네 양말 한 켤레를 마음대로 사줄 수 없을 만치 가난하다. 이것은 네 큰오빠 내가 네게 다시없이 부끄러운 일이다만. 그러나 네가 한번도 나를 원망할 일은 없는 것을 나는 고맙게 안다.

그런 너다. B의 포승이 되기는커녕 족히 너도 너대로 활동하면서 B를 도우리라고 나는 믿는다.

이왕 나갔다. 나갔으니 집의 일에 연연하지 말고 너희들의 부끄럽지 않은 성공을 향하여 전심을 써라. 3년 아니라 10년이라도 좋다. 패잔한 꼴이거든 그 벌판에서 개밥이 되더라도 다시 고토故土를 밟을 생각을 마라.

나도 한번은 나가야겠다. 이 흙을 굳게 지켜야 할 것도 잘 안다. 그러나 지켜야 할 직책과 나가야 할 직책과는 스스로 다를 줄 안다.

내가 나갔고 작은오빠가 나가고 또 내가 나가 버린다면 늙으신 부모는 누가 지키느냐고? 염려 마라. 그것은 맏자식된 내 일이니 내가 어떻게라도 하마. 해서 안 되면……

혁혁한 장래를 위하여 불행한 과거가 희생되었달 뿐이겠다.

너희들이 국경을 넘던 밤에 나는 주석에서 '올림픽 보도'를 듣고 있었다. 우리들은 이대로 썩어서는 안 된다. 당당히 이들과 열렬列하여 똑똑하게 살아야 하지 않겠느냐.

정신차려라!

신당리 버티고개 밑 오동나무골 빈민굴에는 송장이 다 되신 할머님과 자유로 기동도 못하시는 아버지와 50평생을 고생으로 늙어 쭈그러진 어머니가 계시다.

네 전보를 보시고 이분들이 우셨다. 너는 날이면 날마다 그 먼 길을 문門 안으로 내게 왔다. 와서 그날의 양식꺼리를 타갔다. 이제 누가 다니겠니.

어머니는

"네가 말馬을 잃어버렸구나. 이거 허전해서 어디 살겠니."

하시더라. 그날부터는 내가 다 떨어진 구두를 쩍 쩍 끌고 말 노릇을 하는 중이다.

이런 것 저런 것을 비판 못 하시는 부모는 그저 별안간 네가 없어졌대서 눈물이 비 오듯 하시더라. 그것을 내가,

"아 왜들 이리 야단이십니까. 아 죽어나갔단 말입니까." 이렇게 큰 소리를 해가면서 무마시켜드리기는 했으나 역 한 3년 너를 못 보겠구나 생각을 하니 갑자기 네가 그리웠다. 형제의 우애는 떨어져 보아야 아는 것이던가.

한 3년 나도 공부하마. 그래서 이 노멀하지 못한 생활의 굴욕에서 탈출해야겠다. 그때 서로 활발한 낯으로 만나자꾸나.

너도 아무쪼록 성공해서 하루라도 속히 고향으로 돌아오너라.

그야 너는 여자니까 아무 때 나가도 우리 집안에서 나가기는 해야 할 사람이지만 일이 너무 그렇게 급하게 되어놓아서 어머니 아버지께서 놀라셨다 뿐이지, 나야 어떻겠니.

하여간 이번 너의 일 때문에 내가 깨달은 바 많다. 나도 정신차리마.

원래가 포류지질蒲柳之質로 대륙의 혹독한 기후에 족히 견뎌낼는지 근심스럽구나. 특히 몸 조심을 잊어서는 안 된다. 우리 같은 가난

한 계급은 이 몸뚱아리 하나가 유일 최후의 자산이니라.

편지하여라.

이해 없는 세상에서 나만은 언제라도 네 편인 것을 잊지 마라. 세상은 넓다. 너를 놀라게 할 일도 많겠거니와 또 배울 것도 많으리라.

이 글이 실리거든 『중앙中央』 한 권 사 보내주마. B와 같이 읽고 이 큰오빠 이야기를 더 잘 하여두어라.

축복한다.

내가 화가를 꿈꾸던 시절 하루 5전 받고 '모델' 노릇하여준 미경, 방탕 불효한 이 큰오빠의 단 하나 이해자인 미경, 이제는 어느덧 어른이 되어서 그 애인과 함께 만리 이역 사람이 된 미경, 네 장래를 축복한다.

이틀이나 걸렸다. 쓴 이 글이 두서를 잡기 어려울 줄 아나 세상의 너 같은 동생을 가진 여러 오빠들에게도 이 글을 읽히고 싶은 마음에 감히 발표한다. 내 충정衷情만을 사다고.

닷새 날 아침, 너를 사랑하는 큰오빠 쓴다.

사신私信 4편

이 편지들은 모두 시인이자 평론가인 K씨에게 보내진 것들이다. K씨는 이상과 보성학교 동창이며, 시집 『기상도』의 작가인데 이상의 문학을 적극 옹호한 사람이기도 하다. 「편지 1」은 K의 시집 『기상도』를 편집하며 보낸 것이며, 「편지 2」 「편지 3」 「편지 4」는 일본으로 간 앞뒤에 다른 지방에서 유학 중이던 K씨에게 보낸 것들이다. 동경생활의 궁핍, 외로움 그리고 허탈이 물에 젖은 솜 같다.

편지 1

K형

어떻소? 거기도 더웁소? 공부가 잘 되오?

『기상도氣象圖』 되었으니 보오. 교정은 내가 그럭저럭 잘 보았답시고 본 모양인데 틀린 데는 고쳐 보내오.

구본具本 군은 한 천 부 박아서 팔자고 그럽디다. 당신은 50원만 내고 잠자코 있구려. 어떻소? 그 대답도 적어 보내기 바라오.

참 체재體裁도 고치고 싶은 대로 고치오.

그리고 검열본은 안 보내니 그리 아오. 꼭 소용이 된다면 편지하오. 보내드리리다.

이것은 교정쇄이니까 삐뚤삐뚤한 것은 간조에 넣지 마오. 그것은 인쇄할 적에 바로 잡아야 할 것이니까 염려 없오. 그러니까 두 장이 한 장 세음이오. 알았소?

그리고 놈부루는 아주 빼어버리는 게 좋을 것 같은데 의견이 어떻소? 좀 메자와리 같지 않소?

구인회는 인간 최대의 태만에서 부침 중이오. 팔양八陽이 탈회했소— 잡지 2호는 흐지부지요. 게을러서 다 틀려먹을 것 같소. 내일 밤에는 명월관에서 영랑시집의 밤이 있소. 서울은 그저 답보 중이오.

자주 편지나 하오. 나는 아마 좀더 여기 있어야 되나 보오. 참 내가 요새 소설을 썼소. 우습소? 자 — 그만 둡시다.

이상.

—1936년 6월 서신 · 여성지에서

편지 2

K형

기어코 동경 왔소. 와보니 실망이오. 실로 동경이라는 데는 치사스런 데로구려!

동경 오지 않겠소? 다만 이상을 만나겠다는 이유만으로라도.

삼사문학三四文學 동인들이 이곳에 여럿이 있소. 그러나 그들은 어디까지든지 학생들이오. 그들과 어우러지지 못하는 것을 보면 우리는 이제 그만하고 늙었나 보이다.

삼사문학에 원고 좀 주어주오. 그리고 씩씩하게 성장하는 새 세기의 영웅들을 위하여 귀하의 존중한 명성을 잠깐 낮추어 삼사문학의 동인이 되어줄 의사는 없는지 이곳 청년들의 소망입니다. 어떻소?

편지 주기 바라오. 이곳에서 나는 빈궁하고 고독하오. 주소를 잊어서 주소를 알아가지고 편지하느라고 이렇게 늦었소. 동경서 만났으면 작히 좋겠소.

형에게는 건강도 부귀도 넘쳐흐르니 편지 끝에 상투로 빌祈을 만한 말을 얼른 생각해내기가 어렵소그려.

—1936년 11월 14일의 서신·여성지에서

편지 3

K형

인천 가 있다가 이제 왔소.

해변에도 우울 밖에는 없오. 어디를 가나 이 영혼은 즐거워할 줄을 모르니 딱하구려! 전원도 우리들의 병원이 아니라고 형은 그랬지만 바다가 또한 우리들의 약국이 아닙디다.

독서하오? 나는 독서도 안 되오.

여지껏 가족들에 대한 은애恩愛의 정을 차마 떼이기 어려워 집을 나가지 못하였던 것을 이번에 내 아우가 직업을 얻은 기회에 동경 가서 고생살이 좀 하여볼 작정이오.

아직 큰소리 못하겠으나 9월 중에는 어쩌면 출발할 수 있을 것 같소.

형 도동渡東하는 길에 서울 들러 부디 좀 만납시다. 할 이야기도 많고 이 일 저 일 의논하고 싶소.

고맹膏盲에 든, 이 문학병을―이 익애溺愛의, 이 도취의…… 이 굴레를 제발 좀 벗고 표연飄然할 수 있는 제법 근량斤量나가는 인간이 되고 싶소. 여기서 같은 환경에서는 자기 부패작용을 일으켜서 그대로 연화煙火할 것 같소. 동경이라는 곳에 오직 나를 매질할 빈고가 있을 뿐인 것을 너무 잘 알고 있지만 컨디션이 필요하단 말이오. 컨디션, 사표, 시야, 아니 안계眼界, 구속, 어째 적당한 어조가 발견되지 않소그려!

T는 어쩌다나 만나오. 그 군도 어째 세대고世帶苦 때문에 활갯짓이 잘 안 나오나 봅디다.

J는 한번도 못 만나오.

세상사람들이 다―제각기의 흥분, 도취에서 사는 판이니까 타인의 용훼容喙는 불허하나 봅디다. 즉 연애, 여행, 시, 횡재, 명성―이렇게 제것만이 세상에 제일인 줄들 아나 봅디다. 자 K형은 나하고 나 악수합시다. 하, 하,

편지 부디 주기 바라오. 그리고 도동渡東길에 꼭 좀 만나기로 합시다. 굿바이.

―1936년 8월경의 서신 · 여성지에서

편지 4

K대인

여보! 참 반갑습니다. 단야옥전정鍛冶屋前丁 주소를 조선으로 물

어서 겨우 알아가지고 편지했는데 답장이 얼른 오지 않아서 나는 아마 주소가 또 옮겨진 게로군 하고 탄식하던 차에 참 반가웠소.

여보! 당신이 바레선수라니 그 바레 팀인 즉, 내 어리석은 생각에 세계 최강팀인가 싶소그려! 그래 이겼소? 이길 뻔하다 만 소위 석패惜敗를 했소?

그러나 저러나 동경 오기는 왔는데 나는 지금 누워 있소그려. 매일 오후면 똑 기동 못할 정도로 열이 나서 성가셔서 죽겠소그려.

동경이란 참 치사스러운 도십디다. 예다 대면 경성이란 얼마나 인심 좋고 살기 좋은 '한적한 농촌'인지 모르겠습니다.

어디를 가도 구미가 땡기는 것이 없소그려! 기자나 표피적인 서구적 악취惡取의 말하자면 그나마도 그저 분자식이 겨우 여기 수입이 되어서 홈모노(진짜) 행세를 하는 꼴이란 참 구역질이 날 일이오.

나는 참 동경이 이 따위 비속 그것과 같은 시로모노(가짜)인 줄은 몰랐소. 그래도 뭐가 있겠거니 했더니 과연 속 빈 강정 그것이오.

한화閑話 휴제休題 — 나도 보아서 내달 중에 서울로 도로 갈까 하오. 여기 있댔자 몸이나 자꾸 축이 가고 겸하여 머리가 혼란하여 불시에 발광할 것 같소. 첫째 이 가솔린 냄새 미만彌蔓 세또오 같은 거리가 참 싫소.

하여간 당신 겨울방학 때까지는 내 약간의 건강을 획득할 터이니 그때는 부디부디 동경 들러가기를 천번만번 당부하는 바이오. 웬만하거든 거기 여학도들도 잠깐 도중하차를 시킵시다그려.

그리고 시종이 여일하게 이상 선생께서는 프로레타리아니까 군용금을 톡톡히 나래拏來하기 바라오. 우리 그럴 듯하게 하루 저녁 놀아봅시다. 동경 첨단 여성들의 물거품 같은 '사상' 위에다 대륙의 유서 깊은 천근 철퇴를 내려뜨려줍시다.

조선일보 모씨 논문 나도 그 후에 얻어 읽었고. 형안烱眼이 족히 남의 흉리胸裏를 투시하는가 싶습니다. 그러나 씨의 모랄에 대한 탁견에는 물론 구체적 제시도 없었지만—약간 수미愁眉를 금할 수 없는가도 싶습니다. 예술적 기품 운운은 씨의 실언이오. 톨스토이나 키쿠치 간菊池寬 씨는 말하자면 영원한 대중문예(문학이 아니라)에 지나지 않는 것을 깜빡 잊어버리신 듯합디다.

그리고 위독에 대하여도……

사실 나는 요새 그 따위 시 밖에 써지지 않는구료. 차라리 그래서 철저히 소설을 쓸 결심이오. 암만해도 나는 19세기와 20세기 틈사구니에 끼여 졸도하려 드는 무뢰한인 모양이오. 완전히 20세기 사람이 되기에는 내 혈관에는 너무도 많은 19세기의 엄숙한 도덕성의 피가 위험하듯이 흐르고 있소그려.

이곳 34년대의 영웅들은 과연 추호의 오점도 없는 20세기 정신의 영웅들입디다. 도스토예프스키는 그들에게는 오직 선조에 지나지 않는다는 것을 그들은 생리生理를 가지고 생리하면서 완벽하게 살으오.

그들은 이상도 역시 20세기의 스포츠맨이거니 하고 오해하는 모양인데 나는 그들에게 낙망(아니 환멸)을 주지 않게 하기 위하여 그들과 만날 때 오직 20세기를 근근히 포즈를 써 유지해 보일 수 있을 따름이로구려! 아! 이 마음의 아픈 갈등이여.

생— 그 가운데만 오직 무한한 기쁨이 있는 것을 너무도 잘 알기 때문에 이미 누끼사시나라누정(꼼짝달싹할 수 없을 정도—엮은이 주)로 전락하고만 자신을 굽어 살피면서. 생에 대한 용기, 호기심 이런 것이 날로 희박하여가는 것을 자각하오.

이것은 참 제도할 수 없는 비극이오! 아쿠타가와芥川나 마키노牧野 같은 사람들이 맛보았을 성싶은 최후 한 찰나의 심경은 나 역 어느 순간 전광같이 짧게 그러나 참 똑똑하게 맛보는 것이 이즈음 한두 번이 아니오. 제전帝展도 보았소. 환멸이라기에는 너무나 참담한 일장의 넌센스입디다. 나는 그 페인트의 악취에 질식할 것 같아 그만 코를 꽉 쥐고 뛰어나왔소.

(중략)

오직 가령 자전을 만들어냈다거나 일생을 철鐵연구에 바쳤다거나 하는 사람들만이 에라이히도(위대한 사람—엮은이 주)인가 싶소.

가끔 진짜 예술가들이 더러 있는 모양인데 이 생활거세 씨들은 당장에 도로네즈미(도둑쥐—엮은이 주)가 되어서 한 23년 만에 노사老死하는 모양입디다.

K형

이 무슨 객적은 망설을 늘어놓음이오! 소생 동경 와서 신경쇠약이 극도에 이르렀소! 게다가 몸이 이렇게 불편해서 그런 모양이오.

방학이 언제나 될는지 그전에 편지 한번 더 주기 바라오. 그리고 올 때는 도착 시각을 조사해서 전보 쳐주오. 동경역까지 도보로 한 15분, 20분이면 갈 수가 있소. 그리고 틈 있는 대로 편지 좀 자주 주기 바라오.

나는 이곳에서 외롭고 심히 가난하오. 오직 몇몇 장 편지가 겨우 이 가련한 한 인간의 명맥을 이어주는 것이오. 당신에게는 건강을 비는 것이 역시 우습고 그럼 당신의 러브 어페어에 행운이 있기를 바라오.

—1936년 11월 29일 서신 · 여성지에서

몇 개의 산문

「오감도 작자의 말」은 조선일보에 연재하다 '미친 놈의 잠꼬대!' 등등의 빗발치는 항의로 중단된 시 「오감도」의 작자로서의 항변이며, 「아름다운 우리 말」은 〈아름다운 우리 말 가운데도 가장 아름답게 생각하는 말 다섯 가지와 자랑하고 싶은 말〉이라는 1936년 9월호 중앙지의 설문에 대한 응답이다. 또 『시와 소설』은 구인회 동인지를 말한다.

「오감도」 작자의 말

왜 미쳤다고들 그러는지 대체 우리는 남보다 수십 년씩 떨어져도 마음놓고 지낼 작정이냐. 모르는 것은 내 재주도 모자랐겠지만 게을러빠지게 놀고만 지내던 일도 좀 뉘우쳐보아야 아니 하느냐. 여남은 개쯤 써보고서 시 만들 줄 안다고 잔뜩 믿고 굴러다니는 패들과는 물건이 다르다. 2천 점에서 30점을 고르는 데 땀을 흘렸다. 31년 32년 일에서 용대가리를 떡 꺼내어 놓고 하도들 야단에 배암꼬랑지커녕 쥐꼬랑지도 못 달고 그만두니 서운하다. 깜빡 신문이라는 답답한 조건을 잊어버린 것도 실수지만 이태준, 박태원 두 형이 끔찍히도 편을 들어준 데는 절한다. 철鐵— 이것은 내 새 길의 암시요 앞으로 제 아무에게도 굴하지 않겠지만 호령하여도 에코가 없는 무인지경은 딱하다. 다시는 이런, 물론 다시는 무슨 다른 방도가 있을 것이고 우선 그만둔다. 한동안 조용하게 공부나 하고 따는 정신병이나 고치겠다.

아름다운 우리말

무관無關한 친구가 하나 있대서 걸핏하면 성천成川에 가고 가고 했습니다. 거기서 서도인 말이 얼마나 아름답다는 것을 깨쳤습니다.

들어 있는 여관 아이들이 손[客]을 가르쳐 "나가네"라고 그러는 소리를 듣고 "좋은 말이구나" 했습니다. 나같이 표표한 여객이야 말로 '나가네' 란 말에 딱 필적하는 것같이 회심의 음향이었습니다. 또 '누깔사탕' 을 '댕구알' 이라고들 그럽니다. '누깔사탕' 의 깜쭉스럽고 무미한 어감에 비하여 '댕구알' 이 풍기는 해학적인 여운이 여간 구수하지 않습니다.

그리고 어서 어서 하고 재촉할 때 '엉야!' 하고 콧소리를 내어서 좀 길게 끌어 잡아댕기는 풍속이 있으니 그것이 젊은 여인네인 경우에 눈이 스르르 감길 듯이 매력적입니다.

그리고는 지용의 시 어느 구절엔가 '검정 콩 푸렁 콩을 주마' 하는 '푸렁' 소리가 언제도 말했지만 잊을 수 없는 아름다운 말솜씨입니다.

불초 이상은 말끝마다 참 참 소리가 많아 늘 듣는 이들의 웃음을 사는데 제딴은 참 소리야 말로 참 아름다운 어술인 줄 믿고 그러는 것이어늘 웃는 것은 참 이상한 일입니다.

시와 소설 편집후기

전부터 몇 번 궁리가 있었으나 여의치 못해 그럭저럭 해오던 일이 이번에 이렇게 탁방이 나서 회원들은 모두 기뻐한다. 우선 화우 구본웅 씨에게 마음으로 치사해야 한다. 쓰고 싶은 것을 써라. 책을랑 내 만들어 주마 해서 세상에 흔히 있는 별별 글탄 하나 겪지 않고 깨끗이 탄생했다. 일후도 딴 걱정 없을 것은 물론이다. 깨끗하다니 말이지 겉표지에서 뒷표지까지. 예서 더할 수 있으랴 보면 알게다.

구인회처럼 탈 많을 수 참 없다. 그러나 한번도 대꾸를 한 일이 없는 것은 말하자면 그런 대꾸 일일이 하느니 할 일이 따로 많으니까다. 일후라도 묵묵부답 채 지날 께다.

어쩌다 예회例會라고 모이면 출석보다 결석이 더 많으니 변변히 이야기도 못하고 흐지부지 헤어지곤 하는 수가 많다. 게으른 탓이 겠지만 또 다 각각 매인 일이 있고 역시 그도 그럴 수밖에 없다고 해서 회원을 너무 동떨어지지 않는 한에 맞아보자고 꽤 오래전부터 말이 있어 왔는데 그도 또 자연 허명무실해오던 차에 이번 기회에 김유정, 김환태 두 군을 맞았으니 퍽 좋다. 두 군은 전부터 회원들과 친분이 없지 않는 터에 잘됐다.

차차 페이지도 늘릴 작정이다. 회원 밖의 분 것도 물론 실린다. 지면 벼르는 것은 의논껏 하고 편집만 인쇄소 관계상 이상이 맡아보기로 한다. 그것도 역 의논 홋일이지만.

지난 달에 태원이 첫 따님을 낳았다. 아주 귀여워 죽겠단다. 명명 왈 '설영'— 장래 기가 막힌 모던 걸로 꾸미리라는 부친 태원의 원

대한 기업이다.

『시와 소설』에 대한 일체 통신은 창문사彰文社 출판부 이상한테 하면 된다.

3

산촌여정山村餘情_ 성천 기행 중의 몇 절

그가 다방 '제비', 카페 '학', 다방 '69' 등의 경영에 연속으로 실패하고, 금홍에 이어 두 번째로 사귄 순옥이 친구 J와 결혼하자 서울을 탈출하여 발 닿은 곳에 멈춘 곳이 성천成川이다. 여기에서 한국문학사상 가장 빛나는 에세이가 씌어졌는데, 그 작품이 바로 「산촌여정」이다. 『매일신보』(1935. 9. 27~10. 11)에 연재되었다.

향기로운 MJB의 미각을 잊어버린 지도 20여 일이나 됩니다. 이곳에는 신문도 잘 안 오고 체신부는 이따금 '하도롱'(연두)빛 소식을 가져옵니다. 거기는 누에고치와 옥수수의 사연이 적혀 있습니다. 마을사람들은 멀리 떨어져 사는 일가 때문에 수심이 생겼나 봅니다. 나도 도회에 남기고 온 일이 걱정이 됩니다.

건너편 팔봉산에는 노루와 멧돼지가 있답니다. 그리고 기우제 지내던 개골창까지 내려와서 가재를 잡아먹는 '곰'을 본 사람도 있습니다. 동물원에서 밖에 볼 수 없는 짐승, 산에 있는 짐승들을 사로잡아다가 동물원에 갖다 가둔 것이 아니라, 동물원에 있는 짐승들을 이런 산에다 내어놓아준 것만 같은 착각을 자꾸만 느낍니다. 밤이 되면, 달도 없는 그믐 칠야漆夜에 팔봉산도 사람이 침소로 들어가듯이 어둠 속으로 아주 없어져버립니다.

　그러나 공기는 수정처럼 맑아서 별빛만으로라도 넉넉히 좋아하는 「누가복음」도 읽을 수 있을 것 같습니다. 그리고 또 참 별이 도회에서보다 갑절이나 더 많이 나옵니다. 하도 조용한 것이 처음으로 별들의 운행하는 기척이 들리는 것도 같습니다.

　객주집 방에는 석유등잔을 켜놓습니다. 그 도회지의 석간과 같은 그윽한 내음새가 소년시대의 꿈을 부릅니다. 정형! 그런 석유등잔 밑에서 밤이 이슥하도록 '호까'(煙草匣紙) 붙이던 생각이 납니다. 베짱이가 한 마리 등잔에 올라앉아서 그 연둣빛 색채로 혼곤한 내 꿈에 마치 영어 '티' 자를 쓰고 건너 긋듯이 유다른 기억에다는 군데 군데 언더라인을 하여 놓습니다. 슬퍼하는 것처럼 고개를 숙이고 도회의 여차장이 차표 찍는 소리 같은 그 성악을 가만히 듣습니다. 그러면 그것이 또 이발소 가위 소리와도 같아집니다. 나는 눈까지 감고 가만히 또 자세히 들어봅니다.

　그리고 비망록을 꺼내어 머루빛 잉크로 산촌의 시정을 기초합니다.

　그저께신문을찢어버린
　때묻은흰나비
　봉선화는아름다운애인의귀처럼생기고
　귀에보이는지난날의기사
　얼마 있으면 목이 마릅니다. 자리물─심해처럼 가라앉은 냉수를 마십니다. 석영질 광석 내음새가 나면서 폐부에 한난계와 같은 길을 느낍니다. 나는 백지 위에 그 싸늘한 곡선을 그리라면 그릴 수도 있을 것 같습니다.

청석 없은 지붕에 별빛이 내려쪼이면 한겨울에 장독 터지는 것 같은 소리가 납니다. 벌레 소리가 요란합니다. 가을이 이런 시간에 엽서 한 장에 적을 만큼씩 오는 까닭입니다. 이런 때 참 무슨 재조로 광음을 헤아리겠습니까? 맥박 소리가 이 방 안을 방째 시계를 만들어버리고 장침과 단침의 나사못이 돌아가느라고 양쪽 눈이 번갈아 간즐간즐합니다. 코로 기계기름 내음새가 드나듭니다. 석유등잔 밑에서 졸음이 오는 기분입니다.

'파라마운트' 회사 상표처럼 생긴 도회소녀가 나오는 꿈을 조금 꿉니다. 그러다가 어느 사이에 도회에 남겨두고 온 가난한 식구들을 꿈에 봅니다. 그들은 포로들의 사진처럼 나란히 늘어섭니다. 그리고 내게 걱정을 시킵니다. 그러면 그만 잠이 깨어버립니다.

죽어버릴까 그런 생각을 하여봅니다. 벽 못에 걸린 다 해어진 내 저고리를 쳐다봅니다. 서도 천리를 나를 따라 여기 와 있습니다그려!

등잔 심지를 돋우고 불을 켠 다음 비망록에 철필로 군청빛 '모'를 심어 갑니다. 불행한 인구가 그 위에 하나하나 탄생합니다. 조밀한 인구가―.

내일은 진종일 화초만 보고 놀리라, 탈지면에다 알콜을 묻혀서 온갖 근심을 문지르리라, 이런 생각을 먹습니다. 너무도 꿈자리가 뒤숭숭하여서 그러는 것입니다. 화초가 피어 만발하는 꿈 '그라비아' 원색판 꿈 그림책을 보듯이 즐겁게 꿈을 꾸고 싶습니다. 그러면 간단한 설명을 위하여 상쾌한 시를 지어서 7포인트 활자로 배치하는 것도 좋습니다.

도회에 화려한 고향이 있습니다. 활엽수만으로 된 산이 고향의 시각을 가려버린 이 산촌에 팔봉산 허리를 넘는 철골전주가 소식의 제목만을 부호로 전하는 것 같습니다.

아침에 볕에 시달려서 마당이 부시럭거리면 그 소리에 잠이 깹니다. 하루라는 '짐'이 마당에 가득한 가운데 새빨간 잠자리가 병균처럼 활동입니다. 끄지 않고 잔 석유등잔에 불이 그저 켜진 채 소실된 밤의 흔적이 낡은 조끼 '단추'처럼 남아 있습니다. 작야昨夜를 방문할 수 있는 요비링입니다. 지난 밤의 체온을 방 안에 내어던진 채 마당에 나서면 마당 한 모퉁이에는 화단이 있습니다. 불타오르는 듯한 맨드라미꽃 그리고 봉선화.

지하에서 빨아올리는 이 화초들의 정열에 호흡이 더위오는 것 같습니다. 여기 처녀 손톱 끝에 물들을 봉선화 중에는 흰 것도 섞였습니다. 흰 봉선화도 붉게 물들까—조금도 이상스러울 것 없이 흰 봉선화는 꼭두서니 빛으로 곱게 물듭니다.

수수깡 울타리에 오렌지빛 유자가 열렸습니다. 당콩넝쿨과 어우러져서 세피아 빛을 배경으로 하는 일폭의 병풍입니다. 이 끝으로는 호박넝쿨 그 소박하면서도 대담한 호박꽃에 스파르타식 꿀벌이 한 마리 앉아 있습니다. 농황색濃黃色에 반영되어 '세실 B. 데일'의 영화처럼 화려하며 황금색으로 치사합니다. 귀를 기울이면 르네상스 응접실에서 들리는 선풍기 소리가 납니다.

야채사라다에 놓이는 아스파라가스 잎사귀 같은 또 무슨 화초가 있습니다. 객주집 아해에게 물어봅니다. '기상꽃', 기생화란 말입니다. 무슨 꽃이 피나. 진홍비단꽃이 핀답니다.

선조가 지정하지 아니한 조셋트치마에 웨스트민스터 권련券煙을 감아놓은 것 같은 도회의 기생의 아름다움을 연상하여 봅니다. 박하보다도 훈훈한 리그레추윙껌 내음새 두꺼운 장부를 넘기는 듯한 그 입맛 다시는 소리, 그러나 아마 여기 필 기생꽃은 분명히 혜원 그림에서 보는 것 같은, 혹은 우리가 소년시대에 보던 떨떨이 인력거에 홍일산紅日傘 받은 지금은 지난날의 삽화인 기생일 것 같습니다.

청둥호박이 열렸습니다. 호박꼬자리에 무 시루떡, 그 훅훅 끼치는 구수한 김에 쫓아서 증조할아버지의 시골뜨기 망령들은 정월 초하룻날, 한식날 오시는 것입니다. 그러나 저 국가 백년의 기반을 생각케하는 넓적하고도 묵직한 안정감과 침착한 색채는 럭비구를 안고 뛰는 이 제네레이션의 젊은 용사의 굵직한 팔뚝을 기다리는 것도 같습니다.

유자가 익으면 껍질이 벌어지면서 속이 삐져 나온답니다. 하나를 따서 실끝에 매어서 방에다가 걸어둡니다. 물방울져 떨어지는 풍염豊艶한 미각 밑에서 연필같이 수척하여 가는 이 몸에 조금씩 조금씩 살이 오르는 것 같습니다. 그러나 이 야채도 과실도 아닌 유머러스한 용적에 향기가 없습니다. 다만 세수비누에 한 겹씩 한 겹씩 해소되는 내 도회의 육향이 방 안에 배회할 뿐입니다.

팔봉산 올라가는 초경草徑 입구 모퉁이에 최×× 송덕비와 또 ×××× 아무개의 영세 불망비가 항공우편 포스터처럼 서 있습니다. 듣자니 그들은 다 아직도 생존하여 계시다 합니다. 우습지 않습니까.

교회가 보고 싶었습니다. 그래서 예루살렘 성역을 수만 리 떨어져 있는 이 마을의 농민들까지도 사랑하는 신 앞에서 회개하고 싶었습니다. 발길이 찬송가 소리나는 곳으로 갑니다. 포플러나무 밑에 염소 한 마리를 매어놓았습니다. 구식으로 수염이 났습니다. 나는 그 앞에 가서 그 총명한 동공을 들여다봅니다. 셀룰로이드로 만든 정교한 구슬을 오브라드로 싼 것같이 맑고 총명하고 깨끗하고 아름답습니다. 도색桃色 눈자위가 움직이면서 내 삼정三停과 오악五岳이 고르지 못한 빈상貧相을 업신여기는 중입니다.

옥수수밭은 일대 관병식觀兵式입니다. 바람이 불면 갑주甲冑 부딪치는 소리가 우수수 납니다. 카아마인빛 꼬꼬마(실 끝에 종이오리나 새털을 붙여 날리는 어린이 장난감의 한 가지—엮은이 주)가 뒤로 휘면서 너울거립니다. 팔봉산에서 총소리가 들렸습니다. 장엄한 예포소리가 분명합니다. 그러나 그것은 내 곁에서 소조小鳥의 간을 떨어뜨린 공기총 소리였습니다. 그러면 옥수수밭에서 백, 황, 흑, 회, 또 백, 가지각색의 개가 퍽 여러 마리 열을 지어서 걸어나옵니다. 센슈알한 계절의 흥분이 이 코삭크관병식을 한층 더 화려하게 합니다.

산삼이 풀어져 흐르는 시내 징검다리 위에는 백채白菜 씻은 자취가 있습니다. 풋김치의 청신한 미각이 안약 스마일을 연상시킵니다. 나는 그 화성암으로 반들반들한 징검다리 위에 삐뚤어진 N자로 쪼그리고 앉았노라면 시야에 물동이를 이고 주저하는 두 젊은 새악씨가 있습니다. 나는 미안해서 일어나기는 났으면서도 일부러 마주보면서 그리로 걸어갑니다. 스칩니다. 하도롱빛 피부에서 푸성귀 내음새가 납니다.

코코아빛 입술은 머루와 다래로 젖었습니다. 나를 아니 보는 동공에는 정제된 창공이 간쓰메가 되어 있습니다.

M백화점 미소노 화장품 스위트 걸이 신은 양말은 이 새악씨들의 피부색과 똑같은 소맥빛이었습니다. 빼뜨름히 붙인 초유선형 모자, 고양이 배에 화스너를 장치한 가뿟한 핸드백 이렇게 도회의 참신하다는 여성들을 연상하여 봅니다. 그리고 새벽 아스팔트 구르는 창백한 공장 소녀들의 회충과 같은 손가락을 연상하여 봅니다. 그 온갖 계급의 도회여인들, 연약한 피부 위에는 그네들의 빈부를 묻지 않고 온갖 육중한 지문을 느끼지 않습니까.

그러나 가난하나마 무명같이 튼튼한 피부 위에 오점이 없고 '추윙껌', '초콜레이트' 대신에 옹어리는 빼어 먹고 달짝지근한 꼬아리를 불며 송글송글한 이 시골 새악씨들을 더 나는 끔찍히 알고 싶습니다. 축복하여 주고 싶습니다. 교회는 보이지 않습니다. 도회인의 교활한 시선이 수줍어서 수풀 사이로 숨어버리고 종소리의 여운만이 근처에 내음새처럼 남아서 배회하고 있습니다. 혹 그것은 안식을 잃은 내 영혼이 들은 바 환청에 지나지 않았는지도 모릅니다.

조밭 한복판에 높은 뽕나무가 있습니다. 뽕 따는 새악씨가 전공부電工夫처럼 높이 나무 위에 올랐습니다. 순백의 가장 탐스러운 과실이 열렸습니다. 둘이서는 나무에 오르고 하나가 나무 밑에서 다랭이를 채우고 있습니다. 한두 닢만 따도 다랭이가 철철 넘는 민요의 무대면입니다.

조 이삭은 다 말라 죽었습니다. 콜크처럼 가벼운 이삭이 근심스럽게 고개를 숙였습니다. 오― 비야 좀 오려므나. 해면처럼 물을 빨아들이고 싶어 죽겠습니다. 그러나 하늘은 금禁한 듯이 구름이 없고 푸르고 맑고 또 부숭부숭하니 깊지 못한 뿌리의 SOS가 암반 아래를 흐르는 지하수에 다다르겠습니까.

두 소년이 고무신을 벗어 들고 시냇물에 발을 잠가 고기를 잡습니다. 지상의 원한이 스며 흐르는 정맥, 그 불길하고 독한 물에 어떤 어족이 살고 있는지, 시내는 대지의 신열을 뚫고 벌판 기울어진 방향으로 흐르고 있습니다. 그것은 가을의 풍설風設입니다.

　가을이 올 터인데 와도 좋으냐고 쏘근쏘근하지 않습니까. 조 이삭이 초례청 신부가 절할 때 나는 소리같이 부수수 구깁니다. 노회老獪한 바람이 조 잎새에게 난숙爛熟을 최촉催促하는 것입니다. 그러나 조의 마음은 푸르고 초조하고 어립니다. 조밭을 어지러뜨린 자는 누구냐. 기왕 안 될 조여든. 그런 마음으로 그랬나요. 몹시 어지러뜨려 놓았습니다. 누에, 호호戶戶에 누에가 있습니다. 조 이삭보다도 굵직한 누에가 삽시간에 뽕닢을 먹습니다. 이 건강한 미각은 왕후와 같이 지존至尊스러우며 사치스럽습니다. 새악씨들은 뽕 심부름하는 것으로 몸의 마지막 영광을 삼습니다. 그러나 뽕이 떨어졌습니다. 온갖 폐백幣帛이 동이 난 것과 같이 새악씨들의 정열은 허둥지둥하는 것입니다.

　야음을 타서 새악씨들은 경장輕裝으로 나섭니다. 얼굴의 홍조가 가르치는 방향으로 뽕나무에 우승배가 놓여 있습니다. 그리로만 가면 되는 것입니다. 조밭을 짓밟습니다. 자외선에 맛있게 끄을은 새악씨들의 발이 그대로 조 이삭을 무찌르고 스크럼입니다. 그리하여 하늘에 닿을 지성이 천고마비 잠실 안에 있는 성스러운 귀족 가축들을 살찌게 하는 것입니다. 코렛트부인의 『빈묘牝描』를 생각케 하는 말캉말캉한 로맨스입니다.

　간이학교 곁집 길가에서 들여다보이는 방에 틀이 떠돌고 있습니다. 편발 처자가 맨발로 기계를 건드리고 있습니다. 그러면 기계는 허리를 스치는 가느다란 실이 간지럽다는 듯이 깔깔깔깔 대소하는 것입니다. 웃으며 지근대이며 명산 ××명주가 짜여 나오니 열댓 자 수건이 성묘갈 때 입을 때때를 만들고 시집살이 설움을 씻어주고 또 꿈과 꿈을 말소하는 쓰레받이도 되고, 이렇게 실없는 내 환희입니다.

담배가게 곁방 안에는 오늘 황혼을 미리 가져다 놓았습니다. 침침한 몇 가론의 공기 속에 생생한 침엽수가 울창합니다. 황혼에만 사는 이민 같은 이국 초목에는 순백의 갸름한 열매가 무수히 열렸습니다. 고치, 귀화한 마리아들이 최신 지혜의 과실을 단려端麗한 맵시로 따고 있습니다. 그 아들의 불행한 최후를 슬퍼하며 크리스마스츄리를 헐어 들어가는 피에타 화폭 전도全圖입니다.

학교 마당에는 코스모스가 피어 있고 생도들은 글을 배우고 있습니다. 그들은 열심히 간단한 산술을 놓아 그들의 정직과 순박을 지혜와 교활로 환산하고 있습니다. 탄식할 이식산利息算이 아니겠습니까. 족보를 찢어버린 것과 같은 흰 나비가 두어 마리 백묵 내음새 나는 화단 위에서 번복飜覆이 무상합니다. 또 연식 테니스공의 마개 뽑는 소리가 음향의 흔적이 되어서는 등고선의 각점 모양으로 남아 있는 것 같습니다. 이 마당에서 오늘밤에 금융조합 선전 활동사진회가 열립니다. 활동사진? 세기의 총아, 온갖 예술 위에 군림하는 넘버 제8예술의 승리. 그 고답적이고도 탕아적인 매력을 무엇에다 비하겠습니까. 그러나 이곳 주민들은 활동사진에 대하여 한낱 동화적인 꿈을 가진 채 있습니다. 그림이 움직일 수 있는 이것은 참 홍모紅毛 오랑캐의 요술을 배워가지고 온 것 같으면서도 같지 않은 동포의 부러운 재간입니다.

활동사진을 보고 난 다음에 맛보는 담백한 허무, 장주 호접몽이 이러하였을 것입니다. 나의 동글납작한 머리가 그대로 카메라가 되어 피곤한 더블렌즈로나마 몇 번이나 이 옥수수 무르익어가는 초추의 정경을 촬영하였으며 영사하였는가, 플래시백으로 흐르는 엷은 애수, 도회에 남아 있는 몇 고독한 팬에게 보내는 단상의 스틸이외다.

밤이 되었습니다. 초열흘 가까운 달이 초저녁이 조금 지나면 나옵니다. 마당에 멍석을 펴고 전설 같은 시민이 모여듭니다. 축음기 앞에서 고개를 갸웃거리는 북극 펭귄새들이나 무엇이 다르겠습니까. 짧고도 기다란 인생을 적어내려갈 편전지便箋紙, 스크린이 박모薄暮 속에서 바이오그래피의 예비 표정입니다. 내가 있는 건너편 객주집에 든 도회풍 여인도 왔나 봅니다. 사투리의 합음이 마당 안에서 들립니다.

시작입니다. 부산 잔교가 나타납니다. 평양 모란봉입니다. 압록강 철교가 역사적으로 돌아갑니다. 박수와 갈채, 태서의 명감독이 바야흐로 안색이 없습니다. 십 분 휴식시간에 조합이사의 통역부 연설이 있었습니다.

달은 구름 속에 있습니다. 금연이라는 느낌입니다. 연설하는 이사 얼굴에 전등의 스포트도 비쳤습니다. 산천초목이 다 경동할 일입니다. 전등, 이곳 촌민들은 ××행자동차 헤드라이트 외에 전등을 본 일이 없습니다. 그 눈이 부시게 밝은 광선 속에서 창백한 이사는 강단降壇하였습니다. 우매한 백성들은 이 이사의 웅변에 한 사람도 박수치지 않습니다. —물론 나도 이 우매한 백성 중의 하나일 수밖에 없었습니다만은—.

밤 열한 시나 지나서 영화 감상의 밤은 해피엔드였습니다. 조합

원들과 영사기사는 이 촌 유일의 음식점에서 위로회를 열었습니다. 나는 객사로 돌아와서 죽어가는 등잔 심지를 돋우고 독서를 시작하였습니다. 그것은 이웃 방에 묵고 계신 노신사께서 내 나태와 우울을 훈계하는 뜻으로 빌려주신 고우다 로한幸田露伴 박사의 지은 바『사람의 길(人의 道)』이라는 진서입니다. 개가 멀리서 끊일 사이 없이 짖어댑니다. 그윽한 '하이칼라' 방향을 못 잊어 군중은 아직도 헤어지지 않나 봅니다.

구름이 걷히고 달이 나왔습니다. 벌레가 무도회의 창문을 열어놓은 것처럼 왓작 요란스럽습니다. 알지 못하는 노방의 사람人을 사모하는 도회인적인 향수가 있습니다. 신간 잡지의 표지와 같이 신선한 여인들, 넥타이와 동갑인 신사들 그리고 창백한 여러 친구들, 나를 기다리지 않는 고향, 도회에 내 나체의 말씀을 번안하여 보내주고 싶습니다. 잠, 성경을 채자하다가 엎질러버린 인쇄직공이 아무렇게나 주워담은 지리멸렬한 활자의 꿈, 나도 갈갈이 찢어진 사도가 되어서 세 번 아니라 열 번이라도 굶는 가족을 모른다고 그럽니다.

근심이 나를 제한 세상보다 큽니다. 내가 갑문閘門을 열면 폐허가 된 이 육신으로 근심의 저수가 스며들어옵니다. 그러나 나는 나의 메소이스트 병마개를 아직 뽑지는 않습니다. 근심은 나를 싸고 돌며 그러는 동안에 이 육신은 풍마우세風馬雨洗로 저절로 다 말라 없어지고 말 것입니다.

밤의 슬픈 공기를 원고지 위에 깔고 창백한 친구에게 편지를 씁니다. 그 속에는 자신의 부고도 동봉하여 있습니다.

권태倦怠

「권태」는 「산촌여정」에 버금가는 그의 뛰어난 에세이다. 「산촌여정」, 「권태」, 「이 아해들에게 장난감을 주라」 등등 은 모두 성천의 생활에서 얻어진 것으로 보인다. 그의 글 (「몇 개의 산문」 참조)을 보아도 그는 원용석이 있는 성 천에 자주 갔었다고 되어 있다. 이 작품은 그가 죽은 후 『조선일보』(1937. 5. 4~5. 11)에 발표되었다.

1

어서 차라리 어두워버리기나 했으면 좋겠는데, 벽촌의 여름날은 지리해서 죽겠을 만큼 길다.

동에 팔봉산八峰山, 곡선은 왜 저리도 굴곡이 없이 단조로운고?

서를 보아도 벌판, 남을 보아도 벌판, 북을 보아도 벌판, 아, 이 벌판은 어쩌라고 이렇게 한이 없이 늘어 놓였을꼬? 어쩌자고 저렇게까지 똑같이 초록색 하나로 되어먹었노?

농가가 가운데 길 하나를 두고 좌우로 한 십여 호씩 있다. 휘청거린 소나무기둥, 흙을 주물러 바른 벽, 강낭대로 둘러싼 울타리, 울타리를 덮은 호박넝쿨 모두가 그게 그것같이 똑같다.

어제 보던 대싸리나무, 오늘도 보는 김서방 내일도 보아야 할 흰둥이 검둥이.

해는 백도 가까운 볕을 지붕에도 벌판에도 뽕나무에도 암탉 꼬랑지에도 내려쪼인다. 아침이나 저녁이나 뜨거워서 견딜 수가 없는 염서炎暑가 계속이다.

나는 아침을 먹었다. 할 일이 없다. 그러나 무작정 넓다란 백지 같은 '오늘'이라는 것이 내 앞에 펼쳐져 있으면서 무슨 기사記事라도 좋으니 강요한다. 나는 무엇이고 하지 않으면 안 된다. 무엇을 해야 할 것인가 연구해야 한다. 그럼 나는 최서방네 집 사랑 툇마루로 장기나 두러 갈까. 그것 좋다.

최서방은 들에 나갔다. 최서방네 사랑에는 아무도 없나보다. 최서방의 조카가 낮잠을 잔다. 아하 내가 아침을 먹은 것은 열시나 지난 후니까 최서방의 조카로서는 낮잠 잘 시간에 틀림없다.

나는 최서방의 조카를 깨워가지고 장기를 한판 벌이기로 한다. 최서방의 조카와 열 번 두면 열 번 내가 이긴다. 최서방의 조카로서는 그러니까 나와 장기둔다는 것 그것부터가 권태다. 밤낮 두어야 마찬가질 바에는 안 두는 것이 차라리 낫지. 그러나 안 두면 또 무엇을 하나? 둘 밖에 없다.

지는 것도 권태어늘 이기는 것이 어찌 권태 아닐 수 있으랴? 열 번 두어서 열 번 내리 이기는 장난이란 열 번 지는 이상으로 싱거운 장난이다. 나는 참 싱거워서 견딜 수 없다.

한번쯤 져주리라. 나는 한참 생각하는 체하다가 슬그머니 위험한 자리에 장기조각을 갖다 놓는다. 최서방의 조카는 하품을 쓱 한번 하더니 이윽고 둔다는 것이 딴전이다. 으레히 질 것이니까 골치 아프게 수를 보고 어쩌고 하기도 싫다는 사상思想이리라. 아무렇게나

113

생각나는 대로 장기를 갖다 놓고는 그저 얼른 얼른 끝을 내어 져줄 만큼 져주면 이 상승常勝 장군은 이 압도적 권태를 이기지 못해 제 출물에 가버리겠지 하는 사상이리라. 가고 나면 또 낮잠이나 잘 작정이리라.

나는 부득이 또 이긴다. 이제 그만 두잔다. 물론 그만 두는 수밖에 없다. 일부러 져준다는 것조차 어려운 일이다. 나는 왜 저 최서방의 조카처럼 아주 영영 방심상태가 되어버릴 수가 없나? 이 질식할 것 같은 권태 속에서도 자세한 승부에 구속을 받나? 아주 바보가 되는 수는 없나?

내게 남아 있는 이 치사스러운 인간이욕人間利慾이 다시 없이 밉다. 나는 이 마지막 것을 면해야 한다. 권태를 인식하는 신경마저 버리고 완전히 허탈해버려야 한다.

2

나는 개울가로 간다. 가물로 하여 너무나 빈약한 물이 소리 없이 흐른다. 뼈처럼 앙상한 물줄기가 왜 소리를 치지 않나?

너무 더웁다. 나뭇잎들이 다 축 늘어져서 허덕허덕하도록 더웁다. 이렇게 더우니 시냇물인 저 서늘한 소리를 내어보는 재간도 없으리라.

나는 그 물가에 앉는다. 앉아서 자, 무슨 제목으로 나는 사색해야 할 것인가 생각해본다. 그러나 물론 아무런 제목도 떠오르지 않는다.

그렇다면 아무것도 생각 말기로 하자. 그저 한량없는 넓은 초록색 벌판, 지평선, 아무리 변화하여 보았댔자 결국 치열한 곡예의 역域을 벗어나지 않는 구름, 이런 것을 건너다본다.

지구 표면적의 100분의 99가 이 공포의 초록색이리라. 그렇다면 지구야말로 너무나 단조 무미한 채색이다. 도회에는 초록이 드물다. 나는 처음 여기 표착漂着하였을 때 이 신선한 초록빛에 놀랐고 사랑하였다. 그러나 닷새가 못 되어서 이 일망무제의 초록색은 조물주의 몰취미와 신경의 조잡성으로 말미암은 무미건조한 지구의 여백인 것을 발견하고 다시금 놀라지 않을 수 없었다.

어쩔 작정으로 저렇게 퍼러냐. 하루 온종일 저 푸른 빛은 아무것도 하지 않는다. 오직 그 푸른 것에 백치와 같이 만족하면서 푸른 채로 있다.

이윽고 밤이 오면 또 거대한 구렁이처럼 빛을 잃어버리고, 소리도 없이 잔다. 이 무슨 거대한 겸손이냐.

이윽고 겨울이 오면 초록은 실색失色한다. 그러나 그것은 남루를 갈기갈기 찢은 것과 다름없는 추악한 색채로 변하는 것이다. 한겨울을 두고 이 황막하고 추악한 벌판을 바라보고 지내면서 그래도 자살 민절悶絶하지 않는 농민들은 불쌍하기도 하려니와 거대한 천치다.

그들의 일생이 또한 이 벌판처럼 단조한 권태 일색으로 도포塗布된 것이리라. 일할 때는 초록 벌판처럼 더워서 숨이 칵칵 막히게 싱거울 것이요, 일하지 않을 때에는 겨울 황원荒原처럼 거칠고 구지레하게 싱거울 것이다.

그들에게는 흥분이 없다. 벌판에 벼락이 떨어져도 그것은 뇌성 끝에 가끔 있는 다반사에 지나지 않는다. 촌동村童이 범에게 물려가도 그것은 맹수가 사는 산촌에 가끔 있는 신벌神罰에 지나지 않는다. 실로 전신주 하나 없는 벌판에서 그들이 무엇을 대상으로 흥분할 수 있으랴.

팔봉산 등을 넘어 철골 전신주가 늘어섰다. 그러나 그 동선銅線은 이 촌락에 엽서 한 장을 내려뜨리지 않고 섰는 채다. 동선으로는 전류도 통하리라. 그러나 그들의 방이 아직도 송명松明으로 어둠침침한 이상 그 전신주들은 이 마을 동구에 늘어선 포플러나무와 조금도 다름이 없다.

그들에게 희망이 있던가? 가을에 곡식이 익으리라. 그러나 그것은 희망은 아니다. 본능이다.

내일, 내일도 오늘 하던 계속의 일을 해야지, 이 끝없는 권태의 내일은 왜 이렇게 끝없이 있나? 그러나 그들은 그런 것을 생각할 줄 모른다. 간혹 그런 의혹이 전광과 같이 그들의 흉리胸裏를 스치는 일이 있어도 다음 순간 하루의 노역으로 말미암아 잠이 오고 만다. 그러니 농민은 참 불행하도다. 그럼 이 흉악한 권태를 자각할 줄 아는 나는 얼마나 행복된가.

3

대싸리 나무도 축 늘어졌다. 물은 흐르면서 가끔 웅덩이를 만나면 썩는다.

내가 앉아 있는 데는 그런 웅덩이가 있다. 내 앞에서 물은 조용히 썩는다.

낮닭 우는 소리가 무던히 한가롭다. 어제도 울던 낮닭이 오늘도 또 울었다는 외에 아무 흥미도 없다. 들어도 그만 안 들어도 그만이다. 다만 우연히 귀에 들려왔으니까 그저 들었달 뿐이다.

닭은 그래도 새벽, 낮으로 울기나 한다. 그러나 이 동리의 개들은 짖지를 않는다. 그러면 모두 벙어리 개들인가, 아니다. 그 증거로는 이 동리사람 아닌 내가 돌팔매질을 하면서 위협하면 십리나 달아나면서 나를 돌아다 보고 짖는다.

그렇건만 내가 아무 그런 위험한 짓을 하지 않고 지나가면 천리나 먼 데서 온 외인 더구나 안면이 이처럼 창백하고 봉발蓬髮이 작소鵲巢를 이룬 기이한 풍모를 쳐다보면서도 짖지 않는다. 참 이상하다. 어째서 여기 개들은 나를 보고 짖지 않을까? 세상에도 희귀한 겸손한 겁쟁이 개들도 다 많다.

이 겁쟁이 개들은 이런 나를 보고도 짖지를 않으니 그럼 대체 무엇을 보아야 짖으랴?

그들은 짖을 일이 없다. 여인旅人은 이곳에 오지 않는다. 오지 않을 뿐만 아니라 국도 연변에 있지 않는 이 촌락을 그들은 지나갈 일도 없다. 가끔 이웃 마을의 김서방이 온다. 그러나 그는 여기 최서방과 똑같은 복장과 피부색과 사투리를 가졌으니 개들이 짖어 무엇하랴. 이 빈촌에는 도적이 없다. 인정 있는 도적이면 여기 너무나 빈한한 새악씨들을 위하여 훔친 바 비녀나 반지를 가만히 놓고 가지 않으면 안 되리라. 도적에게는 이 마을은 도적의 도심盜心을 도적맞기 쉬운 위험한 지대리라.

그러니 실로 개들이 무엇을 보고 짖으랴. 개들은 너무나 오랜 동안, 아마 그 출생 당시부터 짖는 버릇을 포기한 채 지내왔다. 몇 대를 두고 짖지 않은 이곳 견족들은 드디어 짖는다는 본능을 상실하고 만 것이리라. 이제는 돌이나 나무토막으로 얻어맞아서 견딜 수 없을 만큼 아파야 겨우 짖는다. 그러나 그와 같은 본능은 인간에게도 있으니 특히 개의 특징으로 쳐들 것은 못 되리라.

개들은 대개 제가 길리우고 있는 집 문간에 가 앉아서 밤이면 밤잠, 낮이면 낮잠을 잔다. 왜? 그들은 수위守衛할 아무 대상도 없으니까.

최서방네 집 개가 이리로 온다. 그것을 김서방네 집 개가 발견하고 일어나서 영접한다. 그러나 영접해 본댔자 할 일이 없다. 양구良久에 그들은 헤어진다.

설레설레 길을 걸어본다. 밤낮 다니던 길, 그 길에는 아무것도 떨어진 것이 없다. 촌민들은 한여름 보리와 조를 먹는다. 반찬은 날된장 풋고추다. 그러니 그들의 부엌에조차 남는 것이 없겠거늘, 하물며 길가에 무엇이 족히 떨어져 있을 수 있으랴.

길을 걸어본댔자 소득이 없다. 낮잠이나 자자. 그리하여 개들은 천부의 수위술守衛術을 망각하고 낮잠에 탐닉하여버리지 않을 수 없을 만큼 타락하고 말았다.

슬픈 일이다. 짖을 줄 모르는 벙어리 개, 지킬 줄 모르는 게으름뱅이 개, 이 바보 개들은 복날 개장국을 끓여먹기 위하여 촌민의 희생이 된다. 그러나 불쌍한 개들은 음력도 모르니 복날은 몇 날이나 남았나 전연 알 길이 없다.

4

이 마을에는 신문도 오지 않는다. 소위 승합자동차라는 것도 통과하지 않으니 도회의 소식을 무슨 방법으로 알랴.

오관이 모조리 박탈된 것이나 다름없다. 답답한 하늘, 답답한 지평선, 답답한 풍경, 답답한 풍속 가운데서 나는 이리 디굴 저리 디굴 굴고 싶고 만큼 답답해 하고 지내야만 된다.

아무것도 생각할 수 없는 상태 이상으로 괴로운 상태가 또 있을까. 인간은 병석에서도 생각한다. 아니 병석에서는 더욱 많이 생각하는 법이다.

끝없는 권태가 사람을 엄습하였을 때 그의 동공은 내부를 향하여 열리리라. 그리하여 망쇄忙殺할 때보다도 몇 배나 더 자신의 내면을 성찰할 수 있을 것이다.

현대인의 특질이요 질환인 자의식 과잉은 이런 권태치 않을 수 없는 권태 계급의 철저한 권태로 말미암음이다. 육체적 한산, 정신적 권태, 이것을 면할 수 없는 계급이 자의식 과잉의 절정을 표시한다.

그러나 지금 이 개울가에 앉은 나에게는 자의식 과잉조차가 폐쇄되었다.

이렇게 한산한데, 이렇게 극도의 권태가 있는데, 동공은 내부를 향하여 열리기를 주저한다.

아무것도 생각하기 싫다. 어제까지도 죽는 것을 생각하는 것 하나만은 즐거웠다. 그러나 오늘 그것조차가 귀찮다. 그러면 아무것도 생각하지 말고 눈뜬 채 졸기로 하자.

더워 죽겠는데 목욕이나 할까? 그러나 웅덩이 물은 썩었다. 썩지 않은 물을 찾아가는 것은 귀찮은 일이고. 썩지 않은 물이 여기 있다기로서니 나는 목욕하지 않았으리라. 옷을 벗기가 귀찮다. 아니! 그보다도 그 창백하고 앙상한 수구瘦軀를 백일 아래 널어 말리는 파렴치를 나는 견디기 어렵다.

땀이 옷에 배이면? 배인 채 두자.

그렇다 하더라도 이 더위는 무슨 더위냐. 나는 내가 있는 집으로 돌아와서 세수를 하기로 한다. 나는 일어나서 오던 길을 돌아가는 도중에서 교미하는 개 한 쌍을 만났다. 그러나 인공의 기교가 없는 축류畜類의 교미는 풍경이 권태 그것인 것같이 권태 그것이다. 동리 동해童孩들에게도 젊은 촌부들에게도 흥미의 대상이 못 되는 이 개들의 교미는 또한 내게 있어서도 흥미의 대상이 되지 않는다.

함석 대야는 그 본연의 빛을 일찍이 잃어버리고 그들의 피부색과 같이 붉고 검다. 아마 이 집 주인아주머니가 시집올 때 가지고 온 것이리라.

세수를 해본다. 물조차가 미지근하다. 물조차도 이 무지한 더위에는 견딜 수 없었나보다. 그러나 세수의 관례대로 세수를 마친다.

그리고 호박넝쿨이 축 늘어진 울타리 밑 호박넝쿨의 뿌리 돋친 데를 찾아서 그 물을 준다. 너라도 좀 생기를 내라고.

땀내 나는 수건으로 얼굴을 훔치고 툇마루에 걸터앉았자니까 내가 세수할 때 내 곁에 늘어섰던 주인집 아이들 넷이 제각기 나를 본받아 그 대야를 사용하여 세수를 한다.

저 애들도 더워서 저러는구나 하였더니 그렇지 않다. 그 애들도 나처럼 일거수일투족을 어찌하였으면 좋을까 당황해 하고 있는 권태들이었다. 다만 내가 세수하는 것을 보고 그럼 우리도 저 사람처럼 세수나 해볼까 하고 따라서 세수를 해보았다는 데 지나지 않는다.

5

원숭이가 사람의 흉내를 내는 것이 내 눈에는 참 밉다. 어쩌자고 여기 아이들이 내 흉내를 내는 것일까? 귀여운 촌동들을 원숭이를 만들어서는 안 된다.

나는 다시 개울가로 가본다. 썩은 물 늘어진 대싸리 외에 아무것도 없다. 그러나 나는 거기 앉아서 이번에는 그 썩는 중의 웅덩이 속을 들여다본다.

순간 나는 진기한 현상을 목도한다. 무수한 오점이 방향을 정돈해 가면서 움직이고 있는 것이다. 이것은 생물임에 틀림없다. 송사리 떼임에 틀림없다.

이 부패한 소택沼澤 속에 이런 앙증스러운 어족이 서식하리라고는 나는 참 꿈에도 생각하지 못했다.

요리 몰리고 조리 몰리고 역시 먹을 것을 찾음이리라. 무엇을 먹고 사누, 버러지를 먹겠지. 그러나 송사리보다도 더 작은 버러지라는 것이 있을까!

잠시를 가만 있지 않는다. 저물도록 움직인다. 대략 같은 동기와 같은 모양으로들 그러는 것 같다. 동기! 역시 송사리의 세계에도 시급한 목적이 있는 모양이다.

차츰차츰 하류를 향하여 군중적으로 이동한다. 저렇게 하류로 하류로만 가다가 또 어쩔 작정인가. 아니 그들은 중로中路에서 또 상류를 향하여 거슬러올라 올는지도 모른다. 그러나 당장 하류로 향하여 가고 있는 것이 확실하다. 하류로 하류로!

5분 후에는 그들의 모양이 보이지 않을 만큼 그들은 멀리 하류로 내려갔다. 그리고 웅덩이는 아까와 같이 도로 썩은 물의 웅덩이로 조용해지고 말았다.

나는 그 자리에서 일어나서 풀밭으로 가보기로 한다. 풀밭에는 암소 한 마리가 있다.

그 웅덩이 속에 그런 맹랑한 현상이 잠복해 있을 수 있다니 하고 나는 적잖이 흥분했다. 그러나 그 현상도 소낙비처럼 지나가고 말았으니 잊어버리고 그만두는 수밖에.

소의 뿔은 벌써 소의 무기는 아니다. 소의 뿔은 오직 안경의 재료일 따름이다. 소는 사람에게 얻어맞기가 위주니까 소에게는 무기가 필요없다. 소의 뿔은 오직 동물학자를 위한 표지이다. 야우野牛시대에는 이것으로 적을 돌격한 일도 있습니다 하는 마치 폐병廢兵의 가슴에 달린 훈장처럼 그 추억성이 애상적이다.

암소의 뿔은 수소의 그것보다도 더 한층 겸허하다. 이 애상적인 뿔이 나를 받을 리 없으니 나는 마음 놓고 그 곁 풀밭에 가 누워도 좋다. 나는 누워서 우선 소를 본다.

소는 잠시 반추를 그치고 나를 응시한다.

'이 사람의 얼굴이 왜 이리 창백하나. 아마 병인인가 보다. 내 생명에 위해를 가하려는 거나 아닌지 나는 조심해야 되지.'

이렇게 소는 속으로 나를 심리審理하였으니라. 그러나 5분 후에는 소는 다시 반추를 계속하였다. 소보다도 내가 마음을 놓는다.

소는 식욕의 즐거움조차를 냉대할 수 있는 지상 최대의 권태자다. 얼마나 권태에 지질렀길래 이미 위에 들어간 식물을 다시 게워 그 시금털털한 반소화물의 미각을 역설적으로 향락하는 체해 보임이리오?

소의 체구가 크면 클수록 그의 권태도 크고 슬프다. 나는 소 앞에 누워 내 세균같이 사소한 고독을 겸손하면서도 나도 사색의 반추는 가능할는지 불가능할는지 몰래 좀 생각해본다.

6

길 복판에서 6, 7인의 아이들이 놀고 있다. 적발동부赤髮銅膚의 반나군半裸群이다. 그들의 혼탁한 안색, 흘린 콧물, 두른 베두렁이 벗은 웃통만을 가지고는 그들의 성별조차 거의 분간할 수 없다.

그러나 그들은 여아가 아니면 남아요, 남아가 아니면 여아인, 결국에는 귀여운 5, 6세 내지 7, 8세의 '아이들' 임에는 틀림없다. 이 아이들이 여기 긴 한복판을 선택하여 유희하고 있다.

돌멩이를 주워온다. 여기는 사금파리도 벽돌조각도 없다. 이 빠진 그릇을 여기 사람들은 버리지 않는다.

그리고는 풀을 뜯어 온다. 풀— 이처럼 평범한 것이 또 있을까. 그들에게 있어서는 초록빛의 물건이란 어떤 것이고 간에 다시 없이 심심한 것이다. 그러나 하는 수 없다. 곡식을 뜯는 것도 금제니까 풀 밖에 없다.

돌멩이로 풀을 짓찧는다. 푸르스레한 물이 돌에 가 염색된다. 그러면 그 돌과 그 풀은 팽개치고 또 다른 풀과 돌멩이를 가져다가 똑같은 짓을 반복한다. 한 10분 동안이나 아무 말이 없이 잠자코 이렇게 놀아본다.

10분 만이면 권태가 온다. 풀도 싱겁고 돌도 싱겁다. 그러면 그 외에 무엇이 있나? 없다.

그들은 일제히 일어선다. 질서도 없고 충동의 재료도 없다. 다만 그저 앉았기 싫으니까 이번에는 일어서보았을 뿐이다.

일어서서 두 팔을 높이 하늘을 향하여 쳐든다. 그리고 비명에 가까운 소리를 질러본다. 그러더니 그냥 그 자리에서를 경중경중 뛴다. 그러면서 그 비명을 겸한다.

나는 이 광경을 보고 그만 눈물이 났다. 여북하면 저렇게 놀까. 이들은 놀 줄조차 모른다. 어버이들은 너무 가난해서 이들 귀여운 애기들에게 장난감을 사다 줄 수가 없었든 것이다.

이 하늘을 향하여 두 팔을 뻗치고 그리고 소리를 지르면서 뛰는 그들의 유희가 내 눈에는 암만해도 유희같이 생각되지 않는다. 하늘은 왜 저렇게 어제도 오늘도 내일도 푸르냐, 산은 벌판은 왜 저렇게 어제도 오늘도 내일도 푸르냐는 조물주에게 대한 저주의 비명이 아니고 무엇이랴.

아이들은 짖을 줄조차 모르는 개들과 놀 수는 없다. 그렇다고 모이 찾느라고 눈이 벌건 닭들과 놀 수도 없다. 아버지도 어머니도 너무나 바쁘다. 언니 오빠조차 바쁘다. 역시 아이들은 아이들끼리 노는 수밖에 없다. 그런데 대체 무엇을 가지고 어떻게 놀아야 하나. 그들에게는 장난감 하나가 없는 그들에게는 영영 엄두가 나서지를 않는 것이다. 그들은 이렇듯 불행하다.

그 짓도 5분이다. 그 이상 더 길게 이 짓을 하자면 그들은 피로할 것이다. 순진한 그들이 무슨 까닭에 피로해야 되나. 그들은 우선 싱거워서 그 짓을 그만둔다.

그들은 도로 나란히 앉는다. 앉아서 소리가 없다. 무엇을 하나. 무슨 종류의 유희인지, 유희는 유희인 모양인데— 이 권태의 왜소 인간들은 또 무슨 기상천외의 유희를 발명했나.

5분 후에 그들은 비키면서 하나씩 둘씩 일어선다. 제각각 대변을 한 무더기씩 누어 놓았다. 아 이것도 역시 그들의 유희였다. 속수무책의 그들 최후의 창작유희였다. 그러나 그중 한 아이가 영 일어나지를 않는다. 그는 대변이 나오지 않는다. 그럼 그는 이번 유희의 못난 낙오자임에 틀림없다. 분명히 다른 아이들 눈에 조소의 빛이 보인다. 아 조물주여, 이들을 위하여 풍경과 완구玩具를 주소서.

7

날이 어두웠다. 해저와 같은 밤이 오는 것이다. 나는 자못 이상하다.

가만히 생각해보면 나는 배가 고픈 모양이다. 이것이 정말이라면 그럼 나는 어째서 배가 고픈가. 무엇을 했다고 배고 고픈가.

자기 부패 작용이나 하고 있는 웅덩이 속을 실로 송사리 떼가 쏘

다니고 있더라. 그럼 내 장부 속으로도 나로서 자각할 수 없는 송사리 떼가 준동蠢動하고 있나 보다. 아무렇든 나는 밥을 아니 먹을 수는 없다.

밥상에는 마늘장아찌와 날된장과 풋고추 졸임이 관성의 법칙처럼 놓여 있다. 그러나 먹을 때마다 이 음식이 내 입에 내 혀에 다르다. 그러나 나는 그 까닭을 설명할 수 없다.

마당에서 밥을 먹으면 머리 위에서 그 무수한 별들이 야단이다. 저것은 또 어쩌라는 것인가. 내게는 별이 천문학의 대상이 될 수 없다. 그렇다고 시상의 대상도 아니다. 그것은 다만 향기도 촉감도 없는 절대 권태의 도달할 수 없는 영원한 피안이다. 별조차가 이렇게 싱겁다.

저녁을 마치고 밖으로 나와보면 집집에서는 모깃불의 연기가 한창이다.

그들은 마당에서 멍석을 펴고 잔다. 별을 쳐다보면서 잔다. 그러나 그들은 별을 보지 않는다. 그 증거로는 그들은 멍석에 눕자마자 눈을 감는다. 그리고는 눈을 감자마자 쿨쿨 잠이 든다. 별은 그들과 관계없다.

나는 소화를 촉진시키느라고 길을 왔다갔다 한다. 돌아설 적마다 멍석 위에 누운 사람의 수가 늘어간다.

이것이 시체와 무엇이 다를까? 먹고 잘 줄 아는 시체, 나는 이런 실례失禮로운 생각을 정지해야만 되겠다. 그리고 나도 가서 자야겠다.

방에 돌아와 나는 나를 살펴본다. 모든 것에서 절연된 지금의 내 생활, 자살의 단서조차를 찾을 길이 없는 지금의 내 생활은 과연 권태의 극 권태 그것이다.

그렇건만 내일이라는 것이 있다. 다시는 날이 새이지 않는 것 같기도 한 밤 저쪽에 또 내일이라는 놈이 한 개 버티고 서 있다. 마치 흉맹한 형리처럼, 나는 그 형리를 피할 수 없다. 오늘이 되어버린 내일 속에서 또 나는 질식할 만큼 심심해 해야 되고 기막힐 만큼 답답해야 된다.

그럼 오늘 하루를 나는 어떻게 지냈던가. 이런 것은 생각할 필요가 없으리라. 그냥 자자! 자다가 불행히, 아니 다행히 또 깨거든 최서방의 조카와 장기나 또 한판 두지. 웅덩이에 가서 송사리를 볼 수도 있고, 몇 가지 안 남은 기억을 소처럼 반추하면서 끝없는 나태를 즐기는 방법도 있지 않으냐.

불나비가 달려들어 불을 끈다. 불나비는 죽었든지 화상을 입었으리라. 그러나 불나비라는 놈은 사는 방법을 아는 놈이다. 불을 보면 뛰어들 줄 알고, 평상에 불을 초조히 찾아다닐 줄도 아는 정열의 생물이니 말이다.

그러나 여기 어디 불을 찾으려는 정열이 있으며 뛰어들 불이 있느냐, 없다. 나에게는 아무것도 없고, 아무것도 없는 내 눈에는 아무것도 보이지 않는다.

암흑은 암흑인 이상 이 좁은 방 것이나 우주에 꽉 찬 것이나 분량상 차이가 없으리라. 나는 이 대소 없는 암흑 가운데 누워서 숨쉴 것도 어루만질 것도 또 욕심나는 것도 아무것도 없다. 다만 어디까지 가야 끝이 날지 모르는 내일 그것이 또 창밖에 등대等待하고 있는 것을 느끼면서 오들오들 떨고 있을 뿐이다.

—12월 19일 미명 동경서

이 아해兒孩들에게 장난감을 주라

농촌의 아이들의 놀이를 통해 아이들이 어떻게 '권태'를 이겨내는가를 고통스럽게 예증하는 에세이이다. 그의 작품 「권태」와 깊은 연관을 맺고 있는데, 『현대문학』 (1960. 11∼1961. 1)이 발굴해 낸 미발표 일문 원고의 하나이다.

토지 일대는 현무암질이어서 중·남선鮮에 많이 있는 화강암질과 비하면 몹시 아름답지 못하다. 그래서 지방 아해들은 선천적으로 조약돌도 줍지 않는다.

나는 해양 같은 권태 속을 헤엄치고 있다. 지느러미는 미적지근한 속에 있다.

아해들은 아우성을 지르면서 나의 유쾌한 잠을 송두리째 뒤흔들어놨다. 나는 깜짝 놀랐다. 구릿빛 살결을 한 남아처럼 뵈는 아해 두셋이 내가 누워 있는 곁에서 놀고 있는 것이다. 모색暮色이 만또 모양으로 그들의 시체 같은 불결不潔을 휩싸고 있다.

오호라. 아해들은 어떻게 놀아야 좋을지 모르는 모양이다.

그러나 그들은 완전히 거세되어버린 것이 아니다. 풀을 휘뚜루 뽑아 가지고 와서 그걸 만지작거리며 놀아본다. 영원한 녹색—녹색은 그들에게 조금도 특이하거나 신통치 않다.

아해는 뭐든 그들을 경탄케 해줄 특이한 것이 탐나는 것이다. 하지만 아무리 둘러봐야 현재의 그들로선 규모가 지나치게 큰 가옥과 권속(혈연)과 끝없는 들판과 그들의 깔긴 똥이나 먹고 돌아다니는 개새끼들 등.

그들은 이런 모든 것에 지쳐버렸다. 그들은 흥취를 느낄 만한 출구가 없다. 그들은 무의식적으로 어째야 좋을지 어쩔 줄을 모른다. 그들, 상처에 어지러이 쥐어뜯긴 풀잎조각들이 함부로 흩어져 있다.

오호라, 이 아해들에게 가지고 놀 것을 주라.

비록 더러우나 그들의 신선한 손엔 아무것도 없다.

조그맣게 그리고 못 견디도록 슬픈 그들의 두뇌가 어떡하면 좋을까 생각한다. 유희를 버린 아해란 것이 과연 있을 수 있는가, 하고.

그렇다, 유희 않는 아해란 있을 수 없다. 유희를 주장한다. 유희를 요구한다.

아무래도 살 길 없는 죽음—(우리는 이래도 역시 아해랄 수 있는가)

이윽고 그들은 발명한다. 장난감 없어도 놀 수 있는 방법을.

두 손을 앞으로 쭉 뻗기도 하며 뛰돌아다니기도 하며 한곳에 버티고 서서 몸을 뒤틀기도 하며 이것은 전혀 율동적이 아니며 그저 척해보는 것이다.

그리고 어느 품사에도 소속치 않는 기묘한 아우성을 지르면서 거의 자신들을 동댕이치듯 떠들어댔다. 가엾게도 볼수록 엉터리다.

이것도 유희인가. 이래도 재미있는가―이렇게 광적이고도 천격賤格인 광경에 저으기 눈시울을 적셨다.

나는 이 불쌍한 소란 옆에서 정신을 잃었다.

암만 기다려도 아해들은 이 어처구니없는 유희를 그만두지 않는다. 어랍쇼. 이러다가 이 아해들은 참으로 미쳐버리지나 않을까. 어디서나 권태로워서 안절부절못한다는 것은 치명적인 부상이라기보다도 인간에겐 더더욱 치명적인 것만 같다. 현재 내 자신을 보라. 나는 혹 내부에서 이미 구원될 수 없을 정도로 미쳐버리지 않았다고 누가 나를 보증하겠는가?

내게서 이미 불쾌한 감정이 뭉게뭉게 일어났다.

이 우주의 오점보다도 밉살스런 불행한 아해들이 태어났다는 것을 나는 저주한다.

허나 그러는 중에 이 기괴한 유희에도 이만 싫증이 난 것이겠지―고요히 실망하고 만 그들은 아무런 동기도 목적도 없는 것만 같다. 도무지 분명치 못한 작태로 그 근방을 방황하고 있었다.

나는 그들이 벌써 발광한 거나 아닌가 생각하고 슬퍼하였다. 그러나 모색暮色에게도 그들의 용모는 정상적이었다.

아해가 놀지 않는다는 현상은 병이 아니면 사망일 것이다. 아해는 쉴 새 없이 유희한다. 그래서 놀지 않는다는 것은 전연 불가능한 일이다. 그러니 앞으로 이 아해들은 또 어떻게 놀 것인가. 나는 걱정하였다. 다음에서 그 다음으로 놀 수 있는—장난감 없이—그런 방법을 발견 못한 아해들은 결국 혹시 어른처럼 자살이나 하지 않을까 하고.

나는 그들에게 가르쳐주고 싶다. 말하자면 돌멩이를 집어 이 근방에 싸다니는 남루조각 같은 개들을 칠 것. 피해 달아나는 개를 어디까지나 뒤쫓을 것 등. 그러나 그들은 선천적으로 이 토지의 돌멩이가 기막히게 추악하다는 걸 알고 있음인지, 결코 돌멩이를 줍지 않는다.

(또 농촌에선 돌 던지는 걸 엄금하고 있다는 이유도 있을 것이다)

이번만은 또 어떤 기상천외의 노는 법이라도 고안하여 그들의 생명을 유지할 것인가. 불연不然이면 정말 발병하여 단번에 죽어버릴 것인가. 이상한 흥분과 긴장으로 나는 눈을 흡뜨고 있었다.

잠시 후 그들은 집 사립짝 옆 토벽을 따라 약속이나 한 것처럼 나란히 늘어서서 쪼그리고 앉는다. 뭔지 소곤소곤 모의하는 상하더니 벌써 침묵이다. 그리고 열중하기 시작하였다.

똥을 내질르는 것이었다. 나는 아연히 놀랐다. 이것도 소위 노는 것이랄 수 있을까. 또는 그들은 일시에 뒤가 마려웠던 것일까. 더러움에 대한 불쾌감이 나의 숨구멍을 막았다. 하늘만큼 귀중한 나의 머리가 뭔지 철저히 큰 둔기에 얻어맞고 터지는 줄 알았다. 그뿐인가. 또 한 가지 나를 아연케 한 것은 남아인 줄만 알았었는데 빤히 들여다보이는 생식기, 아니 기실은 배뇨기이었을 줄이야. 어허 모조리 마이너스구나. 기괴천만한 일도 다 있긴 있도다.

이번엔 서로의 엉덩이 구멍을 서로 들여다보기 시작하였다. 하는 짓마다 더욱 기상천외다.

그들의 얼굴빛과 대동소이한 윤기 없는 똥을 한 덩어리씩 극히 수월하게 해산하고 있다. 그것으로 만족이다.

허나 슬픈 것은 그들 중에 암만 안간힘을 써도 똥은커녕 궁둥이마저 나오지 않아 쩔쩔매는 아이도 있다. 이러고야 겨우 착상한 유희도 한심스럽기 그만이다. 그 명예롭지 못한 아이는 이제 다시 한 번 젖 먹던 힘까지 내어 하복부에 힘을 줬으나 역시 한발魋이다. 초조와 실망의 빛이 역력히 나타났다. 나도 이 아이가 특히 미웠다. 가엾게도, 하필이면 이럴 때 똥이 안 나오다니, 미움을 받다니, 동정의 대상이 되다니.

선수들은 목을 비둘기처럼 모으고 이 한 명의 낙오자를 멸시하였다. (우리 좌석의 흥을 깨어버린 반역자)

이 마사불가사의摩詞不可思議한 주문 같은 유희는 이리하여 허다한 불길과 원한을 품고 대단원을 고하였다. 나는 이제 발광하거나 졸도할 수밖에 없다. 만신창이 빈사의 몸으로 간신히 그곳에서 도망하였다.

모색暮色

『현대문학』(1960. 11~1961. 1)이 발굴해 낸 그의 미발
표 일문 원고의 하나이다.

바구니의 삼베 보를 벗기자 머루와 다래가 나왔다.

내게 사달라는 것이다. 머루와 다래의 덜 익은 맛을 나는 좋아 않
는다. 나는 들어가지 않겠다고 하였다.

도대체 어처구니없이 젊다.

그리고 또 하나의 바구니엔 복숭아가 가득 들어 있었다. 복숭아
는 복숭아 같은 모양을 하고 있다는 것만으로써 무릇 복숭아는 아
니다. 새파랗고도 조그만, 하여간 다른 과실이었다. 그러나 이건 복
숭아인 것이다.

나는 그것들을 조금씩 먹어보곤 깜짝 놀랐다. 대체로 내 혓바닥
은 약하다. 내 혀는 금새 맹목盲目이 될 상하다.

촌사람들 특히 아해들은 아귀처럼 입을 물들이며 먹는 것이었다. 나는 그들의 혀가 초인간적으로 건강한 데에 혀를 차지 않을 수 없었다. 아니 촌사람만도 아니다. 파는 사람 자신부터가 열심히 먹으면서 장사를 하는 것이다. 그건 그렇게 먹음으로써 다른 사람들에게도 식욕을 일으킬 수 있다는 속셈도 있을 것이다. 늘어진 팔자라 하겠다.

한 사람은 오그랑 노파로서 불행한 운명 때문에 오십 평생을 이미 꼬기꼬기 구겨버리고 말았다. 보기만 해도 가엾은 상이다. 그리고 또 한 사람은 어처구니없이 젊다. 그것은 어머니다.

젖먹이 어린놈은 더럽혀진 장난감처럼 삐이삐이하고 때로 심술궂게 악을 쓴다. 그런데 어머니는 거의 무신경이다. 그뿐인가, 때 묻은 유방을 축 늘어뜨리고서 맛나게 머루만 씹고 있다.

과연 노파는 한 푼이라도 더 돈으로 바꾸고 싶은 노파심에서였을 것이다. 먹지도 않고 그 곁에서 수연만장垂涎萬丈하는 나에게 하나쯤 먹어보는 것도 좋다, 그리고 먹음직하거든 제발 좀 사달라고 얼굴은 울음 반 웃음 반이다.

나는 나대로의 노파심 때문에 하여간 나는 사지 않을 테니 필요가 없다고 말한다.

그러자 이번엔 어린 것에게 젖을 먹이느라고 잠시 먹던 걸 중지한 그 젊은 어머니에게 권하는 것이었다. 아마 그녀는 노파의 며느리일 것이다.

며느리는 다시 복숭아와 머루를 그 시원스런 즙을 입속 가득히 스며들도록 넣으면서 음향 효과도 신명지게 씹고 있다.

무엇보다도 나는 이 17이나 8밖에 안 되는 새댁이 어떻게 어린놈을 낳았을까 하고 그것이 가장 불가사의해서 견딜 수 없었던 것이다.

　서방은 건장한 농사꾼일 것이다. 약간 나이가 위인. 아니면 나이가 아래일까?
　부부의 비밀—노파의 쭈굴쭈굴한 얼굴에 나타난 단념과 만족의 표정. 아들의 행복은 바로 노파의 행복인 것이다.
　그리고 이 새댁도 어느덧 저 세피아 색으로 반짝거리는 노파가 될 것이다. 그리고 지금 저 가슴팍에 매달려 있는 젖먹이 때문에 자기의 50평생을 희생한 것도 잊고서 단념과 만족의 전생全生을 보낼 것이다. 또 새며느리를 맞이할 때도 산엔 다래와 머루가 익을 것이다. 그땐 그것이 벌써 전매특허가 되어버렸을지 모른다. 어느덧 모색은 마을에 내려와 저 빈약한 장사치들도 다 돌아가 버렸다. 그러나 저 노파의 자태는 다만 홀로 조세 장려 표항慓杭 곁에서 애닯게도 고요히 호젓하였다. 그러나 그것도 노파의 노파심에서일 것이다. 젊은 어머니의 자태는 이미 그 곁에 없었다.

산촌일경山村一景

「산촌일경」은 원문이 일문으로 되어 있는 미발표 작품
의 하나이다. 『현대문학』(1960. 11~1961. 1)이 발굴해
시인 김수영의 번역으로 소개되었다. 원문에는 제목이
없는 것을 편자가 임의로 붙인 것이다.

초추初秋, 양지 쪽은 아직 덥다. 그 일광 아래서 옥수수는 황옥으
로 날마다 익어간다.

집들의 처마〔檐下〕밑에 구슬 같은 옥수수 묶음이 매달려 있다. 명
년에 대한 준비, 한없이 윤회하는 농가의 세월이여.

나락은 이삭만을 급각도急角度로 굽히고 있다. 그래 꼼작할 수도
없다. 그리고 그럼으로써 들은 만경萬頃의 물결을 일으키고 있다.

그 논둑 위에 서서 나는 그 불투명한 물결 사이로 자태도 없이 흐
르는 잔잔한 맑은 물소리를 듣는다.

한낮, 망막한 원경은 이 사소些少한 맑은 물소리로써 계산되고 있
는 것만 같다. 건강한 정밀이여. 명증한 맥박이여.

아침은, 나는 식어들기 일쑤였다. 만사는 나에게 더욱 냉담한 사념이 되어 간다.

신을 엄습掩襲하는 가을의 사색, 그럴 때마다 느끼는 생존의 적막과 울고鬱苦에 견대낼 수 없다. 나의 전방에 선명한 문자처럼 전개하는 자살에의 유혹.

그러나,

나의 냉각한 피는 이 경쇠처럼 꽃나운 맥빅 속에서 포옹-처럼 따뜻해지는 것이었다. 창백한 맨발을 일광이 불타듯 물들였다. 나의 보조는 한가하고 즐겁다. 걸으면서 집들을 삐끔히 들여다본다.

문과 창은 깊이 잠겨 있었다. 어째서 그들은 그들의 곰팡난 미밀微密을 일광에 쪼이지 않는 것일까. 음참陰慘한 전통이여. 오랜 옛 조선祖先의 그 둔중한 창문 뒤에서 앓고 있다. 골수를, 불결을.

점괘의 암담함이여―언제면 이 땅과 폐쇄된 집집마다 행운과 환희가 찾아올 것인가.

그래도 남루조각 같은 아해들은 복숭아씨를 돌멩이로 두들겨 깨면서 묵묵히 놀고 있었다. 저주 같은 햇볕이 그 위에 그림자가 깊숙히 두드러지게 내려쬐고 있었다.

뜰엔 시어머니와 새며느리가 있다. 남자들은 모두 들에 나간 것일 게다.

회화―4, 5명의 여인들은 상반신을 벌거벗고 씩씩하게 선 일들을 한다. 암소와 함께, 소도 수소는 들에 나간 것이다.

도색桃色의 젖 빠는 어린 것을 흔들흔들 흔들면서 맷돌을 돌리는 암소의 큰 실체는 의외로 적고 여자답게 보여서 상냥스러웠다.

소중한 가족인 것이다. 암소까지도 생계를 함께하면서 여러 가지 말을 주고받는 것처럼 보였다.

돼지, 닭, 그리고 오래된 솜털 같은 송아지. 들은 넓고 햇님은 단 하나이다.

이 땅에도 문명은 침입해왔다. 먼 산등을 넘어 늘어서 있는 철골의 망대가 보이고 그리고 그것으로 이 촌도 전화하려는 전기회사의 사택의 빨간 인조 슬레트 지붕이 짚으로 이엉을 인 지붕과 겹친 저편에 병적으로 선명히 빛나 보였다.

맑은 물소리도 멀어서 들리지 않는다. 촌과 들은 마치 백주의 슬픈 점괘에 서버린 채 굳어버린 화폭이다. 혼수와 같은 문명의 마술에 드디어 꾸벅꾸벅 조는 것일까. 이 촌에 행복 있으라.

율도栗島

『조광』(1936. 3)에 발표한 작품으로 원제목은 「서망율도西望栗島」이다.

삼동에 배꽃이 피었다는 동리에는 마른 나무에 까마귀가 간수처럼 앉아 있을 뿐이었다.

비탈에서는 적토빛 죄수들이 적토를 헐어낸다. 느끼하니 냄새 풍기는 진창길에 발만 성가시게 적시고 그만 갈 바를 잃었다.

강으로나 가볼까, 울면서 수채화 그리던 바위 위에서 나는 도度 없는 안경알을 닦았다. 바이 아래 갈피를 잡지 못하는 삼월 강물이 충충하다. 시원치 않은 별이 들었다 났다 하는 밤섬을 서에 두고 역청瀝靑 풀어놓은 것 같은 물결을 나는 몇 번이나 몇 번이나 내려다 보았다.

　　향방의 향토는 모발 같아

건드리면 새빨개진다

갯가에서 짐 푸는 소리가 한가하다. 개흙 묻은 장작더미 곁에서
낮닭이 겨웁고 배들은 돛폭을 내렸다. 벌써 내려놓은 빨래방망이
소리가 얼마 만에야 그도 등 뒤에서 들려왔다. 나는 별안간 사람이
그리워졌다.

갯가에서 한집 목로를 들렀다. 손이 없다.

무명조개 껍질이 너덧 석쇠 놓인 화로가에 해뜨려져 있을 뿐, 목
로 뒷방에서 아주머네가 인사 없이 나온다. 손 베질 것 같은 소복에
반지는 끼지 않았다.

알큰한 달래나물에 한잔 술을 마시며 나는 목로 위에 싸늘한 성
모聖母를 느꼈다. 아픈 혈족의 '저'를 느꼈다.

> 향방의 풍토는
>> 모발 같아
> 건드리면
>> 새빨개진다

그리고 나서는

> 혈족이 저무도록
>> 내 아픈 데 가 닿아서
> 부드러운 구두 속에서도
>> 일마다 아리다.

밤섬이 싹을 티우려나 보다. 걸핏하면 뺨 얻어맞는 눈에 강 건너
일판이 그냥 노오랗게 헝클어져서는 흐늑흐늑해 보인다.

어리석은 저녁밥〔夕飯〕

「어리석은 저녁밥」은 『현대문학』(1960. 11～1961. 1)이
발굴해 낸 미발표 일문 원고의 하나이다. 「산촌여정」 등
과 같이 성천기행과 연관성을 갖는 작품이며, 원제는
「어리석은 夕飯」이다.

만복의 상태는 거의 고통에 가깝다. 나는 마늘과 닭고기를 먹었
다. 또 어디까지나 사람을 무시하는 후쿠진츠케福神漬와 지우개 고
무 같은 두부와 고춧가루가 들어 있지 않는 뎃도마수 같은 배추 조
린 것과 짜다는 것 이외 아무 미각도 느낄 수 없는 숙란熟卵을 먹었
다. 모든 반찬이 짜기만 하다. 이것은 이미 여러 가지 외형을 한 소
금의 유족類族에 지나지 않는다. 이건 바로 생명을 유지하는 데 목
적을 두고 있는 완전한 쾌적 행위이다. 나는 이런 식사를 이젠 벌써
존경지념尊敬之念까지 품고서 대하는 것이다.

이 지방에 온 후, 아직 한 번도 담배를 피지 않았다. 장지의 저 노
서아 빵의 등어리 같은 기름진 반문斑紋은 벌써 사라져 자취도 없

다. 나는 약간 남은 기름기를 다른 편 손의 손톱으로 긁어버리면서, 난 담배는 피지 않습니다 하고 즉답卽答할 때의 기쁨을, 내심으로 상상하며 혼자 유쾌했던 것이다. 요즘 나의 머리는 오로지 명료하다곤 말할 수 없으나 적어도 담배연기만을 제외한 명료만은 획득하고 있음을 자부한다. 물론 나는 단 한 번도 내 두뇌를 시험해본 일이 없으므로 분명한 것은 알 수 없다.

모색暮色은 침침하여 쓰르라미 소리도 시작되었다. 외줄기 도로에 면한 대청에 피차의 구별 없이 모여든다. 그것은 오로지 개항장開港場 비슷한 기분이다. 그리고 서로 상대에게 식사하셨냐고 물음으로써 으레 그 다음에 있을 어리석고 쓸데없는 잡담의 실마리부터 만드는 것이다. 이건 정말 평화롭고도 기묘하지만 그러나 이런 것이 그들에겐 지극히 자연적으로 취급된다. 실로 부러운 잡음들이다. 그중 한 사람은, 어느 고리대금을 하는 경찰서장보다도 권세에 있어 훨씬 능가한다는 점을 길게 말한다. 모두 약속이나 한 것처럼 감격한다. 그것은 그 고리대금쟁이가 은행 이율에 비해서 다만 1분밖에 높지 않는 이식利息을 취하기 때문에, 한 촌락의 존경을 여하히 일신에 모으고 있느냐에 의하여 권세는 증명된 셈이다. 도적이 결코 그를 습격하지 않는 것은 24시간 중 그의 집 문이 개방되어 있는 것만 보아도 내맥內脈을 빤히 알 수 있을 것이다. 그쯤 되면 나도 감격하여 무의식 중에 목을 끄덕이었다. 그리고 장기를 두었다. 모두 한덩어리가 되어 훈수를 한다. 마지막엔 완전히 훤소喧騷의 덩어리로 화해버린다. 그러는 중에 여러 번 주연자가 무의식 중에 교대되었다. 호화로운 스포츠다.

나는 이 20수호가 못 되는 촌락 한가운데를 관통하는 한 줄기 통로를 왕래한다. 나는 집들을 주의 깊이 더구나 타인에게 들키지 않게 들여다보았다. 결정코 그 속은 어두워서 아무것도 보이지 않았다. 모깃불을 올려서 연기는 푸르고 누렇다. 대규모의 모기 쫓는 불이다. 그것은 독가스(毒瓦斯) 못지않은 독과 악취와 자극성을 갖고 있어 어느덧 눈물마저 짜내게 한다. 나는 이집 저집 들여다보던 것을 중지한다. 순전히 사람을 몰아내기 위해 올리는 모깃불이기도 하다. 별이 나왔다. 일찍이 아무도 촌사람에게 하늘에서 별이 나온다는 걸 가르쳐준 사람이 없으므로 그들은 별이란 걸 모른다. 그것은 별이 송두리째 하느님에 틀림없다. 더구나 1등성 2등성 하고 구별하는 사람의 번쇄(煩瑣)야말로, 가히 짐작할 수 있도다. 불행한 사람들임에 틀림없다.

　그러나 그중에도 백면(白面)의 청년이 있어 이 촌락의 숭고한 교양을 교란한다. 경멸해야 할 작자다. 그런 백면들은 나이트가운을 입기도 하며, 머리에 포마드를 바르기도 하며 바이올린을 켜기도 하며, 신문을 읽기도 하면서 촌사람을 얼떨떨하게 만든다.

　그러나 이 촌락은 평화롭다. 나는 마늘 냄새 풍기는 게트림을 하였다. 마늘―이 토지의 향기를 빨아올린 귀중한 것이다. 나는 이 권태 바로 그것인 토지를 사랑하는 동시, 백면들을 제외한 그들 촌사람의 행복을 축복하고 싶다. 이제 나는 움직일 수 없는 태산처럼 만족상태이다.

　인간이 인간의 능력으로써 어느 정도 타태(惰怠)할 수 있느냐가 문제일까. 사실 이 목적도 없는 게으른 생활은 어쩐 일인가. 도대체 이것이 과연 생활이라고 이름할 수 있는가.

추풍은 적막하여 새벽녘의 체온은 쥐에게 긁어먹힌 듯 감하減下한다. 어느 정도까지 감하하면 겨우 그제부터 경계해야 할 상태가 되는 것일 게다. 곧 잠에서 깨어난다. 아침 햇빛은 깊이 그리고 쓸쓸한 음영과 함께 뜰 가운데 적막하다. 구슬픔이 은근히 몸에 스며든다.

어느덧 오줌이 마렵다. 이건 어제 밤부터의 소변일 것이다. 잠시 동안 오줌이 마렵다는 것을 사유 속에 유지하면서 막연한 것을 생각한다. 아무 일도 떠오르지 않는다. 이건 소위 아무것도 생각지 않는 것보다 더욱 불순한 상태일 것이다.

갑자기 나는 오줌은 싸버리지 않으면 안 된다는 것과, 독소의 체내 침전은 신체에 유해하다는 데 정신이 쏠렸다. 나는 놀라버린다. 호박의 백치 같은 잎사귀 밑에다 소변을 한다. 들은 이제야 누렇게 물들려 아침 햇빛에 제법 아름다이 빛나고 있다. 그러는 동안에도 나는 역시 어떤 정리된 것을 생각하는 것은 불가능하였다.

일곱시다. 밤과 낮이 전혀 전도되어 있는 내게 있어 오전 일곱시의 잠을 깬다는 것은 지극히 우스꽝스러운 일이다. 이건 (?)정定위생에 반드시 나쁘다고 나는 생각해버린 것이다. 나 같은, 즉 건전한 신으로부터 버림받은 인간에게 있어 오전 일곱시의 기상은 오로지 비위생이며 불섭생이리라.

다시 침구 속에 파고들어가, 진짜 수면은 어제부터라고 주장하면서도, 의식적으로 자는 척한다.

잠들지 않는다. 우스울 지경이다. 더구나 아침 공기는 너무나 싸늘한 것 같다. 서늘하다는 것은 내게 있어 춥다는 것과 같다. 일어날까? 일어나서 어떻게하겠다는 건가? 그걸 생각하면, 갑자기 불쾌해지고 모든 시간이 나에겐 터무니없는 고통의 연속 같기만 해서 견딜 수 없다. 이러는 동안에 몸은 더욱 식어들 뿐, 나는 침구 속에 깊이 파고들면서 얼떨떨해진다. 너무 파고들면 발이 나온다. 발이 공기 속에 직하로 뛰어나온다는 것은 내게 있어 가장 중대한 위구危懼이 다. 발은 항상 양말이나 이불 속에 숨어 있어야 한다. 벌써 초조해진 이상, 잠든다는 것은 단념해야 한다.

그런데—이건 또 어쩐 일인가. 배가 명동鳴動하는 것이다. 소화 성 적은 극히 양호하다고 하던데, 벌써 위주머니 속엔 아무것도 남았 을 리 없는데, 전혀 원인을 알 수 없다. 필시 발, 발이 싸늘해진 때문 일 것이다.

무슨 일이건 다 불쾌하다는 걸 계속해서 생각하는 것은 불쾌하 다. 그러자 이번은 이웃 방 사람들의 식사하는 소리가 들리어온다. 꼭 개가 죽 먹을 때의 그 소리다. 인간이 식사하는 것을, 보이지 않 는 곳에 숨어서 들을 때, 개의 그것과 같다는 것을 발견함은 일대 쾌 사快事라 하겠다. 나는 그 반찬들을 상상해본다. 나의 식사와 조금 도 다르지 않는 것들일 것이니 말이다. 이러고 보니 나는 몹시 시장 하다. 빨리 일어나 밥을 먹자. 그건 좋은 생각이다. 그럼 밥을 먹은 후 또 뭣을 먹으면 좋을까. 먹을 것이라곤 없다. 닭이 요란스럽게 울 부짖는다. 알을 낳는 것일 게다. 아니면 꿩일까. 꿩이라면 근사하겠 다. 맘 속으로 날개가 흩어지는 민첩한 광경을 그려보면서 마침 내—일어나 볼까. 따뜻한 갓 낳은 계란이 하나 먹고 싶구나 하고, 부 질없는 일을 원해본다.

이렇게 오고 가는 방향이 서로 어긋나는 생리상태와 심리상태는 도대체 어쩌자는 셈일까. 심리상태가 뭣이든 사사건건마다 생리상태에 대하여 몹시 노하고 있는 것이다. 아니라면 그 반대일 것이다. 오로지 그렇게 밖에 볼 수 없는, 수습할 수 없는 상태며 난국이다. 나는 건강한지 불건강한지 판단조차 할 수 없다. 건강하다면 나는 이 세상 모든 건강한 사람의 그 누구와도(조금도) 닮지 않았다. 불건강하다면 이건 얼마나 처치 곤란하리만큼 뻔뻔스런 그렇게 약해빠진 몰골인가.

시계를 보았다. 9시 반이 지난. 그건 참으로 바보 같고 우열愚劣한 낯짝이 아닌가. 저렇게 바보 같고 어리석은 시계의 인상을 일찍이 한번도 경험한 일이 없다. 9시 반이 지났다는 것이 대관절 어쨌단 거며 어떻게 된다는 것인가. 시계의 어리석음은 알 도리조차 없다. 세수하기 전에 나는 잠시 동안 무슨 의의라도 있는 듯이 뜰을 배회한다. 뜰 한구석에 함부로 자라는 여러 가지 화초를 들여다본다. 그것들은 다 특색이 있어 쾌적하다. 아침 햇볕에 종용從容히 목을 숙인 것만 같아서 단정하고도 가련하다. 기생화—언제면 이 간드러진 이름을 가진 식물은 꽃을 보여줄까 하고, 내가 걱정하자, 주인은 앞으로 3일 만 지나면 꽃이 필 것이라고 말한다. 아직 꽃봉오리도 나와 있지 않으니 터무니없는 거짓말일 것이다. 주인의 엉터리 대답은 참말처럼 꾸미고 있어서 쾌적하다.

여인숙집 주인은 우스꽝스런 사나이다. 그 멀쩡하게 시침 떼고 있는 얼굴 표정은 사람을 웃기기에 충분하다.

호박꽃에 벌이 한 마리 앉았다. 벌은 개구리 같은 형태를 하고 있다. 이 소〔牛〕 같은 꽃에 열심히 물고 늘어졌대야 별 수 없을 것이다.

유자 넝쿨엔 상당수의 열매가 늘어져 있다. 제법 오렌지 비슷한 것은 사람의 불알 같아서 우습다. 특히 그 전표면에 나타나 있는 많은 소돌기小突起는 보는 사람으로 하여금 심심케 하지 않는 형태다.

나는 얼굴을 씻으면서 사람이 매일 이렇게 세수를 해야 한다는 것이 얼마나 번쇄한가에 대해 고민하였다. 사실 한없이 게으름뱅이인 나는 한번도 기꺼이 세숫물을 써본 기억이 없다.

밥상이 오기까지 나는 이제 한번 뜰 가운데를 소요하였다. 그러자 남루한 강아지가 한 마리 어디서 나타났는지 끼어들었다. 이 여인숙에선 개를 기르지 않으니 이건 다른 집 개일 것이다. 내겐 전혀 구애 없이, 그러면서도 내심으론 몹시 나를 두려워하는 듯, 나에게서 약간 거리를 둔 지점에 걸음을 멈추는 기색도 없이 머물러 서서, 내 눈엔 아무것도 보이지 않는 땅바닥 위를 벌름거리며 냄새만 연신 맡는다. 그러자 여인숙집의 일곱 살쯤 된 딸아이가 옥수수(알맹이는 다 먹어버린) 꽁갱이를 그 강아지 앞에 던졌다. 강아지는 잠깐 냄새를 맡아보다가, 이윽고 그것이 식용에 적합하지 않는 물체란 걸 알아차리자, 원래 아무것도 없는 땅바닥을 다시 한번 맡아보는 시늉을 하곤, 거기서마저 아무런 소득이 없자 그대로 살금살금 그곳을 떠나버렸다. 나는 갑자기 촌락 중에 득실거리는 저 많은 개들은 다 뭣을 먹고서 살아 있는 것일까 하고 그것이 걱정되기 시작하였다. 생각하면 개를 기르는 주인이 제각기 일정한 시간에 일정한 식물食物을 개에게 주겠지. 그럼 개 주인은 항상 그렇게 빠짐 없이 그것을 이행하는 것일까. 어느새 잊는 수도 있을 것이다. 그럴 때 한 집안에서 기르는 여러 마리 개는 어떻게 될까. 촌락은 좁다. 사람들은 옥수수 꽁갱이 같은 물건 이외엔 잘 물건을 버리지 않는다.

암담할 뿐이다. 그러나 개도 개지, 글쎄 아무것도 없는 땅바닥을 열심히 몇 번씩이나 냄새를 맡는 것은 얼마나 우열한 일이뇨. 개는 개다. 나는 인간으로 태어나서 행복하다. —역시 이런 걸 생각는 자체부터가 아무것도 없는 땅바닥을 냄새 맡는 것과 다름없을 것이다. 그러나.

　개도 가버렸다. 나는 이재 무엇을 관찰해야 좋을지 모르겠다. 나는 울타리 너머로 산과 들을 바라보기로 한다. 산은 어젯날과 같이, 자체마저 알 수 없는 새벽녘 빛을 대변하고 있다. 들은 어젯밤 이래 아무 일도 일어나지 않았다. 저 밑바닥은 태양도 없는 어두운 공포의 한가운데 있으면서도, 얼마나 무신경한 둔감 바로 그것인가. 산은 소나무도 없는 활엽수만으로써 전혀 유치한 자격뿐이다. 이 광대무변한 제애際涯도 없는 세련되지 못한 영원의 녹색은 도대체 어디로부터 어디에까지 계속하고 있는 것인가.
　나는 이 정도로써 이 홍수 같은 녹색의 조망에 싫증이 나버렸다. 나는 하늘을 쳐다보기로 한다. 원래부터 하늘엔 무어고 있을 리 만무하다. 그러나 구름이 있다. 그것은 어제도 백색이었다. 그리고 오늘도 하얗다. 여름 구름에도 있을 상싶지 않은 단조롭고도 저능한 일이다. 구름의 존재란 것은 무엇을 의미하는가? 비가 된다고? 나는 아직 한번도 구름이 비가 된다는 것을 믿어본 적이 없다. 그렇다면 저건 자기 스스로를 속이고 있다. 부끄러운 줄도 모른다. 완전히 부운 같은 존재에 지나지 않는다. 나는 이 아침의 이 세상의 어느 나라의 지도와도 닮지 않은 백운을 망연히 바라보며 인생의 무한한 무료함에 하품을 하였다.

　감벽紺碧의 하늘, 종일 자기 체온으로 작열하는 태양, 햇볕은 황금색으로 반짝이고 있다.
　어찌한 까닭인가. 기期(???)*때에 감벽의 하늘이 중후하여서 괴롭고 무더워 보이는 것일 게다. 화초는 숨이 막혀 타오르고, 혈흔의 빨간 잠자리는 병균처럼 활동한다.

쇠파리와 함께 이 백주白畫는 죽음보다도 더욱 적막하여 음향이 없다. 지구의 끝 성스런 토지에 장엄함 질환이 있는 것일 게다.

닭도 그늘에 숨어 개는 목을 드리우고 있다. 대기는 근심의 빛에 충만하였다.

뼈마디 마디가 봉명封命을 목표하고 쑤신다. 모든 나의 지식은 망각되어 방대한 암석 같은 심연에 임하여, 일악一握의 목편木片만도 못하다.

미온적인 체취를, 겨우 녹슬어 가는 화초의 혼잡 속에 유지하고 있는 나.

헛된 포옹―사랑하는 자들이여, 어느 곳으로? 정서의 완전한 고독 속에서 나는 나의 골절마다 동통을 앓는다.

그러나 나에겐 들린다―이 크나큰 불안의 전체적인 음향이―쇠파리와 함께 밑바닥 깊숙이 적요해진 천지는, 내 뇌수의 불안에 견딜 수 없으므로 인한 혼도昏倒에 의한 것이다. 나는 그걸 알고 있다. 이제 지상에 무슨 일이 일어나지 않으면 안 된다. 만일 이대로 아무 일도 일어나지 않는다면 우주는 그냥 그대로 암흑의 밑바닥에서 민절悶絶하여버릴 것이다.

늘어선 집들은 공포에 떨고, 계시의 종이조각 같은 백접白蝶 두서너 마리는 화초 위를 방황하며, 단말마의 숨을 곳을 찾고 있다. 그러나 어디에 그런 곳이 있는가. 대지는 간모間毛의 틈조차 없을 만큼

---

* ( ) 안의 ?는 역자가 해독 못한 글자. 원문은 일어로 되어 있다―엮은이 주.

구석마다 불안에 침입되어 있는 것이다.

　그때였다. 나의 가슴에 음향音響한 것은 유량流量한 종소리였다. 나는 아차! 하고 머리를 들었다.
　대지의 성욕에 대한 결핍—이 엄중하게 봉쇄된 금제의 대지에 불륜의 구멍을 뚫지 않으면 안 된다.
　이 이상 참을 수 없는 충혈. 나는 이 천년처럼 무겁고 괴로운 건강한 악혈惡血 속을 헤엄치고 있다. 경계의 종이 마지막 울렸던 것이다. 그러나 역시 지상엔 아무 일도 일어날 기색조차 없다.
　나는 시뻘겋게 충혈되고 팽창한 손가락이 손가락질하는 곳으로, 쑤시고 아픈 보조를, 소보다도 둔중히 일보일보 옮기고 있었다.
　벌써 백접의 번득임도 음삼陰森한 사물의 그림자 속에 숨어버린 후, 공간은 발음이 막혀서 헛되이 울고 있다. 적적히. 적적히.

　일순, 숨결의 거칠은 곳에—
　사태는 그 절정에서 폭발하였다. 그리하여 촌락의 모든 조화와 토인土人은 정상적인 정서를 회복하였다.
　나는 안심하였다. 그리고서 욕망하였다. 성욕을, 수욕獸慾을—나의 구간軀幹은 창백히 수척瘦瘠하였다. 성욕에의 갈망으로 초조와 번민 때문에.
　지구의 이런 구멍에서 나오는 것일 게다. 한 마리의 순백한 암캐가 무겁게 머리를 드리우고 농밀한 침으로 주둥이를 더럽히면서 슬금슬금 나온다. 어떻게 될 것이냐. 지구의, 한없는 성욕의 백주 속에서, 여하히 이행되어 갈 것인가 하고, 나의 가슴은 뛰었다.
　순백한 털은, 격렬한 탐욕 때문에 약간 더럽혀졌으므로, 오래된 솜을 생각게 하였다. 그리고 방순芳醇한 체취를 코에서 발산하고 있었다. 코 가장자리의 유연한 얄팍한 근육은 끊임없이 씰룩씰룩 신경질로 씰룩거렸다. 그리고 보조는 더욱 더욱 졸린 듯이, 돌멩이 냄새를 맡기도 하며, 나무조각 냄새를 맡기도 하며, 복숭아씨 냄새를 맡기도 하며, 마침내 아무것도 없는 지면 냄새를 맡기도 하면서, 연신 체중의 토출구吐出口를 찾는 것 같다.

음문은 사향처럼 살집 좋게 무거이 드리워져 농후한 습기로 몹시 더럽혀져 있었다. 그리고 때로는 목을 비틀고서 제 음문을 냄새 맡기까지도 하였다. 그러나 불만과 대기의 무료함이 그 악혈惡血에 충만한 체중을 더욱 더욱 무겁게 할 뿐이다.

마침내 취기는 먼 곳을 불렀다. 한 마리의 순흑색 개가 또 어디선지 모르게 나타나 괴상한 이 고혹적인 음문의 주위를 걸음마저 어지러이 늘어붙는다. 암캐는 꼬리를 약간 높이 들어 올리면서 천천히 정든 표정으로 돌아본다.

생비린내 나는 공기가 유동하면서, 넋을 녹여낼 듯한 잔물결의 바람이 가벼운 비단바람을 흔들어 일으켰다.

일광 아래서 고오드방(가죽구두—엮은이 주)처럼 촌 처녀의 피부는 염염艷艷히 빛났다.

그녀들의 체취는 목장 풀과 봉선화 향기로 변하였다. 이 처녀들도 격렬한 노역엔 땀을 흘릴까.

투명한 맑은 물 같은 땀—곡물처럼 따뜻이 향기나는 땀—저 생률生栗처럼 신선한 뇌수는 동백기름을 바른 모발 밑에서 뭣을 생각고 있는 것일까. 무슨 꿈을 꾸고 있는 것일까. 황옥처럼 튀겨진 옥수수의 꿈. 우물 속에 움직이는 목고어目高魚의 꿈. 그리고 가엾은 물빛 인견의 꿈. 그리고 서투른 사랑의 꿈.

촌 처녀의 성욕은 대추처럼 푸르기도 하고 세피아 빛으로 검붉기도 하다.

그러나 그중에 증기처럼 백색인 처녀를 보기도 한다. 수공미水公尾를 머리에 이고, 내 곁을 지나는 것이 께름해서 일부러 머언 길을 돌아가는 그 증기 같은 처녀—

조부는 주름투성인 백지 같은 한 방 속에 웅크리고서 노후老後를 앓으며 묵묵히 죽음을 기다리고 있다. 고요한 골편이어, 우울한 유령이여.

나는 어젯밤도 조세트와 요트와 해변호텔과 거류지와 혼잡한 도회의 신문 같은 꿈을 보았다.

두뇌는 어젯날 신문처럼 신선함을 잃으며 퇴색하고 있었다.

나는 이들 처녀 앞에서 이런 부륜腐倫한 유혹을 품고 길 잃은 아해가 되어버렸다.

아해들은 어디로 가버린 것일까. 풀덤불 속에?

파랗게 질리면서 납촉蠟燭처럼 타고 있다. 축 늘어진 나의 자태를, 저 증기의 처녀는, 거칠은 발〔簾〕 너머로 보고 있다.

나는 완전히 불쌍하게 보이겠지. 또는 메마른 풀 같은 나의 듬성듬성 난 수염이 이상해 보이는 것일까.

만취한 양 비틀거리며 나는 세수 수건을 지팡이로 의지하며 목욕탕 속으로 떨어져 갔다. 모든 걸 물에 흘려버리자는 슬픈 생각을 하면서.

대기는 약간 평화하다. 그러나 나의 함정은 아직 보이지 않는다.

4

조춘점묘早春點描
김유정
추등잡필秋燈雜筆
동경

조춘점묘 早春點描

1933년 그의 백부가 사망한 후 20년 만에 부모 곁으로 돌아와 그들과 함께 지낸 보름 동안의 시간과 1934년 다방과 카페 등의 경영 실패로 가족이 신당동(버티고개)의 빈촌으로 이사한 후의 참담한 생활기록이다.

보험 없는 화재

격장隔墻에서 불이 났다. 흐린 하늘에 눈발이 성기게 날리면서 화염은 오적어烏賊魚 모양으로 덩어리 먹을 퍽퍽 토한다. 많은 약품을 취급하는 큰 공장이란다. 거대한 불더미 속에서 간헐적으로 재채기하듯이 색다른 연기 뭉텅이가 내뿜긴다. 약품이 폭발하나 보다.

역 송구스러운 말이나 불구경 싫어하는 사람은 없는 것 같다. 뒤꼍으로 돌아가서 팔짱을 끼고 서서 턱살 밑으로 달려드는 화광火光을 쳐다보고 섰자니까 얼굴이 후끈후끈해 들어오는 것이, 꽤 할 만하다. 잠시 황홀한 엑스타시 속에 놀아본다.

불을 붙여놓고 보니까 뜻밖에 너무도 엉성한 그 공장 바라크는

삽시간에 불길에 휘감겨버리고 그리고 그 휘말린 혓바닥이 게딱지 같은 빈민굴을 향하여 널름거리기 시작해서야 겨우 소방대가 달려왔다. 이제 정말 재미있다. 삼방三方으로 호스를 들이대고는 빈민굴 지붕 위에 올라서서 야단들이다. 하릴없이 까치다.

이만큼 떨어져서 얼굴이 뜨거워 못 견디겠으니 거진 화염 속에 들어서다시피 바싹 다가선 소방대들은 어지간하렸다 하면서 여전히 점점 더 사나와오는 훈훈한 불길을 쪼이고 있자니까 이제는 게서 더 못 견디겠는지 호스꼭지를 쥔 채 지붕에서 뛰어내려온다. 그러면 그렇지 하고 그 실오라기만도 못한 물줄기를 업신여기자니까 이번에는 호스를 화염 쪽에서 돌려서 잇닿은 빈민굴을 막 축이기 시작이다. 이미 화염에 굴뚝과 빨래 널어놓은 장대를 끄실리우기 시작한 집에서들은 세간 기명을 끌어내느라고 허겁지겁들 법석이다. 하더니 헐어내기 시작이다.

타는 것에서는 손을 떼고 성한 집을 헐어내는 이유는 이 좀 심한 서북풍에 화염의 진로를 차단하자는 속일 것이다. 그러나 아직 불은 붙지도 않았는데 덮어놓고 헐리고 물을 끼얹히고 해서 세간 기명을 그냥 엉망을 만들어버린 빈민굴 주민들로 치면 또 예서 더 억울할 데가 없을 것이다.

하도들 들이몰리고 내몰리고들 좁은 골목 안에서 복작질들을 치길래 좀 내다보니까 삼층장, 의거리, 양푼, 납세독촉장, 바이올린, 여우목도리, 다 해진 돗자리, 단장, 스파이크, 구두, 구공탄풍로, 뭐 이따위 나부랭이가 장이 서다시피 내 쌓였다. 그중에도 이부자리는 물벼락을 맞아서 결단이 난 것이 보기 사납다.

그제서야 예까지 타들어오려나 보다 하고 선뜩 겁이 난다.

집으로 얼른 들어가 보니까 어머니가 덜덜 떨면서 때묻은 이불보퉁이를 뭉쳤다 끌렸다 하면서 갈팡질팡하신다. 코웃음이 문득 나오는 것을 참으면서 그건 그렇게 싸서 어디다가 내놀 작정이십니까 하고 묻는다. 생각하여 보면 남의 셋방 신세이니 탄들 다 탄대야 집 한 채 탄 것의 몇 분의 일도 못 되리라.

불길은 이제는 서향 유리창에 환하다. 타려나 보다. 타면 탔지 하는 일종의 비유키 어려운 허무한 생각에서 다시 뒤꼍으로 돌아가서 불구경을 계속한다.

그동안에도 만일 불이 정말 이 일대를 소진하고야 말 작정이라면 제일 먼저 꺼내와야 할 것이 무엇인가를 생각하여보았다.

그러나 아무것도 선뜻 떠오르는 게 없다. 그럼 다 타도 좋다는 심리인가? 아마 그런 게다. 그러나 어머니는 그 다 떨어진 포대기와 빈대투성이 반닫이가 무한히 아까운 모양이었다.

또 저 걸레나부랭이를 길에 내놓았다가 그것들을 줄레줄레 들고 찾아갈 곳이 있나 그것도 생각해보았으나 그 역시 없다. 일가 혹은 친구, 내 한 몸뚱이 같으며 몰라도 이 때문은 가족들을 일시에 말없이 수용해줄 곳은 암만해도 없는 것이다.

불행히 불은 예까지 오기 전에 꺼졌다. 그 좋은 불구경이 하잘것없이 끝난 것도 섭섭했지만 그와는 달리 무엇이라고 형언할 수 없는 적막을 느꼈다.

들자니 공장은 화재보험 덕에 한 폰드짜리 알콜병 하나 꺼내놓지 않고 수만 원의 보상을 받으리라 한다. 화재보험, 참 이것은 어떤 종류의 고마운 하느님보다 훨씬 더 고마운 하느님에 틀림없다.

어머니는 어찌되든지 간에 그때 마음 같아서는 '빌어먹을! 몽땅 다 타나버리지' 하고 실없이 심술이 났다. 재산도 그대신 걸레조각도 없는 알몸뚱이가 한번 되어보고 싶었던 게다. 물론 화재보험 하느님이 내게 아무런 보상도 끼칠 바는 아니련만……

단지斷指한 처녀

들판이나 나무에 핀 꽃을 똑 꺾어본 일이 없다. 그건 무슨 제법 야
생 것을 더 귀해 한답시고 해서 그런 게 아니라 대체가 성격이 비겁
하게 생겨먹은 탓이다.

못 꺾는 축보다는 서슴지 않고 꺾을 수 있는 사람이 역시, 매사에
잔인하다는 소리를 듣는 수는 있겠지만, 영단英斷이란 우수한 성격
적 무기를 가진 게 아닌가 한다.

끝의 누이 친구되는 새악씨가 그 어머니 임종에 왼손 무명지를
끊었다. 과연 동양도덕의 최고수준을 건드렸대서 무슨 상인지 돈 3
원을 탔단다. 세월이 세월 같으면 번듯한 홍문紅門이 서야 할 계제
에 돈 3원이란 어떤 도량형법으로 산출한 액수인지는 알 바가 없거
니와 그보다도 잠깐 이 단지한 새악씨 자신이 되어 생각을 해보니
소름이 끼친다. 사뭇 식도로다 한번 찍어 안 찍히는 것을 두 번 찍고
세 번 찍고 열 번 찍어 안 넘어가는 나무가 없다는 격으로 기어 찍어
떨어뜨렸다니 그 하늘이 동할 효성도 효성이지만 우선 이 끔찍끔찍
한 잔인성은 상상만 해도 몸서리가 치고 오히려 남음이 있는가 싶
다. 이렇게 해서 더러 죽은 어머니를 살리는 수가 있다니 그것을 의
학이 어떻게 교묘하게 설명해 줄지는 모르나 도무지 신화 이상의
신화다.

원체가 동양도덕으로는 신체발부에 창이瘡痍를 내는 것을 엄중히
취체取締한다고 과문寡聞이 들어왔거늘 그럼 이 무시무시한 훼상毀傷
을 왈, 중에도 으뜸이라는 효도의 극치로 대접하는 역설적 이론의

근거를 찾기 어렵다.

무슨 물질적인 문화에 그저 맹종하자는 게 아니라 시대와 생활 시스템의 변천을 쫓아서 거기 따르는 역시 새로운 즉 이 시대와 이 생활에 준구準矩되는 적확한 윤리적 척도가 생겨야 할 것이고가 아니라 의식적으로 입법해 내어야 할 것이다.

단지, 이 너무나 독한 도덕행위는 오늘 우리가 짊어지고 있는 어떤 종류의 생활 시스템이나 사상적 프로그램으로 재어보아도 송구스러우나 일종의 무지한 만적蠻的 사실인 것을 부정키 어려운 외에 아무 취할 것이 없다.

알아보니까 학교도 변변히 못 가본 규중 처녀라니 몰론 학교에서 얻어 배운 것은 아니겠고 그렇다면 어른들의 호랑이 담배 먹는 옛이야기나 그렇지 않으면 울긋불긋한 각설이때 체體 효자충신전이 되겨준 것임에 틀림없을 것이다. 그 밖에 손가락을 잘라서 죽는 부모를 살릴 수 있다는 가엾은 효법을 이 새악씨에게 여실히 가르쳐 줄 수 있을 만한 길이 없다. 아, 전설의 힘의 이렇듯 큼이여.

그러자 수삼 일 전에 이 새악씨를 보았다. 어머니를 잃은 크낙한 슬픔이 만면에 형언할 수 없는 수색을 빚어 내이는 새악씨의 인상은 독하기는커녕 어디 한군데 험잡을 데조차 없는 가련한 온순한 하이디의 '테스' 같은 소녀였다. 누이는 그냥 제 일같이 붙들고 울고 하는 곁에서 단지에 대한 그런 아포리즘과는 딴 감격과 슬픔을 느끼지 않을 수 없었다. 기적으로 상처는 도지지도 않고 그냥 아물었으니 하늘이 무심치 않구나 했다.

여하간 이 양이나 다름없이 부드럽게 생긴 소녀가 제 손가락을 넓적한 식도로다 덱걱 찍어내었거니는 꿈에도 생각할 수 없다.

다만 그의 가련한 무지와 가증한 전통이 이 새악씨로 하여금 어머니를 잃고 또 저는 종생의 불구자가 되게 한 이중의 비극을 낳게한 것이다.

극구 칭찬하는 어머니와 누이에게 억제하지 못한 슬픔은 슬쩍 감추고 일부러 코웃음을 치고, 여자란 대개가 도무지 잔인하게 생겨 먹었습니다. 밤낮으로 고기도 썰고, 두부도 썰고, 생선대가리도 족이고, 나물도 뜯고, 버들가지를 꺾어서는 피리도 만들고, 피륙도 찢고, 버선감도 싹뚝싹뚝 썰어내고, 허구한 날 하는 일이 일일이 잔인하기 짝이 없는 것뿐이니 아따 제 손가락 하나쯤 비웃(청어―엮은이 주) 한 마리 토막치는 셈만 치면 찍히지, 하고 흘려버린 것은 물론 기변이요 속으로는 역시 그 갸륵한 지성과 범키 어려운 일편단심에 아파하지 않을 수 없었고 존경하는 마음으로 하여 머리 수그리지 않을 수는 없었다.

불행히 시대에서 비켜선 지고한 효녀 그 새악씨! 그래 돈 3원에다 어느 신문 사회면 저 아래에 칼표딱지만 한 우메구사(신문 빈 면을 채워넣는 자투리 기사―엮은이 주)를 장만해준 밖에 무엇이 소저小姐의 적막해진 무명지 억울한 사정을 가로맡아줍디까. 당신을 공격하면서 오히려 '단지'를 미워하는 심사 저 뒤에는 아주 근본적으로 미워해야 할 무엇이 가로놓여 있는 것을 소저! 그대는 꿈에도 모르리다.

차생윤회此生輪廻

길을 걷자면 '저런 인간을랑 좀 죽어 없어졌으면' 하고 골이 벌컥 날만큼 이 세상에 살아 있지 않아도 좋을, 산댔자 되려 가지가지 해독이나 끼치는 밖에 재주가 없는 인생들을 더러 본다. 일전 영화 〈죄와 벌〉에서 얻어 들은 '초인 법률 초월론'이라는 게 뭔지는 모르지만 진보된 인류 우생학적 위치에서 보자면 가령 유전성이 확실히 있는 불치의 난병자, 광인, 주정酒精 중독자, 유전의 위험이 없더라도 접촉 혹은 공기전염이 꼭 되는 악저惡疽의 소유자 또 도무지 어떻게도 손을 대일 수 없는 절대걸인 등 다 자진해서 죽어야 하든지 그렇지 않으면 모종의 권력으로 일조일석에 깨끗이 소탕을 하든지 하는 게 옳을 것이다. 극흉극악의 범죄인도 물론 그 종자를 절멸시켜야 옳을 것인데 이것만은 현행의 법률이 잘 행사해준다. 그러나—법률에 대한 어려운 이론을 알 바 없거니와—물론 충분한 증거와 함께 범죄 사실이 노현露顯한 경우에 한하여서이다. 영화 〈프랑켄슈타인〉에 나오는 지상 최대의 흉악한 용모의 소유자가 여기도 있다면 그 흉리胸裏에는 어떤 극악의 범죄계획을 내합內合하고 있다 하더라도 다만 그의 그 용모 골상이 흉악하다는 이유만으로는 법률이 그에게 재판과 처리를 할 수는 없으리라. 법률은 그런 경우에 미행을 붙여서 차라리 이자의 범죄현장을 탐탐히 기다릴 것이다. 의아한 자는 벌치 않는다니 그럴 법하다.

그러나 또 생각해보면 걸인도 없고 병자도 없고 범죄인도 없고 하여간 오늘 우리 눈에 거슬리는 온갖 것이 다 깨끗이 없어져버린 타작마당 같은 말쑥한 세상은 만일 그런 것이 지상에 실현될 수 있다면 지상은 그야말로 심심하기 짝이 없는 권태 그것과 같은 세상일 것이다. 그러니까 자선가의 허영심도 채울 길이 없을 것이고 의사도 변호사도 아니 재판소도 온갖 것이 다 소용이 없어질 것이고 따라서 그날이 그날 같고 이럴 것이니 이래서야 참 정말 속수무책으로 바야흐로 할 일이 없어질 것이다. 이런 춘풍 태탕駘蕩한 세월 속에서 어쩌다가 우연히 부스럼이라도 좀 나는 사람이 하나 있다면 참괴慙愧 이것을 이기지 못하여 천하만민 앞에서 아주 깨끗하게 일신을 자결할 것이고 또 그런 세상의 도덕이 그러기를 무언중에 요구해 놓아둘 것이다.

그게 겁이 나서 그런지는 모르지만 천하의 어떤 우생학자도 초인법률 초월론자도 행정자에게 대하여 정말 이 '살아 있지 않아도 좋을 인간들'의 일제一齊한 학살을 제안하거나 요구치는 않나 보다. 혹 요구된 일이 전대에 더러 있었는지는 모르지만 일찍이 한번도 이런 대영단적大英斷的 우생학을 실천한 행정자는 없는가 싶다. 없을 뿐만 아니라 나환자 사구금救求金이니 빈민구제 기관이니 시료병실이니 해서 어쨌든 이네들의 생명에 대하여 아무런 위협도 가하지 않을 뿐 아니라 한편 그윽히 보호하는 기색이 또한 무르녹는다. 가령 종로에서 전차를 기다리자면 "나리 한 푼 줍쇼." 하고 달려든다. 더러 준다. 중에는 "내 10전 줄게. 다시는 거지노릇을 하지 말라." 한 부인이 있다니 포복할 일이다. 또 점두에 그 호화장려한 풍모로 나타나서 "한 푼 줍쇼." 소리를 될 수 있는 대로 듣기 싫게 연발하는 인간에게도 불성문不成文으로 한 푼 주어 보내기로 되어 있다. 그래서 암암리에 사람들은 이 지상의 암을 잘 기를 뿐만 아니라 은연히 엄호한다. 역亦 눈에 띄지 않는 모순이다.

즉 그런 그다지 많지 않은 그러나 결코 적지 않은 한 층을 길러서 이쪽이 제 생활의 어떤 원동력을 게서 얻자는 것인지도 모른다. 목숨이 끊어지지 않을 만큼만 먹여살려서는 그런 것이 역연히 지상에 있다는 것을 사실로 지적해서는 제 인생생활의 가치와 레이션데틀(존재이유를 뜻하는 불어 rasion d' êter의 잘못된 음독—엮은이 주) 교만

162

하게 긍정하자는 기획일 것이다. 그러면서 부절不絶히 이 악저惡疽로 하여 고통과 위협을 느끼는 중에 "네 놈이 어디 나 같은 인간이 될 수 있나 해보아라." 하는 형용할 수 없는 무슨 투쟁심을 흉중에 축적시켜서는 "저게 겨울 내 안 죽고 또 살앗." 하는 의외에도 생활의 원동력을 급취汲取하자는 것일 게다.

하루 종로를 오르내리는 동안에 세 번 적선을 베푼 일이 있다. 파破기록적 사실임에 틀림없다. 한 푼 받아들고 연해 고개를 끄덕이고 꽁무니를 빼는 꼴을 보면서 "네 놈 덕에 내가 사람 노릇을 하는 것이다. 알기나 아니?" 하고 심히 궁한 허영심에서 고소하였다. 자신 역亦 지상에 살 자격이 그리 없다는 것을 가끔 느끼는 까닭이다. 그러나 다음 순간 "나를 먹여살리는 내 바로 상부구조가 또 이렇게 만족해하겠지." 하고 소름이 연聯 쫙 끼쳤다. 그때의 나는 틀림없이 어떤 점잖은 분들의 허영심과 생활 원동력을 제공하기 위하여 꾸멀꾸멀하는 '거지적 존재'구나 눈의 불이 번쩍 나지 않을 수 없었다.

공지에서

얼음이 아직 풀리기 전 어느 날 덕수궁 마당에 혼자 서 있었다. 마른 잔디 위에 날이 따뜻하면 여기 저기 쌍쌍이 벌려 놓일 사람더미가 이 날은 그림자도 안 보인다. 이렇게 넓은 마당을 텅 이렇게 비어두는 뜻이 알 길 없다. 땅이 심심할 것 같다. 땅도 이제는 초목이 우거지고 기암괴석이 배치되는 데만 만족해하지는 않을 게다. 차라리 초목이 없고 괴석이 없더라도 집이 서고 집 속에 사람들이 북적북적하고 또 집과 집 사이에 참 아끼고 아껴서 남겨 놓은 가늘고 길고

요리 휘고 조리 휘인 얼마간의 지면, 즉 길에는 늘 구두 신은 남녀가 뚜걱뚜걱 오고 가고 여러 가지 차량들이 굴러 가고 하기를 희망할 것이다. 그렇게 땅의 성격도 기호도 변하였을 것이다.

그래 이건 아마 겨울 동안에는 인마人馬의 통행을 엄금해 놓은 격별한 땅이나 아닌가 하고 대단히 겸연쩍어서 부리나케 대한문으로 내달으려니까 하늘에 소리 있으니 사람의 소리로다. 그러나 역시 잔디밭 위에는 아무도 없고 지난 가을에 해뜨리고 간 캬라멜 싸개가 바람에 이리 날리고 저리 날고 할 뿐이다.

그러나 다음 순간 반드시 덕수궁에 적을 둔 금잉어〔金鯉魚〕 떼나 놀아야 할 연못 속에 겨울 채비를 한 남녀가 무수히 헤어져 놀고 있는 것이 눈에 띄었다. 하나도 육지에 올라선 이가 없이 말짱 그 손바닥만 한 연못에 들어서서는 스마트한 스케이팅을 즐기는 것이 아닌가.

요컨대 새로 발견된 공지로군, 하고 경이의 눈을 옮길 길이 없어 가까이 다가서서는 그 새로 점령된 미끈미끈한 공지를 조심성스러이 좀 들여다보았다. 그러니 금잉어들은 다 어디로 쫓겨 갔을까? 어족은 냉혈동물이라니 물이 얼어도 밑바닥까지만 얼지 않으면 그 얼음장 밑 냉수 속에서 족히 살아갈 수 있다는 것인가. 그러나 그 예리한 스케이트 날로 너무 걸커미어 놓아서 얼음은 영 불투명하다. 투명만 하면 불그스레한 금잉어 꽁지가 더러 들여다보이기도 하련만—하여간 이 손바닥만 한 연못이 깊으면 얼마나 깊을까. 바탕까지 다 꽝꽝 얼었다면 어족은 일거에 몰살하였을 것이고 얼음장 밑에 물이 흐르고 있다면 이 까닭 모를 소요에 얼마나 어족들이 골치를 앓을까? 이 신기한 공지를 즐기기 위하여는 물론 그들은 어족의 두통 같은 것은 가산하지 않았을 것이다.

그날 황혼, 천하게 공지 없음을 한탄하며 뉘 집 이층에서 저물어가는 도회를 내려다보고 있었다. 그때 실로 덕수궁 연못 같은, 날만 따뜻해지면 제 출몰에 해소될 엉성한 공지와는 비교가 안 되는 참 훌륭한 공지를 하나 발견하였다.

××보험회사 신축용지라고 대서大書 특서特書한 높다란 판장으로 둘러막은 목산目算 범凡 천 평 이상의 명실상부의 공지가 아닌가.

잡초가 우거졌다가 우거진 채 말라서 일면이 세피아 빛으로 덮인 실로 황량한 공지인 것이다. 입추의 여지가 가히 없는 이 대도시 한복판에 이런 인외경人外境의 감을 풍기는 적지 않은 공지가 있다는 것은 기적 아닐 수 없다.

인마人馬의 발자취가 끊인지, 아니 그건 또 처음부터 없는지도 모르지만, 오랜 이 공지에는 강아지가 서너 마리 모여 석양에 그림자를 끌고 희롱한다. 정말 공지, 참말이지 이 세상에는 이제는 공지라고는 없다. 아스팔트를 깐 뻔질한 길도 공지가 아니다. 질펀한 논밭, 임야, 석산石山, 다 아무개의 소유답이요, 아무개 소유의 산깢이요, 아무개 소유의 광산인 것이다. 생각하면 들에 나는 풀 한 포기가 공지에 뿌리를 내리지 못한다. 이치대로 하자면 우리는 소유자의 허락이 없이 일보의 반보를 어찌 옮겨놓으리오. 오늘 우리가 제법 교외로 산보도 할 수 있는 것은 아직도 세상 인심이 좋아서 모두들 묵허默許를 해주니까 향유할 수 있는 사치다. 하나도 공지가 없는 이 세상에 어디로 갈까 하던 차에 이런 공지다운 공지를 발견하고 저기 가서 두 다리 쭉 뻗고 누어서 담배나 한대 피웠으면 하고 나서 또 생각해보니까 이것도 역 ××보험회사가 이윤을 기다리고 있는 건조물인 것을 깨달았다. 다만 이 건조물은 콘크리트로 여러 층을 쌓아올린 것과 달라 잡초가 우거진 형태를 하고 있을 뿐인 것이다.

봄이 왔다. 가난한 방 안에 왜꼬아리 분盆 하나가 철을 찾아서 요리조리 싹이 튼다. 그 닷 곱 한 되도 안 되는 흙 위에다가 늘 잉크병을 올려놓고 하다가 싹트는 것을 보고 잉크병을 치우고 겨우내 그대로 두었던 낙엽을 거두고 맑은 물을 한 주발 주었다. 그리고 천하에 공지라곤 요 분 안에 놓인 땅 한 군데 밖에는 없다고 좋아하였다. 그러나 두 다리를 뻗고 누워서 담배를 피우기에는 이 둥글납작한 공지는 너무 좁다.

도회의 인심

도회의 인심이란 어느 만큼이나 박해 가려는지 알 길이 없다.

이런 이야기를 들은 일이 있다. 상해에서는 기아棄兒를, 그것도 보통 죽은 것을, 흔히 쓰레기통에다 한다. 새벽이면 쓰레기 쳐가는 인부가 와서는 휘파람을 불어가며 쓰레기를 치는데 그는 이 흉악한 기아를 보고도 별반 놀라지 않을 뿐만 아니라 그 애총을 이리 비켜 놓고 저리 비켜 놓고 해서 쓰레기만 쳐가지고 잠자코 돌아간다는 것이다. 요컨대 기아야 뭣이 그리 이상하랴. 다만 이것은 쓰레기는 아니니까 내가 쳐가지 않을 따름, 어떻게 되는 걸 누가 알겠소. 이 뜻이다.

설마했지만 또 생각해보면 있을 법도 한 일이다. 참 도회의 인심은 어느 만큼이나 박하고 말려는지 종잡을 수가 없다.

이 '나가야' 로 이사온 지도 벌써 돌이 가까와 오나 보다. 같은 들보 한 지붕 밑에 주욱 칸칸이 산다. 박서방, 김씨, 이상, 최주사, 이렇게 크고 작은 문패가 칸칸이 붙었다. 그러나 그들은 서로 사귀지 않는다. 그중에도 직업은 서로 절대 비밀이다. 남편 혹은 나 같은 아내 없는 장성한 아들들은 앞문으로 드나든다. 그러나 아내 혹은 말만 한 누이동생들은 뒷문으로 드나든다. 남편은 아침 혹 낮에 나가면 대개 저녁 혹은 밤에나 들어온다.

그러나 아낙네들은 집에 있다. 저녁때가 되면 자연 쌀을 씻어야겠으니까 수도로 모여든다. 모여들면 남자들처럼 서로 꺼리고 기피하지 않고 언어노출증을 나타낸다. 그래서는 잠자코 있었으면 모를 이야기, 안 해도 좋을 이야기, 흥아잡이 무릎맞춤이 시작되어서 가끔 여류무용전女流武勇傳을 만들기도 한다. 그리하여 힘써 감추는 남편씨의 직업도 탄로가 나고 해서 바깥양반의 자존심을 여지없이 분쇄하고 마는 것이다. 그러나 기압은 대체로 보아 무풍 상태다.

우리집 변소 유리창에서 똑바로 보이는 제2열 나가야 ×호 칸에 들은 젊은 세대는 작하昨夏 이래 내외 싸움이 끊일 사이가 없더니 가을로 들어서자 추풍낙엽과 같이 남편이 남편직에서 떨어졌다. 부인은 카페 화형花形 여급이라는 것이다. '메리·위도오'가 된 화형은 남편을 경질更迭하기에는 환경의 이롭지 못함을 깨달았던지 떠나버리고 그 칸은 빈 채다. 물론 이사를 하는 경우에도 이웃에 인사를 하는 수고스러운 미덕은 이 '나가야' 규정에 없다. 그 바로 이웃 칸에든 젊은이의 감상담感想談에 의하면 앓던 이 빠진 것 같다고. 왜냐하면 그 풍기風紀를 문란케 하는 종류의 레코드 소리를 안 듣게 되었다는 것이다. 그러자 또 그 이웃 아주 지방분이 잘 침착沈着한 젊은이는 젖먹이를 잃어버렸다. 그러나 그 어린애를 위해서나, 애 어머니 지방분을 위해서나 부의賻儀 한 푼 있을 리 없다. 나도 훨씬 뒤에야 알았으니까.

날이 훨씬 추워지자 우리 바로 격장에 사남매로 조직된 가족이 떠나왔다. B전문학교 다니는 오빠가 한 쌍, W여고보에 다니는 매씨가 한 쌍, 매양 석각夕刻이면 혼성사중창의 유행가가 우리 아버지 완고한 사상을 괴(苦)롭힌다 한다. 그렇건만 나는 한번도 그 오빠들을 본 일이 없고 누이는 한번도 그 매씨들과 말을 바꾸어본 일이 없는 것이다.

정월에 반대편 이웃집에서 흰 떡을 했다. 몇 가락 주겠지 했더니 과연 한 가락도 안 준다. 우리는 지짐이만 부쳤다. 좀 줄까 하다가 흰 떡 한 가락 안 주는 걸 뭘, 하고 혼자 먹었다. 사남매집은 원래 계산에 넣지 않은 이유가 그믐날 밤까지도 아무것도 부치지도 지지지도 않았기 때문이다. 그것은 전혀 흰 떡과 지짐이를 그 이웃집에 기대하고 있는 수작이 아닌가 해서 미워서 그런 것이다. 물론 이것은 내 오해인지도 모르지만.

해토解土하면서 막다른 칸에 든 젊은이가 본처에서 일약 첩으로 실격한 사건이 생겼다. 그러나 아무도 그 젊은이를 동정하지는 않고 그 남편이 배불뚝이라고 험담들만 실컷 하다 나자빠졌다. 그리고 우리 집에는 나날이 찾아오는 빚쟁이 수효가 늘어가기 시작이다. 그러다가 건물회사에서 집달리를 데리고 나와 세간, 기명 등속에다 딱지를 붙이고 갔다. 집세가 너무 많이 밀렸다는 이유다. 이런 뒤법석이 일어난 것을 사남매는 모두 학교에 갔으니 알 길이 없고 이쪽 이웃 역 어느 장님이 눈을 떴누 하는 식이다. 차라리 다행하다 생각하였다. 동네방네가 죄다 알고 야단들을 치면 더 창피다.

"이료노라." "누굴 찾으니소?" "×씨 집이오?" "아뇨!" "그럼 어디요." "그걸 내가 아오?" 하는 문답이 우리 집 문간에서 있나 보더니 아버지 말씀이 "알아도 안 가르쳐주는 게 옳다." "왜요?" "아 빚장일 시 분명하니 거 남 못할 노릇 아니냐." 하신다. 도회의 인심은 대체 얼마나 박하고 말려고 이러나?

골동벽骨董癖

가령 신라나 고려적 사람들이 밥상에다 콩나물도 좀 담고 또 장조림도 담고 또 약주도 좀 따르고 해서 조석으로 올려놓고 쓰던 식기 나부랭이가 분묘 등지에서 발굴되었다고 해서 떠들썩하나 대체 어쨌다는 일인지 알 수 없다. 그게 무엇이 그리 큰일이며 그 사금파리조각이 무엇이 그리 가치 높이 평가되어야 할 것이냐는 말이다. 황차況此 그렇지도 못한 이조 항아리 나부랭이를 가지고 어쩌니 어쩌니 하는 것들을 보면 알 수 없는 심사이다.

우리는 선조의 장한 일들을 잊어버려서는 못쓴다. 그러나 오늘 눈으로 보아서 그리 값도 나가지 않는 것을 놓고 얼싸안고 혀로 핥고 하는 꼴은 진보한 '커트글라스' 그릇 하나를 만들어 내는 부지런함에 비하여 그 태타怠惰의 극을 타기唾棄하고 싶다.

가끔 아는 이에게서 자랑을 받는다. 내 이조항아리 좋은 것 우연히 싸게 샀으니 와보시오이다. 싸다는 그 값이 결코 싸지도 않을 뿐만 아니라 가보면 대개는 아무 예술적 가치도 없는 타작駄作인 경우가 많다. 그야 오늘 우리가 삼월三越 백화점 식기부에서 살 수 없는 물건이니 볼 점이야 있겠지—허지만 그 볼 점이라는 게 실로 하찮은 것이다.

항아리 나부랭이는 말할 것 없이 그 시대에 있어서 의식적으로 미술품으로 만들어진 것은 아니다. 간혹 꽤 미술적인 요소가 풍부히 섞인 것이 있기는 있으되 역시 여기餘技 정도요 하다 못해 꽃을 꽂으려는 실용이라도 실용을 목적으로 된 것임에 틀림없다. 이것이 오랜 세월을 지하에 파묻혔다가 시대도 풍속도 영 딴판인 세상인世上人 눈에 띄니 우선 역설적으로 신기해서 얼른 보기에 교묘한 미술품 같아 보인다. 이것을 순수한 미술품으로 알고 왁자지껄들 하는 것은 가경할 무지다.

어느 박물관에서 허다한 점 수의 출토품을 연대순으로 진열해놓고 또 경향이며 여러 가지 분류 방법을 적확히 구별해서 일목요연토록 해놓은 것을 구경하고 처음으로 그런 출토품의 아름다움과 가치 있음을 느꼈다.

결국 골동품의 가치는 그런 고고학적인 요구에서 생기는 것일 것이다. 겸하여 느끼는 아름다운 심정은 즉 선조에 대한 그윽한 향수에서 오는 것이 아닐까. 역사라는 학문을 부정할 수는 없으리라. 어느 시대의 생활양식, 민속, 민속예술 등을 알고자 할 때에 비로소 골동품의 지위가 중대해지는 것이지, 그러니까 골동품은 골동품만을 모아놓는 박물관과 병존하지 않고는 그 존재 이유가 소멸할 뿐 아니라 하등의 '구실'을 못한다. 같은 시대 것, 같은 경향 것을 한데 모아놓고 봄으로 해서 과연 구체적인, 역사적인 지식을 얻을 수 있는 것이지—그러니까 물론 많을수록 좋다—그렇지 않고 외따로 떨어진 한 파편은 원인原人 '피데칸트로푸스'의 단 한 개의 골편처럼 너무 짐작을 세울 길에 빈곤하다. 그것을 항아리 한 개, 접시 두 조각 해서 저기 침두枕頭에 늘어놓고 그중에 좋은 것은 누가 알까봐 쉬쉬 숨기기까지 하는 당세 골동인 기질은 우선 아까 말한 고고학적 의의에서 가증한 일이요, 둘째 그 타기할 수전노적 사유관념이 밉다.

그러나 이 좋은 것을 쉬쉬 하는 패쯤은 양민이다. 전혀 오 전에 사서 백 원에 파는 것으로 큰 미덕을 삼는 골동가가 있으니 실로 경탄한 화폐제도의 혼란이다.

모씨는 하루 이런 이야기를 한다. "요전에 샀던 것 깜빡 속았어.

그러나 5원만 밑지고 겨우 다른 사람한테 넘겼지, 큰일날 뻔했는 걸."이다. 위조 골동품을 모르고 고가에 샀다 가 그것이 위조라는 것을 알자 산 값에서 5원만 밑지고 딴 사람에게 팔아먹었다는 성공 미담이다.

재떨이로 쓸 수도 없다는 점에 있어서 우선 '제로'에 가까운 가치밖에 없는 한 개 접시를 위조하는 심사를 상상키 어렵거니와 그런 이매망량魑魅魍魎이 이렇게 교묘하게 골동 세계를 유영하고 있거니 생각하면 소름이 끼칠 일이다. 누구는 수만 원의 명도名刀를 샀다가 위조라는 것을 알고 눈물을 머금고 장사를 지내버렸다 한다. 그러나 이 가짜 접시 항아리 나부랭이는 속은 사람이 또 속이고 또 속은 사람이 또 속이고 해서 잘 하면 몇백 년도 견디리라. 하면 '그동안에 선대에는 이런 위조 골동품이 있었답네.' 하고 그것마저가 유서 깊은 골동품이 되고 말 것이다.

이런 타기할 괴취미 밖에 가지지 않은 분들에게 위졸랑은 눈에 띄는 대로 때려부수시오 하고 권하기는커녕 골동품, 몰론 이 경우에 순수한 미술품 말고 항아리 나부랭이를 말함은 고고학적, 민속학적 요구에서 박물관에 기부하시오 하고 권하면 전하는 이더러 천한 놈이라고 꾸지람을 하실 것이 뻔하다.

동심행렬童心行列

아침길이 똑 보통학교 학동들 등교시간하고 마주치는 고로 자연 허다한 어린이들을 보게 된다. 그네들의 일거수일투족, 눈 한번 꿈벅하는 것, 말 한마디가 모두 경이다. 경이인 것이 우선 자신이 그런 어린이들과 너무 멀고 또 제 몸이 책보를 끼는 생활을 그만둔 지 너무 오래고 또 학교 다니는 어린 동생들도 다 장성해서 집안이 그런 학동을 기르는 집안 분위기에서 퍽 멀어진 지가 오래되기 때문일 것이다. 그저 먼 꿈의 세계를 너무나 똑똑히 눈앞에 보는 것 같아서 가슴이 뿌듯할 적이 많다.

학동들은 7, 8세로부터 여남은 살까지 남녀가 뒤섞인 현란한 행렬이다. 이것도 엄격한 중고中古교육을 받은 우리로는 경이다. 자전차가 멋모르고 좁은 골목에 들어섰다가 혼이 난다. 암만 벨을 울려도 이 아침거리의 폭군들은 길을 비켜주지는 않는다. 자전차는 하는 수 없이 하마下馬를 하고 또 뭐라고 중얼거려도 보나 그런 것에 귀를 기울이는 사심이 없다. 저희끼리 이야기가 너무나 재미있어 견딜 수가 없는 것이다. 물론 누구하고 친구도 없고 행렬에도 끼이지 못하고 화제도 없는 인물은 골목 한편 인가 담벼락에 비켜서서 이 화려한 행렬에 공손히 길을 치워주어야 한다.

우리는 구경도 못한 '란도셀'이란 것을 하나씩 짊어졌다. 그것도 부럽다. 그 속에는 우리는 한번도 가지고 놀아보지 못한 찬란한 그림책이 들었다. 12색 '크레용'도 들었다. 불란서 근대화파들보다도 훨씬 무서운 자유분방한 그들의 자유화를 기억한다. 우리는 일생을 통하여 기어코 완전한 거짓말 속에서 시종하라는 건가 보다. 우리는 이제 시작해서 저런 자유화 한 장을 그릴 수 있을까. '란도셀'이라는 것 속에는 하고 많은 보배가 들어 있다. 그러나 장난꾼들의 '란도셀'이란 '란도셀'은 어쩌면 그렇게 모조리 해어져 떨어져서 헌털뱅인구.

단발이 부쩍 늘었다. 여남은 살 먹은 여학동 단발한 것은 깨끗하고 신선하고 7, 8세 여학동 단발한 것은 인형처럼 귀엽다.

남학동들은 일제히 양복이다. 양복에다가 보통학교 아동 이외에

172

는 이행을 불허하는 경편輕便 운동화들을 신었다. 그래서는 좁은 골목 넓은 길을 살과 같이 닫고 또 한군데 한없이 머물러서는 장난한다. 이렇게 등교시간 자체가 그네들에게는 황홀한 것이고 규정 이상의 과정인 것이다.

중에는 셋 혹 넷 무더기가 져서 걸어가면서 무슨 책인지 한 책에 집중되어 열중한다. 안경 쓴 학동이 드문드문 끼었다. 유리에 줄이 좍좍 간 것이 제법 근시들이다.

무에 저리 재밌을까 하고 궁금해서 흘깃 좀 훔쳐본다. 양홍洋紅, 군청 등 현란한 극채색판의 소년잡지다. 그림은 무슨 군함 등속인가 싶다. 그러나 글자는 줄이 죽죽 가 보일 뿐이지 눈에 들어오지 않는다.

보통학교 학동이 안경을 썼다는 것은 사실 해괴망측한 일이다.

일인 것이 첫째 깜찍스럽다. 하도 앙증스럽고 해서 처음에는 웃고 그만두었으나 생각해보면 웃고 말 일이 아니다. 근시는 무슨 절름발이나 벙어리 같은 류의 그야말로 불구자라곤 할 수 없으되 불구자는 불구자다. 세상에는 치레로 금테안경을 쓰는 못생긴 백성도 있기는 있으나 '오페라글라스', 비행사의 그 툭 불그러진 안경 이외에 안경은 없는 게 좋다. 그것을 저런 아직 나이 들지 않은 연골軟骨 어린이들에게까지 씌우지 않으면 안 된다는 세상은 그리 고맙지 않은 세상임에 틀림없다.

예는 여러 가지 원인이 있겠으나 현대의 고도화한 인쇄술에도 트집을 아니 잡을 수 없다. 과연 보통학교 교과서만은 활자의 제한이 붙어서 굵직굵직한 것이 괜찮다. 그만만하면 선천적 근시안이 아닌 다음에는 활자 탓으로 눈을 옥질르거나 하는 일은 없을 것 같다.

그러나 학동들이 교과서만 주무르다 그만두느냐 하면 천만에, 우

선, 참고서라는 것이 대개가 9포인트 활자로 되어먹었다. 급기, 소
년잡지 등속에 이르른즉슨 심지어 6호 7포인트 반을 사용하여 오히
려 태연한 출판업자―게다가 추악한 극채색을 덮어서 예의銳意 학
동들의 동공을 노리고 총공격의 자세를 일각도 게을리하지는 않는
다.

  아직도 안경 쓴 학동보다 안 쓴 학동의 수효가 더 많은 것으로 보
아 한편 괴이도 하나 한편 아직 그들의 독서열이 40도에 이르지 않
은 것을 차라리 다행히 생각하고 싶다. 누구에게라도 안경상商을 추
장推奬하고 싶다. 오늘 같은 부덕한 활자 허무시대에 가하여 불완전
한 조명장치밖에 없는 이 땅에 늘어갈 것은 근시안뿐일 터이니 말
이다.

―1936년 3월 3일

김유정金裕貞_소설로 쓴 김유정

소설가 김유정과 이상은 각별한 사이. 그들은 둘 다 폐
병환자였다. 소설 「실화失花」에 보면 이상이 동경으로
가기 전에 김유정을 방문하는 장면이 나온다. 김유정도
그와 마찬가지로 이미 죽어가고 있었다. 거기에 나오는
대화 한 토막을 소개하면—"신념을 빼앗긴 것은 건강이
없어진 것처럼 죽음의 꼬임을 받기 마치 쉬운 경우더군
요." "이상 형! 형은 오늘에야 그것을 빼앗겼습니까? 인
제—겨우—오늘에야—겨우—인제." 사후, 『청색지』
(1939. 5)에 발표되었다.

암만해도 성을 안 낼 뿐만 아니라 누구를 대할 때든지 늘 좋은 낯
으로 해야 쓰느니 하는 타잎의 우수한 견본이 김기림이라.

좋은 낯을 하기는 해도 적이 비례非禮를 했다거나 끔찍히 못난 소
리를 했다거나 하면 잠자코 속으로만 꿀꺽 업신여기고 그만두는 그
러기 때문에 근시안경을 쓴 위험인물이 박태원이다.

업신여겨야 할 경우에 "이놈! 네까진 놈이 뭘 아느냐."라든가 성
을 내면 "여! 어디 덤벼봐라." 쯤 할 줄 아는, 하되, 그저 그럴 줄 알
다 뿐이지 그만큼 해두고 주저앉는 파에, 그만 이유로 코 밑에 수염
을 저축한 정지용이 있다.

모자를 홱 벗어던지고 두루마기도 마고자도 민첩하게 턱 벗어던
지고 두 팔 훌떡 부르걷고 주먹으로는 적의 볼따구니를, 발길로는

적의 사타구니를 격파하고도 오히려 행유여력行有餘力에 엉덩방아를 찧고야 그치는 희유稀有의 투사가 있으니 김유정이다.

누구든지 속지 말라. 이 시인 가운데 쌍벽과 소설가 중 쌍벽은 약속하고 분만된 듯이 교만하다. 이들이 무슨 경우에 어떤 얼굴을 했댔자 기실은 그 교만에서 산출된 표정의 떼풀메이션(불어 déformation의 잘못된 음독─엮은이 주) 외의 아무것도 아니니까. 참 위험하기 짝이 없는 분들이라는 것이다. 이분들을 설복할 아무런 학설도 이 천하에는 없다. 이렇게들 또 고집이 세다. 나는 자고로 이렇게 교만하고 고집 센 예술가를 좋아한다. 큰 예술가는 그저 누구보다도 교만해야 한다는 내 지론이다.

다행히 이 네 분은 서로들 친하다. 서로 친한 이분들과 친한 나 불초 이상이 보니까 여상如上의 성격이 순차적 차이가 있는 것은 재미있다. 이것은 혹 불행히 나 혼자의 재미에 그칠는지 우려되지만 그래도 좀 재미있어야 되겠다.

작품 이외의 이분들의 일은 적확히 묘파해서 써내 비교교우학을 결정적으로 여실히 하겠다는 비장한 복안이어늘, 소설을 쓸 작정이다. 네 분을 각각 주인으로 하는 네 편의 소설이다.

그런데 족보에 없는 비평가 김문집金文輯 선생이 내 소설에 59점이라는 좀 참담한 채점을 해놓으셨다. 59점이면 낙제다. 한끝만 더 했더면, 그러니까 서울말로 '낙제 첫찌' 다. "나는 참 낙담했습니다. 다시는 소설을 안 쓸 작정입니다."는 즉 거짓말이고, 이 경우에 내 어줍잖은 글이 네 분의 심사를 건드린다거나 읽는 이들의 조소를 산다거나 하지나 않을까 생각을 하니 아닌 게 아니라 등허리가 꽤 서늘하다.

그렇거든 59점짜리가 그럼 그렇지 하고 눌러덮어 주어야겠다고

176

뜻밖에 제법 되었거든 네 분이 선봉을 서서 김문집 선생님께 좀 잘 좀 말해주셔서 부디 급제를 시켜주시기 바랍니다.

김유정

김유정은 겨울이면 모자를 쓰지 않는다. 그러면 탈모인가? 그의 그 더벅머리 위에는 참 우글쭈글한 벙거지가 얹혀 있는 것이다. 나는 걸핏하면

"김형! 그 김형이 쓰신 모자는 모자가 아닙니다."

"김형! (이 김형이라는 호칭인즉은 이상을 가리키는 말이다) 거 어떡하시는 말씀입니까."

"거 벙거지, 벙거지지요."

"벙거지! 벙거지! 옳습니다."

태원도 회남도 유정의 모자 자격을 인정하지 않는다. 벙거지라고밖에!

엔간해서 술이 잘 안 취하는데 취하기만 하면 딴 사람이 되고 만다. 그것은 무엇을 보고 아느냐 하면—

보통으로 주먹을 쥐고 쓱 둘째손가락만 쪽 펴면 사람 가리키는 신호가 되는데 이래가지고는 그 벙거지 차양 밑을 우벼파면서 나사 못 박는 흉내를 내는 것이다. 하릴없이 젖먹이 곤지곤지 형용에 틀림없다.

창문사彰文社에서 내가 집무랍시고 하는 중에 떠억 나를 찾아온다. 와서는 내 집무책상 앞에 마주 앉는다. 앉아서는 바윗덩어리처럼 말이 없다. 낸들 또 무슨 그리 신통한 이야기가 있으리오. 그저

서로 벙벙히 앉았는 동안에 나는 나대로 교정 등속 일을 한다. 가지가지 부호를 써서 내가 교정을 보고 있노라면 그는 불쑥,

"김형! 거 지금 그 표는 어떡하라는 표구요."

이런다. 그럼 나는 기가 막혀서

"이거요, 글자가 곤두섰으니 바루 놓으란 표지요."

하고 나서는 또 그만이다. 이렇게 평소의 유정은 뚱보다. 이런 양반이 그 곤지곤지만 시작되면 통성通姓 다시 해야 한다.

그날 나도 초저녁에 술을 좀 먹고 곤해서 한참 자는데 별안간 대문을 두드리는 소리가 요란하다. 한시나 가까웠는데 하고 눈을 비비고 나가보니까 유정이 B군과 S군과 작반作伴해 와서 이 야단이 아닌가. 유정은 연해 성히 곤지곤지 중이다. 나는 일견에 '익키! 이건 곤지곤지구나' 하고 내심 벌써 각오한 바가 있자니까 나가잔다.

"김형! 이 유정이가 오늘 술, 좀, 먹었습니다. 김형! 우리 또 한잔하십시다."

"아따 그러십시다그려."

이래서 나도 내 벙거지를 쓰고 나섰다.

나는 단박에 취해버려서 역시 그 비장의 가요를 기탄없이 내뿜은가 싶다. 이렇게 밤이 늦었는데 가무음곡으로서 가구街衢를 소란케 하는 것은 법규 상 안 된다. 이래 주파酒婆가 이러니 저러니 좀 했더니 S군과 B군은 불온하기 짝이 없는 언어로 주파를 탄압하면, 유정은 주파를 의미 깊게 흘긋, 한번 흘겨보더니

"김형! 우리 소리합시다."

하고 그 척척 붙어 올라올 것 같은 끈적끈적한 목소리로 강원도 아리랑 팔만구암자를 내뿜는다. 이 유정의 강원도 아리랑은 바야흐

로 천하일품의 경지다.

나는 소독젓가락으로 추탕 보시깃전을 갈기면서 장단을 맞춰 좋아하는데 가만히 보니까 한쪽에서 S군과 B군이 불화다. 취중 문학담이 자연 아마 그리된 모양인데 부전부전하게 유정이 또 거기 가 한몫 끼이는 것이다. 나는 술들이나 먹지 저 왜들 저러누, 하고 서서 보고만 있으니까 유정이 예의 그 벙거지를 떡 벗어던지더니 두루마기 마고자 저고리를 차례로 벗어던지고는 S군과 맞달라 붙는 것이 아닌가.

싸움의 테마는 아마 춘원의 문학적 가치 운운이던 모양인데 어쨌든 피차 어지간히들 취중이라 문학은 저리 집어치우고 이제 문제는 체력이다. 뺨도 치고 제법 태권도들도 한다. B군은 이리 비실 저리 비실 하면서 유정의 착의일식着衣一式을 주워들고 바로 뜯어말린답시고 한가운데 가 끼여서 꾸기적 꾸기적 하는데 가는 발길 오는 발길에 이래저래 피해가 많은 꼴이다.

놀란 것은 주파와 나다.

주파는 술은 더 못 팔아도 좋으니 이분들을 좀 밖으로 모셔내라는 애원이다. 나는 S군과 협력해서 가까스로 용사들을 밖으로 끌고 나오기는 나왔으나 이번에는 자동차가 줄지어 왕래하는 대로 한복판에서들 활약이다. 구경꾼이 금시로 모여든다. 용사들의 사기는 백열화白熱化한다.

나는 섣불리 좀 뜯어말리는 체하다가 얼떨결에 벙거지 벗어진 것이 당장 용사들의 군용화에 유린蹂躪을 당하고 말았다. 그만 나는 어이가 없어서 전선주에 가 기대서서 이 만화를 서서히 감상하자니까……

B군은 이건 또 언제 어디서 획득했는지 모를 5홉 들이 술병을 거

꾸로 쥐고 육모방망이 내휘두르듯 하면서 중재 중인데 여전히 피해가 많다. B군은 이윽고 그 술병을 한번 허공에 한층 높이 내 휘두르더니 그 우렁찬 목소리로 산명곡응山鳴谷應하라고 최후의 대갈일성을 시험해도 전황은 여전하다.

B군은 그만 화가 벌컥 난 모양이다. 그 술병을 지면 위에다 내던지고 가로대

"네 놈들을 내 한꺼번에 죽이겠다."

고 결의의 빛을 표시하더니 좌충우돌로 동에 번쩍 서에 번쩍 S군, 유정의 분간이 없이 막 구타하기 시작이다.

이 광경을 본 나도 놀랐거니와 더욱 놀라운 것은 전사 두 사람이다. 여태껏 싸움 말리는 역할을 하노라고 하고 하던 B군이 별안간 이처럼 태도를 표변하니 교전하던 양인이 놀라지 않을 수가 없다.

B군은 우선 유정의 턱 밑을 주먹으로 공격했다. 경악한 유정은 방어의 자세를 취하면서 한쪽으로 비키니깐 B군은 이번에는 S군을 걸어찼다. S군은 눈이 뚱그래서 이 역 한 켠으로 비키면서 이건 또 무슨 생각으로

"너! 유정이 ! 덤벼라."

"오냐! S! 너! 나한테 좀 맞아봐라."

하면서 원래의 적이 다시금 달라붙으니까 B군은 그냥 두 사람을 얼러서 걸어차면서 주먹비를 내리우는 것이다. 두 사람은 일제히 공세를 B군에게로 모아가지고 쉽사리 B군을 격퇴한 다음 이어 본전本戰을 계속 중에 B군은 이번에는 S군의 불두덩을 걸어찼다. 노발대발한 S군은 B군을 향하여 맹렬한 일축一蹴을 수행하니까 이 틈을 타서 유정은 S군에게 이 또한 그만 못지않은 일축을 결행한다. 이러면 B군은 또 선수를 돌려 유정을 겨누어 거룩한 일축을 발사한다. 유정

은 S군을, S군은 B군을, B군은 유정을, 유정은 S군을, S군은······.

이것은 그냥 상상만으로도 족히 포복절도할 절경임에 틀림없다. 나는 그만 내 벙거지가 여지없이 파멸한 것은 활연豁然히 잊어버리고 웃음보가 곧 터질 지경인 것을 억지로 참고 있자니까 사람은 점점 꼬여드는데 이 진무류珍無類의 혼전은 언제나 끝날는지 자못 묘연하다.

이때 옆 골목으로부터 순행하던 경관이 칼소리를 내면서 나왔다. 나와서 가만히 보니까 이건 싸움은 싸움인 모양인데 대체 누가 누구하고 싸우는 것인지 종을 잡을 수가 없는 것이다.

경관도 기가 막혀서

"이게 날이 너무 춥더니 실진失眞들을 한 게로군."

하는 모양으로 뒷짐을 지고 서서 한참이나 원망遠望한 끝에 대갈일성大喝一聲

"가에렛!"(돌아가―엮은이 주)

나는 이 추운 날 유치장에를 들어갔다가는 큰일이겠으므로

"곧 집으로 데리고 가겠습니다. 용서하십쇼. 술들이 몹시 취해 그렇습니다."

하고 고두백배叩頭百拜한 것이다.

경관의 두 번째 가에렛 소리에 겨우 이 삼국지는 아마 종식하였던가 한다.

이 이야기를 듣고 태원이 "거 요코미츠 리이치橫光利一의 기계 같소그려." 하였다. (물론 이 세 친구는 그 이튿날은 언제 그런 일 있었더냐는 듯이 계속하여 정다웠다)

유정은 폐가 거의 결단이 나다시피 못 쓰게 되었다. 그가 웃통 벗은 것을 보았는데 기구한 수신瘦身이 나와 비슷하다. 늘,

'김형이 그저 두 달만 약주를 끊었으면 건강해질 텐데'

해도 막 무가내하無可奈何더니 지난 7월 달부터 마음을 돌려 정릉리 어느 절간에 숨어 정양 중이라니, 추풍이 점기漸起에 건강한 유정을 맞을 생각을 하면 나도, 독자도 함께 기쁘다.

추등잡필秋燈雜筆

이상의 경우로는 보기 드문, 극히 일상적이고 담담한 문체로 생활주변의 이야기를 엮어 놓은 다섯 개의 수필. 『매일신보』(1936. 10. 14~10. 28)에 발표되었다.

추석 삽화

1년 360일 그중의 몇 날을 추려 적당히 계절 맞춰 별러서 그날만은 조상을 추억하며 생의 즐거움에서 멀어진 지 오래된 그들 망령을 있다 치고 위로하는 풍속을 아름답다 아니 할 수 없으리라.

이것을 굳이 뜻을 붙여 생각하자면 그날 그날의 생의 향락 가운데서 때로는 사의 적막을 가끔 상기해보며 그러함으로써 생의 의의를 더 한층 깊이 뜻있게 인식하도록 하는 선인들의 그윽한 의도에서 나온 수법이 아닐까.

이번 추석날 나는 돌아가신 삼촌 산소를 찾았다. 지난 한식날은 비가 와서 거기다 내 나태가 가하여 드디어 삼촌 산소에 가지 못했

183

으니 이번 추석에는 부디 가보아야겠고 또 근래 이 삼촌이 지금껏 살아계셨던들 하는 생각이 문득 드는 적이 많아서 중년에 억울히 가신 삼촌을 한번 추억해보고도 싶고 한 마음에서 나는 미아리행 버스를 타고 나갔던 것이다.

온 산이 희고 온 산이 곡성으로 하여 은은하다. 소조簫條한 가을바람에 추초가 나부끼는 가운데 분묘는 5년 전에 비하여 몇 배수나 늘었다. 사람들은 나날이 저렇게들 죽어가는구나 생각하니 저윽이 비감하다. 물론 5년 동안에 너 많은 애기가 탄생하였으리라. 그러나 그렇게 날로 지상의 사람이 바뀐다는 것도 또한 슬픈 일이 아닌가.

다섯 번 조락凋落과 맹동萌動을 거듭한 삼촌 산소가 꽤 거칠은 모양을 바라보고 퍽 슬펐다. '시멘트'로 땜질한 석상은 틈이 벌었고 친우 일동이 해 세운 석비도 좀 기운 듯싶었다.

분토墳土한 곁에 앉아 잠시 생전에 삼촌 그 중엄하기 짝이 없는 풍모를 추억해보았다. 그리고 운명하시던 날, 장사 지내던 날, 내 제복祭服 입었던 날들의 일, 이런 다섯 해 전 일들이 내 심안을 쓸쓸히 지나가는 것이었다.

나는 또 비명을 읽어 보았다. 하였으되,

公廉正直 信義友篤
金蘭結契 矢同夏樂
中世摧折 土友或慟
寒山片石 以表衷情

삼촌 구우舊友 K씨의 작으로 내 붓솜씨다. 오늘 이 친우 일동이 세운 석비 앞에 주과가 없는 석상石床이 보기에 한없이 쓸쓸하다.

그때 그 이웃 분묘에 사람이 왔다. 중로의 여인네가 한 분, 젊은 내외인 듯싶은 남녀, 10세 전후의 소학생이 하나, 네 사람이다. 젊은 남정네는 양복을 입었고 젊은 여인네는 구두를 신었다. 중로의 여인네가 보퉁이를 펴더니 주과를 갖춘 조촐한 제상을 차리는 것이다. 그리고 향을 피우고 잔을 부우며 네 사람은 절한다.

양복 입은 젊은 내외의 하는 절이 더 한층 슬프다. 그리고 교복 입은 소학생의 하는 절은 너무나 애련하다.

중로의 여인네는 호곡한다. 호곡하며 일어날 줄을 모른다. 젊은 내외는 소리 없이 몇 번이나 향 피우고 잔 비우고 잔 붓고 절하고 하더니 슬쩍 비켜서는 것이다. 소학생도 따라 비켜선다.

비켜서서 그들은 멀리 건너편 북망산을 손가락질도 하면서 잠시 담화하더니 돌아서서 언제까지라도 호곡하려드는 어머니를 일으킨다. 그러나 좀처럼 일어나려 하지 않는다.

그때 이 날만 있는 이 북망산 전속의 걸인이 왔다. 와서 채 제사도 끝나지 않은 제물을 구걸하는 것이다. 그 태도가 마치 제것을 제가 요구하는 것과 같이 퍽 거만하다. 부처는 완강히 꾸짖으며 거절한다. 승강이가 잠시 계속된다.

이 광경을 바라보고 앉았는 동안에 내 등 뒤에서 이 또한 중로의 여인네가 한 분 손자인 듯싶은 동자 손을 이끌고 더듬더듬 내려오는 것이었다. 오면서 분묘 말뚝을 하나하나 자세히 조사한다. 필시 영감님의 산소 위치를 작년과도 너무 달라진 이 천지에서 그만 묘연히 잊어버린 것이리라.

이 두 사람은 이윽고 내 앞도 지나쳐 다시 돌아 그 이웃 언덕으로 올라간다. 그래도 좀처럼 여기구나 하고 서지 않는다.

건너편 그 거만한 걸인은, 시비의 무득함을 깨달았는지, 제물을 단념하고 다시 다음 시주를 찾아서 간다.

걸인은 동쪽으로 과부는 서쪽으로,

해는 이미 일반日半을 지났으니 나는 또 삶의 여항閭巷으로 돌아가지 않으면 안 되리라. '코스모스' 핀 언덕을 터벅터벅 내려오면서 그 과부는 영감님의 무덤을 찾았을까 걱정하면서 버스 선 곳까지 오니까 모퉁이 목로술집에서는 일장의 싸움이 벌어진 중이었다. 말할 것도 없이 거성(居喪) 입은 사람끼리다.

구경

전문한 것이 나는 건축인 관계상 재학시대에 형무소 견학을 간 일이 더러 있다. 한번은 마포 벽돌공장을 보러 간 일이 있는데 그것은 건물을 보러 간 것이 아니라 벽돌 제조의 여러 가지 속을 보러 간 것이니까 말하자면 건축재료 제조 실제를 연구하는 한 시간이었다. 그러니까 죄수들의 생활이라든가 혹은 그들의 생활에 건물 제조를 어떻게 적응시켰나를 보러 간 것이 아니고 다만 한 공장을 보러 간 것에 지나지 않은 것이니까 직공들은 반드시 죄수들이 필요도 없거니와 또 거기가 하국何國의 형무소가 아니어도 좋다. '클라스' 전부래야 열두 명이었는데 그날 간 사람은 겨우 7, 8명에 불과하였다고 기억한다.

옥리의 안내를 받아 공장 각 부분을 차례차례 구경하기로 되었다. 구경하기 전에 옥리는 우리들에게 부디부디 다음 몇 가지 점에 주의해달라고 일러주는 것이었다. 즉 담배를 피우지 말 것, 그들에게 무슨 필요로든 결코 말을 건네지 말 것, 그네들의 얼굴을 너무 차근차근히 들여다보지 말 것 등이다. 차례대로 이윽고 견학이 시작되었다. 그러나 나는 처음부터 벽돌 제조 같은 것에는 추호의 흥미도 가지지는 않았다. 죄수들의 생활, 동정의 자세를 볼 수 있다는 것이 이 견학이 나로 하여금 즐겁게 하여주는 이유의 전부였다. 나는 일부러 끝으로 좀 처지면서 그 똑같이 적토색 복장에 몸을 두르고 깃에다 번호찰을 붙인 이네들의 모양을 살피기로 하였다. 그런데 과연 아니나 다를까, 그들은 끝없는 증오의 시선을 우리들에게 던지는 것이 아니냐. 나는 놀랐다. 가슴이 두근두근해왔다. 그리고 제 출물에 겁이 나서 얼굴이 달아들어오는 것을 어찌하는 수가 없었다. 너무나 똑똑히 불쾌한 표정을 지어 보이는 그들을 나는 차마 바로 쳐다보는 재주가 없었다.

자기의 치욕의 생활에 내면을 혹 치욕이라고까지 하지는 않더라도 결코 남에게 떡 벌려 자랑할 것이 못 되는 제 생활의 내면을 어떤 생면부지한 사람들에게 만부득이 구경시키지 않으면 안 되는 것을 누구나 다 싫어하리라. 仰不愧於天 俯天快於人 이런 심경에서 사는 사람이라도 그런 일점의 흐린 구름이 지지 않은 생활을 남이 그야말로 구경거리로 알고 보려 달려들 때에는 저으기 불쾌할 것이다. 항차 죄수들이 자기네들의 치욕적 생활을 백일 아래서 여지없이 구경거리로 어떤 몇 사람 앞에 내놓지 않으면 안 되는 경우에 그들의 심통함이 또한 복역의 괴로움보다 오히려 배대倍大할 것이다.

소록도의 나원癩院을 보고온 이의 이야기를 들으면 아무리 석존釋尊 같은 자비스러운 얼굴을 한 사람이 내도來到하여도 그들은 그저 무한한 증오의 눈초리로 맞이할 줄밖에 모른다 한다. 코가 떨어지고 수족이 망가진 자기네들 추악한 군상을 사실 동류 이외의 어떤 사람에게도 보이기 싫을 것이다. 듣자니 그네들끼리는 희희낙락하기도 하며 때로는 연애까지도 할 듯싶은 일이 다 있다 한다.

형무소 죄수들도 내가 본 대로는 의외로 활발하게 오히려 생활난에 쪼들리어 헐떡헐떡하는 사바娑婆의 노역꾼들보다도 즐거운 듯이 일하고 있는 것이었다. 다만 그러면서도 남의 어떤 눈도 싫어하는 까닭은 말하자면 대등의 지위를 떠난 연한憐恨, 모멸侮蔑, 동정, 기자忌恣, 이런 것을 싫어하는 인정 본연의 발로가 아니고, 다름없는 것이 아닐까 한다.

　　가령 천형병의 병원病源을 근절코저 할진대 보는 족족 이 병환자는 살육해버려야 할는지도 모르지만 이왕 끔찍한 인정을 발휘해서 그들은 보호하는 바에는 될 수 있는 대로 그들의 심정을 거슬려 주어서는 안 될 것이다. 그러하다면 그들이 제일 싫어하는 구경을 절대로 금해야 할 것이다. 형무소 같은 것은, 감히 구경시켜서 써 죄과를 미연에 방지하는 것이 좋지나 않을까 하는 생각이 들기도 하지만 좀처럼 구경을 잘 시키지 않는 것은 역시 죄수 그들의 심정을 건드리지 않도록 하는 깊은 용의用意에서가 아닌가 한다.

예의

　　걸핏하면 끽다점에 가 앉아서 무슨 맛인지 알 수 없는 차를 마시고 또 우리 전통에는 무던히 먼 음악을 듣고 그리고 언제까지라도 우두커니 머물러 있는 취미를 업신여기리라. 그러나 전기기관차의 미끈한 선, 강철과 유리, 건물 구성, 예각, 이러한 데서 미를 발견할 줄 아는 세기의 사람에 있어서는 다방의 일게一憩가 신선한 도락이요 우아한 예의 아닐 수 없다.

　　생활이라는 중압은 늘 훤조喧噪하며 인간의 부드러운 정서를 억누르려드는 것이다. 더욱이, 현대라는 데 깃들이는 사람들은 이 중압을 한층 더 확실히 감지하지 않을 수 없다. 어디를 보아도 교착된 강철과 거암과 같은 콘크리트벽의 숨찬 억압 가운데 자칫하면 거칠기 쉬운 심정을 조용히 쉴 수 있도록, 그렇게 알맞은 한 개의 의자와 한 개의 테이블이 있다면 어찌 촌가寸暇를 얻어내어 발길이 그리로 옮겨지지 않을 것인가. 가加하기를 한 잔의 따뜻한 차와 가구街衢의 훤조한 잡음에 바뀌는 아름다운 음악이 있다면 그 심령들의 위안됨이 더 한층 족하다고 하지 않으리오.

그가 제철공장의 직인이건, 그가 외과의실의 집도인이건, 그가 교통정리 경관이건, 그가 법정의 논고인이건, 그가 하잘것없는 일 고용인日雇傭人이건, 그가 천만장자의 외독자이건, 묻지 않는다. 그런 구구한 간판은 '네온사인'이 달린 다방 문간에다 내려놓고 들어가는 것이다. 그곳에서는 다같이 심정의 회유懷柔를 기원하는 티 없는 사람의 하나가 되는 것이다. 그러기에 이곳에서는 누구나 다 겸손하다. 그리고 다 같이 부드러운 표정을 하는 것이다. 신사는 다 조신하게 차를 마시고 숙녀는 다 다소곳이 음악을 즐긴다.

거기는 오직 평화가 있고 불성문不成文의 정연하고도 우아 담백한 예의 준칙이 있는 것이다.

결코 이웃 좌석에는 들리지 않을 만큼 낮은 목소리로 담화한다. 직업을 떠나서 투쟁을 떠나서 여기서 바뀌는 담화는 전면纏綿한 정서를 풀 수 있는 그런 그윽한 화제리라.

다 같이 입을 다물고 눈을 흡뜨지 않고 '슈베르트'나 '쇼팽'을 듣는다. 그때 육중한 구두로 마루바닥을 건드리면 장단을 맞춘다거나. 익숙한 곡조라 하여 휘파람으로 합주를 한다거나 해서는 아주 못쓴다. 왜? 그렇게 하는 것은 이곳의 불성문인 예를 깨뜨림이 지극히 큰고로.

나는 그날 밤에도 몸을 스미는 추냉秋冷을 지닌 채 거리를 걸었다. 천심에 달이 교교皎皎하여 일보일보가 저으기 무겁고 또한 황막하여 슬펐다. 까닭 모를 애수 고독이 불현듯이 인간다운 훈훈한 호흡을 변모케 하는 것이었다. 나는 달빛을 등지고 늘 드나드는 한 다방으로 들어섰다.

양 3인씩의 남녀가 벌써 다정해 보이는 따뜻한 한 잔씩의 차를 앞에 놓고 때마침 '사운드박스' 울리는 현악 중주의 명곡을 즐기고 있는 것이 아닌가.

나도 또한 신사다웁게 삼가는 보조로 그들 가운데 한 자리를 차지하고 그리고 차와 음악을 즐기기로 하였다.

5분 10분 20분, 이 적당한 휴게가 냉화冷化하려 들던 내 혈관의 피를 얼마간 덥혀주기 시작하는 즈음에—

문이 요란히 열리며 4, 5인의 취한이 고성 질타叱咤하면서 폭풍과 같이 침입하였다. 그들은 한복판 그중 번듯한 좌석에 어지러이 자리를 잡더니 차를 청하여 수선스러이 마시며 방약무인하게 방가하는 것이었다. 그 바람에 음악은 간곳없고 예의도 간곳없고 그들의 추외醜猥한 성향이 실내를 흔들 뿐이다.

내 심정은 다시 거칠어 들어갔다. 몸부림하려드는 내 서글픈 심정을 나 자신이 이기기 어려웠다. 나는 일 초라도 바삐 이곳을 떠나고 싶어서 자리를 걷어차고 일어나서 문간으로 나가려 하는 즈음에,

이번에는 유두백면油頭白面의 일장한一壯漢이 사자만이나 한 셰퍼드를 한 마리 끌고 들어오는 것이 아닌가. 나는 대경실색하여 뒤로 물러서면서 보자니까 그 개는 그 육중한 꼬리를 흔들흔들 흔들며 이 좌석 저 좌석의 객을 두루두루 코로 맡아보는 것이다.

그때 취한 중의 한 사람이 마시다 남은 차를 이 무례한 개를 향하

여 끼었었다. 개는 질겁을 하여 뒤로 물러서더니 그 산이 울고 골짝이 무너질 것 같은 크낙한 목소리로 이 취한을 향하여 짖어대는 것이었다.

나는 창황히 차값을 치르고 그곳을 나와 보도를 디뎠다. 걸으면서도 그 예술의 전당에서 울려나오는 해괴駭怪한 견폐성犬吠聲을 한참 동안이나 등뒤에 들을 수 있었다.

기여

그다지 명예롭지 못한 그러나 생각해보면 또 그렇게까지 불명예라고까지 할 것도 없는 질환을 가지고 어떤 학부 부속 병원에를 갔다. 진찰이 끝나고 이제 치료를 시작하려 그 그리 보기 좋지 않은 베드 위에 올라 누웠다. 그랬더니 난데 없이 수십 명의 흑장속黑裝束의 장정 일단이 우— 틈입하여서는 내 침상을 둘러싸는 것이다. 말할 것도 없이 이 학부 재학의 학생들이요 이것은 임상강의 시간임에 틀림없다. 손에는 각각 노트를 들었고 시선을 내 환부인 한 점에 집중시키고 있는 것이다. 의사 즉 교수는 서서히 입을 열고 용의주도하게 내 치료 받고자 하는 개소個所를 주무르면서 유창한 어조로 강의를 시작하는 것이 아닌가. 이것은 나에게 있어서 참으로 천만 의외의 일일 뿐 아니라 정말로 불쾌하기 짝이 없는 봉변일 수밖에 없는 일이다.

그들은 대체 누구의 허락을 얻어 나를 실험동물로 사용하는 것인가. 옆구리에 종기 하나가 나도 그것을 남에게 내어 보이는 것이 불쾌하겠거늘 아픈 탓으로 치부를 내보이지 않으면 안 되는 그 자그만한 기회를 타서 밑천 들이지 않고 그들의 실험동물을 얻고자 꾀

하는 것일 것이니 치료를 받기 위하여는 반드시 이런 굴욕을 받아야만 된다는 제도라면 사차불피辭此不避일 것이나 그렇다 하더라도 이 변만은 어디 까지든지 불쾌한 일이다.

의학의 진보발달을 위하여 노구찌 박사는 황열병黃熱病에 넘어지기까지도 하였고 또 최근 어떤 학자는 호열자균을 스스로 삼켰다 한다. 이와 같은 예에 비긴다면 치부를 잠시 학생들에게 구경시켰다는 것쯤 심술 부릴 거리조차 못 될 것이다. 차라리 잠시의 아픔과 부끄러움을 참았다는 것이 진지한 연구의 한 도움이 된 것을 광영으로 알아야 할 것이요 기뻐하여야 할 것이다.

그러나 또 생각해보면 사람은 누구나 다 반드시 이렇게 실험동물로 제공되어야 할 책임이 있다는 것은 아니리라. 환부를 내어보이는 것은 어느 사람에게 있어서도 유쾌치 못한 일일 것이다. 의학만이 홀로 문화의 발달향상을 짊어진 것은 아니겠고, 이 사회에서 생활을 향유하는 이 치고는 누구나 적든 많든 문화를 담당하는 일원임에 틀림없다. 허락 없이 의학의 연구재료로 제공될 그런 호락호락한 몸은 하나도 없을 것이다. 그렇다면 의사는, 교수는, 박사는, 그가 어떤 종류의 미미한 인간에 불과한 경우일지라도 반드시 그의 감정을 존중히 하여 일언 간곡한 청탁의 말이 있어야 할 것이요, 일언 승낙의 말이 있은 다음에야 교재로 사용할 수 있을 것이겠다.

요즘 이런 종류의 기여를 흔연欣然히 하게 하는 새로운 도덕관념의 수립과 새로운 감정관습의 보급에 있을 것이다.

어떤 해부학자는 자기의 유해를 담임하던 교실에 기부할 뜻을 유언하였다 한다. 그의 제자들이 차마 그 스승의 유해에 해부도를 대이기 어려웠을 줄 안다.

또 어떤 학술적인 전람회에서 사형수의 두개골을 여러 조각에 조각조각 켜놓은 것을 본 일이 있다. 얼른 생각에 사형수 같은 인류의 해독을 좀 가혹히 짓주물렀기로니 차라리 그래 싼 일이지, 이렇게도 생각이 되지만 또 한편으로 생각해보면 혼백이 이미 승천해버린 유해에는 죄가 없는 것이니 같이 사람 대접으로 취급하는 것이 지당한 일일 것이 아닐까.

또한 본인의 한마디 승낙하는 유언을 얻어야 할 것이요, 그렇지 않으면 통상의 예를 갖추어주어야 옳으리라.

나환인癩患人을 위하여—첫째 격리가 목적이겠으나—지상의 낙원을 꾸며 놓았어도 소록도에서는 탈출하는 일이 빈번히 있다 한다.

만일 그런 감정이나 도덕의 새로운 관념이 보급된다면 사형수는 으레히 해부를 유언할 것이요 나환자는 자진하여 소록도로 갈 것이다.

"내 치부에 이러이러한 질환이 발생하였는데 일찍이 듣지도 보지도 못한 듯하오니 아무쪼록 여러 학자와 학생들이 모여 연구해주시기 바랍니다."

하고 나서는 기특한 인사가 출현할는지도 마치 모른다. 그렇다면 여러 학생들 앞에 치부를 노출시키는 영광을 얻기에 경쟁들을 하는 고마운 세월이 올는지도 또 마치 모르는 것이요, 오기만 한다면 진실로 희대의 기관奇觀일 것이나 인류문화의 향상 발달에 기여하는 바 만은 오늘에 비하여 훨씬 클 것이다.

실수

몇해 전까지도 동경 역두는 리크샤 즉 인력거가 있었다 한다. 외국 관광단을 실은 호화선이 와 닿으면 제국 호텔을 향하는 어마어마한 인력거의 행렬을 볼 수 있었다 한다. 그들 원래遠來의 이방인들을 접대하는 갸륵한 예의리라.

그러나 오늘 그 달러를 헤뜨리고 가는 귀중한 손님을 맞이하는데 인력거는 폐지되었고 통속적인, 그들에게 있어서는 너무나 통속적인 자동차로 한다고 한다. 이것은 원래의 진객珍客을 접대하는 주인으로서의 갸륵한 위신을 지키는 심려에서이리라.

그러나 그 코 높은 인종을 모시는 인력거는 이 나라에서 아주 없어진 것이 아니다. 아닐 뿐만 아니라 아직도 너무 많다.

수일 전 본정本町 좁고도 복작복작하는 거리를 관류하는 세 채의 인력거를 목도하였다. 말할 것도 없이 백인의 중년 부부를 실은 인력거와 모 호텔 전속의 안내인을 실은 인력거다.

그들은 우리 시민이 정히 못 알아들을 수밖에 없는 국어로서 지껄이며 간혹 조소 비슷히 웃기도 하고 손에 쥐인 단장을 들어 어느 방향을 가리키기도 한다. 자못 호기에 그득찬 표정이었다.

과문寡聞에 의하면 저쪽 의례준칙으로는 이 손가락질하는 버릇은 크낙한 실례라 한다. 하면 세계 만유漫遊를 하옵시는 거룩한 신분의 인사니 필시 신사리라.

그렇다면 이 젠틀맨 및 레디는 인력거 위에 앉아서 이 낯설은 거리와 시민들에게 서슴지 않고 실례를 하는 모양이다.

'이까짓 데서는 예를 잦추지 않아도 좋다' 하는 애초부터의 괘씸한 배짱임에 틀림없다.

일순 나는 말할 수 없는 불쾌한 감정에 사로잡혀 마음대로 하라면 우선 다소곳이 그 인력거의 채를 잡고 있는 차부車夫를 난타한 다음 그 무례한의 부부를 완력으로 징계하여 주고 싶었다.

그러나 또 생각하여보면 그들은 내가 채 알지 못하는 바 세계적 지리학자거나 고고학자인지도 모른다. 그렇지 않은 단지 일개 평범한 만유객에 지나지 않는다 하더라도 그들은 적지 않는 달러를 이 땅에 널어놓고 갈 것이고 고국에 이 땅의 풍광과 민속을 소개할 것이다. 어쨌든 이들은 족히 진중珍重히 접대하여야만 할 손님임에는 틀림없다.

그렇다면?

내가 이들을 징계하였다는 것이 도리어 내 고향을 욕되게 하는 것이리라. 그렇건만…….

그때 느낀 그 불쾌한 감정은 조금도 사라지지 않는다.

아무쪼록 많은 수효의 외국 관광단을 유치하는 것은 우리들 이 땅의 주인된 임무일 것이며 내방한 그들을 겸손하고도 친절한 예의로 접대하여 써 그들로 하여금 이 땅 이 백성들의 인상을 끝끝내 좋도록 하는 것 또한 지켜야 할 임무일 것이다.

그러나 겸손을 지나쳐 그들의 오만과 모멸을 용납할 수 없다. 이것을 말없이 감수하는 것은 위에 말한 주인으로서의 임무에도 배치背馳되는 바 크다.

이 땅에 있는 것을 그들에게 구경시켜주는 것은 결코 동물원의 곰이나 말, 승냥이가 제 몸뚱이를 구경시키는 심사와는 다르다. 어디까지든지 그들만 못하지 않은 곳 그들에게 없는 그들보다 나은 곳을 소개하고 자랑하자는 것일 것이어늘…….

인력거 위에 앉아서 단장 끝으로 손가락질을 하는 그들의 태도는 확실히 동물구경에 근사한 태도요 따라서 무례요 더없는 굴욕이다.

국가는 마땅히 법규로써 그들에게 어떠한 산간벽지에서라도 인력거를 타지 못하도록 취체取締하여야 할 것이다.

그들이 부두, 역두에 닿았을 때 직접 간접으로 이 땅의 위신을 제시하여 놓아야 할 것이다. 그것을 우선 인력거로 실어 숙소로 모신다는 것은 해괴망측하기가 짝이 없는 일이다.

동경뿐만 아니라 서울 거리에서도 이 괴씸한 인력거의 행렬을 보지 않게 되어야 옳을 것이 아닌가.

연전에 나는 어느 공원에서 어떤 백인이 한 걸식에게 오십 전 은화를 시여施興한 다음 카메라를 희롱하는 것을 지나가던 일위一位 무골武骨 청년이 구타하는 것을 목도한 일이 있다. 이 청년 역 향토를 아끼는 갸륵한 자존심에서 우러난 행동이었음에 틀림없으리라. 그러나 이것은 그 이방인은 어찌되었든 잘못된 일일 것이니 '타우리스트뷰르'(tourist bureau의 잘못된 음독―엮은이 주)는 한갓 관광단 유치에만 부심할 것이 아니라 이런 실수가 미연에 방지되도록 안으로서의 차림차림에도 유의하는 바가 있어야 할 것이다.

동경

1936년 11월, 이것이 이상이 일본에 건너간 때이다. 그
곳에서 그가 만난 것은 궁핍과 열등의식과 다가오는 죽
음, 그리고 구라파문화의 모조품으로서의 동경이었다.
사후, 『문장』(1939. 5)에 발표되었다.

내가 생각하던 '마루노우찌 빌딩', 속칭 마루비루는 적어도 이
'마루비루'의 네 갑절은 되는 굉장한 것이었다. 뉴욕〔紐育〕 '부로드
웨이'에 가서도 나는 똑같은 환멸을 당할는지. 어쨌든 '이 도시는
몹시 〈가솔린〉내가 나는구나!'가 동경의 첫인상이다.

우리같이 폐가 칠칠치 못한 인간은 우선 이 도시에 살 자격이 없
다. 입을 다물어도 벌려도 척 '가솔린' 내가 침투되어버렸으니 무슨
음식이고간 얼마간의 '가솔린' 맛을 면할 수 없다. 그러면 동경시민
의 체취는 자동차와 비슷해 가리로다.

이 '마루노우찌'라는 빌딩 동리에는 빌딩 외에 주민이 없다. 자동
차가 구두 노릇을 한다. 도보하는 사람이라고는 세기말과 현대자본
주의를 비예睥睨하는 거룩한 철학인, 그 외에는 하다못해 자동차라

도 신고 드나든다.

그런데 내가 어림없이 이 동리를 5분 동안이나 걸었다. 그러면 나도 현명하게 '택시'를 잡아타는 수밖에.

나는 택시 속에서 20세기라는 제목을 연구했다. 창밖은 지금 궁성 호리 곁, 무수한 자동차가 영영營營히 20세기를 유지하노라고 야단들이다. 19세기 쉬적지근한 내음새가 썩 많이 나는 내 도덕성은 어째서 저렇게 자동차가 많은가를 이해할 수 없으니까 결국은 대단히 점잖은 것이렸다.

신숙新宿은 신숙다운 성격이 있다. 박빙薄氷을 밟는 듯한 치사— 우리는 '프란스야시끼'에서 미리 우유를 섞어 가져온 '커피'를 한 잔 먹고 그리고 10전씩을 치를 때 어쩐지 9전5리보다 5리가 더 많은 것 같다는 느낌이었다.

'베르테르'—동경시민은 블란서를 HURANSU라고 쓴다. ERUTERU는 세계에서 제일 맛있는 연애를 한 사람의 이름이라고 나는 기억하는데 '베르테르'는 조금도 슬프지 않다.

신숙—귀화鬼火 같은 이 번영 삼정목三丁目, 저편에는 판장과 팔리지 않는 지대와 오줌 누지 말라는 게시가 있고 또 집들도 물론 있겠지요.

C군은 우선 졸려 죽겠는 나를 축지 소극장으로 안내한다. 극장은 지금 놀고 있다. 가지가지 '포스터'를 붙인 이 일본 신극운동의 본거지가 내 눈에는 서투른 설계의 끽차점 같았다. 그러나 서푼짜리 영화는 놓치는 한이 있어도 이 소극장만은 때때로 참관하였으니 나도 연극애호가 중으로는 고급이다.

'인생보다는 연극이 재미있다'는 C군과 반대로 H군은 회의파다. 아파트의 H군의 방이 겨울에는 16원 여름에는 14원 춘추로 15원 이렇게 산비둘기처럼 변화는 회계에 대하여 그는 회의와 조소가 깊고 크다. 나는 건망증이 좀 심함으로 그렇게 계절을 따라 재주를 부리지 않는 방을 원하였더니 시골사람으로 이렇게 먼 데를 혼자 찾아온 것을 보니 당신은 역시 재주가 많은 사람이라고 죠쮸양이 나를 위로한다. 나는 그의 코 왼편 언덕에 달린 사마귀가 역시 당신의 행복을 상징하는 것이라고 위로해주고 나서 부사〔후지〕산을 한번 똑똑히 보았으면 원이 없겠다고 부언해 두었다.

이튿날 아침 7시에 지진이 있었다. 나는 들창을 열고 흔들리는 대동경을 내어다보니까 빛이 노랗다. 그 저편 잘 개인 하늘 소꿉장난 과자같이 가련한 부사산이 반백의 머리를 내어놓은 것을 보라고 '죠쮸양'이 나를 격려했다.

은좌는 한개 그냥 허영 독본이다. 여기를 걷지 않으면 투표권을 잃어버리는 것 같다. 여자들이 새 구두를 사면 자동차를 타기 전에 먼저 은좌의 보도를 디디고 와야 한다.

낮의 은좌는 밤의 은좌를 위한 해골이기 때문에 적잖이 추하다. '사롱 하루〔春〕' 굽이치는 '네온사인'을 구성하는 부지깽이 같은 철골들의 얼크러진 모양은 밤새고 난 여급 '퍼머넌트 웨이브'처럼 남루하다. 그러나 경시청에서 '길바닥에 침〔唾〕을 뱉지 말라'고 광고판을 써 늘어놓았음으로 나는 침을 배앝을 수는 없다.

은좌 팔정목八丁目이 내 측량에 의하면 두 자 가웃쯤 될는지! 왜? 적염난발赤染亂髮의 '모던' 영양 한 분을 30분 동안에 두 번 반이나 만날 수 있었으니 말이다. 영양은 지금 영양 하루 중의 가장 아름다운 시간을 소화하시려 나오신 모양인데 나의 이 건조무미한 '프롬나아드'는 일종 반추反芻에 지나지 않는다.

나는 경교京橋 곁 지하 공동변소에서 간단한 배설을 하면서 동경 갔다 왔다고 그렇게나 자랑들 하던 여러 친구들의 이름을 한번 암송해보았다.

사주師走, 섣달 대목이란 뜻이리라. 은좌거리 모퉁이 모퉁이의 구세군 사회냄비가 보병 총처럼 결려 있다. 일 전, 일 전만 있으면 가스[瓦斯]로 밥 한 냄비를 끓일 수 있다. 이렇게 귀중한 일 전을 이 사회 냄비에 던질 수는 없다. 고맙다는 소리는 1전어치 가스[瓦斯]만큼 우리 인생을 패익稗益하지 않을 뿐 아니라 때로는 신선한 산책을 불쾌하게 하는 수도 있으니 보이와 걸이 자선 쪽박을 백안시하는 것도 또한 무리가 아니리라. 묘령의 낭자 구세군, 얼굴에 여드름이 좀 난 것이 흠이지 청춘다운 매력이 횡일橫—하니 '폐경기 이후에 입영하여서도 그리 늦지는 않을 걸요' 하고 간곡히 그의 전향을 권설勸說하고도 싶었다.

삼월三越, 송판옥松坂屋, 이동옥伊東屋, 백목옥白木屋, 송옥松屋 이 7층집들이 요새는 밤에 자지 않는다. 그러나 우리는 그 속에 들어가면 안 된다.

왜? 속은 7층이 아니요 한 층인 데다가 산적한 상품과 무성한 숲 걸 때문에 길을 잃어버리기 쉽다.

특가품, 격안품格安品, 할인품 어느 것을 고를까. 그러나 저러나 이 술어들은 자전에도 없다. 그러면 특가, 격안, 할인품보다도 더 싼 것은 없다. 과연 보석 등속, 모피 등속에는 '눅거리'가 없으니 '눅거리'를 업수히 여기는 이 종류 고객의 심리를 잘 이해하옵시는 중형

重形들의 '슬로간' 실로 약여躍如하도다.

밤이 왔으니 관사冠詞 없는 그냥 '은좌' 가 출현이다. '코롬방' 의 차, 기노꾸니야의 책은 여기 사람들의 교양이다. 그러나 더 점잖게 '브라질' 에 들러서 '스트레이트' 를 한잔 마신다. 차를 나르는 새악씨들이 모두 똑같이 단풍무늬 옷을 입었기 때문에 내 눈에는 좀 성병 모형 같아서 안됐다. '브라질' 에서는 석탄 대신 '커피' 를 연료로 기차를 운전한다는 데 나는 이렇게 진한 석탄을 암만 삼켜보아도 정열은 불붙어 오르지 않는다.

'애드밸룬' 이 착륙한 뒤의 은좌 하늘에는 신의 사려에 의하여 별도 반짝이련만 이미 이 '카인' 의 말예末裔들은 별을 잊어버린 지도 오래다. '노아' 의 홍수보다도 독가스〔毒瓦斯〕를 더 무서워하라고 교육받은 여기 서민들은 솔직하게도 산보 귀가의 길을 지하철로 하기도 한다. 이태백이 놀던 달아! 너도 차라리 19세기와 함께 운명하여 버렸었던들 작히나 좋았을까.

5

19세기식

『34문학』(1937. 4)에 발표된 작품이다. 그가 버리고자
했던, 그토록 떨쳐버리고자 했던 19세기식의 사고—그
럼에도 불구하고 그것으로부터 헤어나지 못하고 있는
그 자신의 윤리와 도덕관념에 대한 자학이 보인다.

정조

이런 경우, 즉 '남편만 있었던들' '남편이 용서만 한다면' 하면서
지켜진 아내의 정조란 이미 간음이다. 정조는 금제禁制가 아니오 양
심이다. 이 경우의 양심이란 도덕성에서 우러나오는 것을 가르치지
않고 '절대의 애정' 그것이다.

만일 내게 아내가 있고 그 아내가 실로 요만 정도의 간음을 범한
때 내가 무슨 어려운 방법으로 곧 그것을 알 때 나는 '간음한 아내'
라는 뚜렷한 죄명 아래 아내를 내어쫓으리라.

내가 이 세기에 용납되지 않는 최후의 한꺼풀 막이 있다면 그것
은 오직 '간음한 아내는 내쫓으라' 는 철칙에서 영원히 헤어나지 못

하는 내 곰팡내 나는 도덕성이다.

비밀

비밀이 없다는 것은 재산 없는 것처럼 가난할 뿐만 아니라 더 불쌍하다. 정치情痴 세계의 비밀―내가 남에게 간음한 비밀, 남을 내게 간음시킨 비밀, 즉 불의의 양면―이것을 나는 만금과 오히려 바꾸리라. 주머니에 푼전이 없을망정 나는 친히를 놀려먹을 수 있는 실력을 가진 큰 부자일 수 있다.

이유

나는 내 아내를 버렸다. 아내는 '저를 용서하실 수는 없었습니까' 한다. 그러나 나는 한번도 '용서'라는 것을 생각해본 일은 없다. 왜? '간음한 계집은 버리라'는 철칙에 의혹을 가지는 내가 아니다. 간음한 계집이면 나는 언제든지 곧 버린다. 다만 내가 한참 망설여가며 생각한 것은 아내의 한 짓이 간음인가 아닌가 그것을 판정하는 것이었다. 불행히도 결론은 늘 '간음이다'였다. 나는 곧 아내를 버렸다. 그러나 내가 아내를 몹시 사랑하는 동안 나는 우습게도 아내를 변호하기까지 하였다. '될 수 있으면 그것이 간음은 아니라는 결론이 나도록' 나는 나 자신의 준엄 앞에 애걸하기까지 하였다.

악덕

용서한다는 것은 최대의 악덕이다. 간음한 계집을 용서하여보아

라. 한번 간음에 맛을 들인 계집은 두 번째도 세 번째도 간음하리라. 왜? 불의라는 것은 재물보다도 매력적인 것이기 때문에⋯⋯.

계집은 두 번째 간음이 발각되었을 때 실로 첫 번째 보지 못하던 귀곡적鬼哭的 기법으로 용서를 빌리라. 번번이 이 귀곡적 기법은 그 묘를 극하여 가리라. 그것은 여자라는 동물 천혜天惠의 재질이다.

어리석은 남편은 그때마다 새로운 감상으로 간음한 아내를 용서하겠지. 이리하여 실로 남편의 일생이란 '이놈의 계집이 또 간음하지나 않을까' 하고 전전긍긍하다가 그만두는 가엾이 허무한 탕진이리라.

내게서 버림을 받은 계집이 매춘부가 되었을 때 나는 차라리 그 계집에게 은화를 지불하고 다시 매춘할망정 간음한 계집을 용서하지도 버리지도 않는 잔인한 악덕은 범하지 말아야 한다고 나는 나 자신에게 타이른다.

행복

변동림과의 자살모의와 미수. 어째서 그녀를 그토록 희화화시켜서 미워하는지(혹은 미워하는 척하는지). 이 글이 퍽 시사적이다(이상의 연인들 참조). 『여성』(1936. 10)에 발표. 「슬픈 이야기」 뒷부분 참조.

달이 천심天心에 왔으니 이만하면 족하다. 물은〔湖〕 아직 좀 덜 들어온 것 같다. 젖은 모래와 마른 모래의 경계선이 월광 아래 멀리 아득하다. 찰락찰락 한 여남은 미터는 되나 보다. 단애, 바위 위에 우리 둘은 걸터앉아 그 한순간을 기다리고 있다.

"자 이제 일어나요."

마흔아홉 개 꽁초가 내 앞에 무슨 푸성귀싹처럼 헤어져 있다. 나머지 담배가 한 대 탄다. 요것이 다 타는 동안에 내가 최후의 결심을 할 수 있어야 한단다.

"자 어서 일어나요."

선仙이도 일어났고 이제는 정말 기다리던 그 순간이라는 것이 닥쳐왔나 보다. 나는 선이 머리를 걷어 치켜주면서

"겁이 나나"

"아—뇨."

"좀 춥지?"

"어떤가요."

입술이 뜨겁다. 쉰 개째 담배가 다 탄 까닭이다. 이제는 아무리 하여도 피할 도리가 없다.

"자 그럼 꼭 붙들어요."

"꼭 붙드세요."

행복의 절정을 그냥 육안으로 넘긴다는 것이 내게는 공포였다. 이 순간 이후 내 몸을 이 지상에 살려둘 수 없다. 그렇다고 선이를 두고 가는 수도 없다.

그러나……

뜻밖에도 파도가 높았다. 이런 파도 속에서도 우리 둘은 떨어지지 않았다. 떨어지지 않고 어느 만큼이나 우리는 떠돌다녔는지 드디어 피로가 왔다.

죽기 전.

이렇게 해서 죽나 보다. 우선, 선이 팔이 내 목에서부터 풀려나갔다. 동시에 내 팔은 선이 허리를 놓쳤다. 그 순간 물먹은 내 귀가 들은 선이 단말마의 부르짖음.

"××씨!"

이것은 과연 내 이름은 아니다.

나는 순간 그 파도 속에서도 정신이 번쩍 났다. 오냐 그렇다면,

나는 죽어서는 안 된다.

나는 마지막 힘을 내어 뒷발을 한번 탕 굴러 보았다. 몸이 소스라친다. 목이 수면 밖으로 나왔을 때 아까 우리 둘이 앉았던 바위가 눈앞에 보였다. 파도는 밀물이라 해안을 향해 친다. 그래 얼마 안 가서 나는 바위 위로 기어오를 수 있었다. 나는 그냥 뒤도 안 돌아보고 걸어가 버리려다가 문득,

선이를 살려야 하느니라.

하는 악마의 묵시를 받지 않을 수 없었다. 월광에 오르내리는 검은 한 점, 내가 척 늘어진 선이를 안아 올렸을 때 선이 몸은 아직 따뜻하였다.

으흐 너로구나.

너는 네 평생을 두고 내 형상 없는 형벌 속에서 불행하리라. 해서, 우리 둘은 결혼하였던 것이다.

규방에서 나는 신부에게, 행형行刑하였다. 어떻게?

가지가지 행복의 길을 가지가지 교재를 가지고 가르쳤다. 물론 포옹의 다정한 맛도.

그러나 선이가 한번 미엽媚靨을 보이려드는 순간 나는 영상嶺上의 고목처럼 냉담하곤 하는 것이다. 규방에는 늘 추풍이 소조히 불었다.

나는 이런 과로 때문에 무척 야위었다. 그러면서도 내 눈이 충혈한 채 무엇인가를 찾는다. 나는 가끔 내게 물어본다.

"너는 무엇을 원하느냐? 복수? 천천히 천천히 하여라. 네 운명하는 날에야 끝날 일이니까."

"아니야! 나는 지금 나만을 사랑할 동정을 찾고 있지 한 남자 혹 두 남자를 사랑한 일이 있는 여자를 나는 사랑할 수 없어. 왜 그럼 나더러 먹다 남은 형해에 만족하란 말이람?"

"허— 너는 잊었구나? 네 복수가 필하는 것이 네 낙명落命의 날이라는 것을. 네 일생은 이미 네가 부활하던 순간부터 제단 위에 올려놓여 있는 것을 어쩌누?"

그만해도 석 달이 지났다. 형리의 심경에도 권태가 왔다.
"싫다. 귀찮아졌다. 나는 한번만 평민으로 살아보고 싶구나. 내게 정말 애인을 다고."
마호멧 것은 마호멧에게로 돌려보내야 할 것이다. 일생을 희생하겠다는 장도壯圖를 나는 석달 동안에 이렇게 탕진하고 말았다.
당신처럼 사랑한 일은 없습니다라든가 당신만을 사랑하겠습니다라든가 하는 그 여자의 말은 첫사랑 이외의 어떤 남자에게 있어서도 '인사' 정도에 지나지 않는다는 것을 잊어서는 안 된다.
"내 만났지."
"누구를요."
"××."
"네—. 그래 결혼했대요?"
그것이 이렇게까지 선이에게는 몹시 걱정이 된다. 될 것이다. 나는 사실
"아—니 혼자던데, 여관에 있다던데."
"그럼 결혼 아직 안 했군 그래. 왜 안 했을까."
슬픈 선이의 독백이여!
"추물이야, 살이 띵 띵 찐 게."
"네? 거 그렇게까지 조소하려 들진 마세요. 그래두 당신네들(? 이들 자야말로 선이 천려千慮의 일실一失이다)보다는 얼마나 인간미가 있는데 그래요. 그저 좀 인간이 부족하다뿐이지."

나는 거기서 더 입이 떨어지지 않았다. 그만 후회도 났다.

　물론 선이는 내 선이가 아니다. 아닐 뿐만 아니라 ××를 사랑하
고 그 다음 ×를 사랑하고 그 다음…….
　그 다음에 지금 나를 사랑한다는 체하여 보고 있는 모양 같다. 그
런데 나는 선이만을 사랑한다. 그러니까 우리는……
　어떻게 해야만 좋을까까지 발전한 환술幻術이 뚝 천정天井을 세어
떨어지는 물방울에 와르르 무너져버렸다. 칭밖에서는 빗소리가 내
나태懶怠를 이러니 저러니 하고 시비하는 것 같은 벌써 새벽이다.

에피그램EPIGRAM

『여성』(1936. 8)에 발표. 여기에 나오는 '임이'는 변동림. 소설 「실화失花」에도 이 '에피그램'이 발표된 것을 S가 읽었다는 구절이 나온다. 여기의 친구는 소설 속의 S이 다.

밤이 이슥한데 나는 사실 그 친구와 이런 회화會話를 했다는 이야 기를 염치 좋게 하는 것은 요컨대 천하의 의좋은 내외들에게 대한 퉁명이다. 친구는,

"여비?"

"보조래도 해줬으면 좋겠다는 말이지만."

"둘이 간다면 내 다 내주지."

"둘이."

"임이와 결혼해서—"

여자 하나를 두 남자가 사랑하는 경우에는 꼭 싸움들을 하는 법 인데 우리들은 안 싸웠다. 나는 결이 좀 났다는 것은 저는 벌써 임이 와 육체까지 수수하고 나서 나더러 임이와 결혼하라니까 말이다.

나는 연애보다 공부를 해야겠어서 그 친구더러 여비를 좀 꾸어달
란 것인데 뜻박에 회화가 이 모양이 되고 말았다.

"그럼 다 그만두겠네."

"여비두?"

"결혼두."

"건 왜?"

"싫어!"

그러고 나서는 한참이나 잠자코들 있었다. 그 사람의 교양이 서
로 뺨을 친다든지 하고 싶은 충동을 참느라고 그런 것이다.

"왜 내가 임이와 그런 일이 있었대서 그러나? 불쾌해서!"

"뭔지 모르겠네!"

"한번 꼭 한번 밖에 없네. 독미毒味란 말이 있지."

"순수하대서 자랑인가?"

"부러 그러나?"

"에피그람이지."

암만해도 회화로는 해결이 안 된다. 회화로 안 되면 행동인데 어
떤 행동을 하나. 물론 싸워서는 안 된다. 친구끼리는 정다워야 하니
까. 그래서 우리는 우리 두 사람의 공동의 적을 하나 찾기로 한다.
친구가,

"이李를 알지? 임이의 첫 남자!"

"자네는 무슨 목적으로 타협을 하려드나."

"실연하기가 싫어서 그런다구나 그래둘까."

"내 고집도 그 비슷한 이유지."

나는 당장에 허둥지둥한다. 내 인색吝嗇한 논리는 눈살을 찌푸린

다. 나는 꼼짝할 수가 없다. 이렇게까지 나는 인색하다.

　친구는

"끝끝내 이러긴가?"

"수세두 공세두 다 우리 집어치세."

"엔간히 겁을 집어먹은 모양일세그려!"

"누구든지 그야 타락하기는 싫으니까!"

　요 이야기는 요만큼만 해둔다. 임이의 남자가 셋이 되었다는 것을 누설한댔자 그것은 벌써 비밀도 아무것도 아니다.

여상女像

지난여름 뒷산 머루를 많이 따 먹고 입술이 젖꼭지빛으로 까맣게 물든 것을 보았습니다. 지금 토실토실한 살 속으로 따끈따끈 포도 주가 흐릅니다. 단 한 사람을 위한 잔치, 단 한 번 잔치를 위하여 예비된 이 병마개를 뽑기는커녕 아무나 만져보는 것도 아닙니다. 그러나 자색박스 피부에서 겨우내 목초내가 향긋하니 납니다.

삼단 같은 머리에 다홍빛 댕기가 고추처럼 열렸습니다. 물동이 물도 가만 있는데 댕기는 왜 이렇게 흔들리나요. 꼭 쥐어야지요. 너무 대롱대롱 흔들리다가 마음이 달뜨기 쉽습니다.

이 봄이 오더니 저고리에 머리때가 유난히 묻고 묻고 하는 것이 이상합니다. 아랫배가 싸르르 아프다는 핑계로 가야 할 나물 캐러도 못 가곤 합니다.

도회와 달라 떠들지 않고 오는 봄, 조용히 바뀌는 아이 어른. 그만해도 다섯 해 전 거성입은 몸이 서도 650리에 이런 처녀를 처음 보았고 그 슬프고도 흐늑흐늑한 소꿉장난을 지금껏 잊으려야 잊을 수는 없습니다.

약수樂水

『여성』(1936. 8)에 발표된 작품이다. 여기에 나오는 '3
년이나 같이 산' 여자는 금홍이다.

바른 대로 말이지 나는 약수보다도 약주를 좋아하는 편입니다.

술 때문에 집을 망치고 해도 술 먹는 사람이면 후회하는 법이 없
지만 병이 나으라고 약물을 먹었는데 낫지 않고 죽었다면 사람은
이 트집 저 트집 잡으려 듭니다.

우리 백부께서 몇 해 전에 뇌일혈로 작고하셨는데 평소에 퍽 건
강하셔서 피를 어쨌든지 내 짐작으로 화인火印 한 되는 쏟았건만 일
주일을 버티셨습니다. 마지막에 돈과 약을 물 쓰듯 해도 오히려 구
할 길이 없는지라 백모께서 나더러 약수를 길어 오라는 것입니다.
그때 친구 한 사람이 약박골 바로 넘어서 살았는데 그저 밥 국 김치
숭늉 모두가 약물로 뒤범벅이었건만 그의 가족들은 그리 튼튼하지
도 못할 뿐 아니라 그 먼저 해에는 그의 막내누이를 폐환으로 잃어

218

버렸습니다. 그래서 나는 이것은 미신이구나 하고 병을 들고 악박골로 가서 한 병 얻어가지고 오는 길에 그 친구 집에 들러서 내일은 우리 집에 초상이 날 것 같으니 사퇴仕退 시간에 좀 들러 달라고 그래놓고 왔습니다.

백부께서는 혼란된 의식 가운데서도 이 약물을 아마 한 종발이나 잡수셨던가 봅니다.

그리고 이튿날 낮에 운명하셨습니다. 임종을 마치고 나는 뒤꼍으로 가서 5월 속에서 잉잉거리는 벌떼 파리떼를 보고 있었습니다. 한 물진 작약꽃 이파리 하나 가만히 졌습니다.

익키! 하고 나는 깜짝 놀랬습니다. 그래서 또 술이 시작입니다.

백모를 공연히 약물을 잡수시게 해서 그랬느니 마니 하고 자꾸 후회를 하시길래 나는 듣기 싫어서 자꾸 술을 먹었습니다.

"세 분 손님 약주 잡수세욧." 소리를 어깨를 으쓱거리면서 그 목로집 마당을 마음에 맞는 친구들과 어우러져서 서성거리는 맛이란 굴비나 암치를 먹어가면서 약물을 퍼먹고 급기 해하여 배탈이 나고 그만두는 프라그마티즘에 건줄 것이 아닙니다.

나는 술이 거나하게 취해서 어떤 여자 앞에서 몸을 비비 꼬면서 "나는 당신 없이는 못 사는 몸이오." 하고 얼러 보았더니 얼른 그 여자가 아내가 되어버린 데는 실없이 깜짝 놀랬습니다. 얘, 이건 참 땡이로구나 하고 3년이나 같이 살았는데 그 여자는 3년이나 같이 살아도 이 사람은 그저 세계에서 제일 게으른 사람이라는 것밖에는 모르고 그만둔 모양입니다.

게으르지 않으면 부지런히 술이나 먹으러 다니는 게 또 마음에 안 맞았다는 것입니다.

한번은 병이 나서 신애로 앓으면서 나더러 약물을 떠오라길래 그것은 미신이라고 그랬더니 뾰루퉁하는 것입니다.

아내가 가버린 것은 내가 약물을 안 길어다 주었대서 그런 것 같은데 또 내가 '약주'만 밤낮먹으러 다니는 것이 보기 싫어서 그런 것도 같고 하여간 나는 지금 세상이 시들해져서 그날 그날이 짐짐한데 술 따로 안주 따로 판다는 목로조합결의가 아주 마음에 안 들어서 못 견디겠습니다.

누가 술만 끊으면 내 위해 주마고 그러지만 세상에 약물 안 먹어도 사람이 살겠거니와 술 안 먹고 못 사는 사람이 많은 것을 모르는 말입니다.

6

얼마 안 되는 변해辯解 _ 몇 구우舊友에게 보내는

『현대문학』(1960. 11~1961. 1)이 발굴해 낸 일문 미발표 원고의 하나. 쓴 날짜가 1932년 11월 6일로 되어 있다. 1932년이면 그의 나이 23세로, 그가 고공을 졸업하고 총독부 기사로 있을 때며, 화가 지망생으로 더 알려져 있을 무렵, 그때까지 그는 무명의 습작시인이었다.

배선공사의 '일 년'을 보고하고 눈물의 양초를 적으나마 장식하고 싶다.

훈일曛日의 한기에 운채蕓彩는 떨고 있다. 아니 그는 그의 문간 앞에서 외출을 떨고 있다. 여전히 그를 막고 있는 여러 겹의 수문水門을 앞에 두고 그에게 있어서 그만큼 무력한 그는 없었다.

피부에 닿을락 접근함을 느끼는, 그것은 이십삼 세 때에 죽어간, 지난날의 여러 사람들의 일을 생각함에서였다.

그는 겨울과 더불어 운명을 회피하고 있다. 한 장의 조그마한 창유리는 죽음의 발표이었다.

죽음은 그에게 있어서 군중인양 싶으다. 그는 드디어 방 안이 가득하도록 복수되었지만 어느 힘의 삼투滲透를 허락하지 않았다.

그는 일 년과 일 년의 이전의 얼마 안 되는 일 년 사이에 퍽이나 치졸한 시를 쓰고 있었다.

무의미한 일 년이 한스럽게도 그에게서 시까지도 추방하였다. 그는 '죽어도 떨어지고 싶지 않은' 그 무엇을 찾으려고 죽자하고 애를 썼다.

하지만 그에게 있어서의 '그것'은 시 이외의 무엇에서도 있을 수 없었다.

그의 에스프리는 낙서할 수 있는 비좁은 벽면을 관통棺桶 속에 설계하는 것을 승인했다.

벗이여! 이것은 그라는 풋내기의 최후의 연기이다. 얼마간의 가소로운 소역小驛에 벗은 눈물지어주기를!

양처럼 유순한 악마의 가면의 습득인인 그를 벗이여 기념해야 할 것이다.

그리고 그것은 한순간 후에는 무리한 수학 차압이 되어 벗의 속도를 방해하지는 않는다. 다시 말하자면 '지상에는 일찍이 아무 일도 없었다'고.

일 년 그것은 벗에게는 너무나 속이 환히 들여다보이는 요술이기는 할 테지. 허나 그의 무리한 요구가 있다. 들어주어야 할 것이다.

리벳트와 같은 묘지를 보고 그것이 지구를 표창하는 훈장이라고 생각하지 않는가. 혹은 같은 의미에서 지구의 시들어간 에로티즘을 은닉하는. 그것이 충실한 단추라고 생각하지 않는다.

지식의 첨예각도尖銳角度 0°를 나타내는. 그 커다란 건조물은 준공되었다. 최하급 기술자에 속하는 그는 공손히 그 낙성식장에 침례하였다. 그리고 신의 두 팔의 유골을 든 사제한테 최最 경례하였다.

줄지어 늘어선 유니폼 속에서 그는 줄줄 눈물을 흘렸다. 비애와 고독으로 안절부절 못하면서 그는 그 건조물의 계단을 달음질쳐 내려갔다. 거기는 훤하게 트인 황폐한 묘지였다. 한 개의 새로 판 구덩이 속에 자기의 구각軀殼을 드러눕힌 그는 산 하나의 묘를 일부러인 것처럼 만들어 놓았다.

관통의 벽면에 설비된 조금 밖에 안 되는 여백을 이용해서 그는 시체가 되어가지고 운명의 미분된 차를 운산運算하고 있었다.

해답은 어디까지나 그의 기독교적 순사殉死의 공로를 주장하였다. 그는 비로소 묘지의 지위를 정의하였다.

그때에 시간과 공간과는 그에게 하등의 좌표를 주지 않고 그냥 지나쳐가는 그 기회를 놓치지 않고 그는 현존과 현재뿐만으로 된 혹종의 생활을 제작하였다. 새로운 감정표준에 따라서 그는 신선한 요술을 시작하기까지―

그는 뼈와 살과 가죽으로써 그를 감싸주는 어느 그의 골격으로 되어 있었다. 그의 부역을 감하기 위해서 어떤 그는 추위에 떨면서 초겨울의 비 속을 걷고 있었다. 추위와 슬픔이 어떤 그의 뼈 속으로 스며들었다.

비는 지구상 양철지붕만을 적시고 있었다. 젖은 양철지붕은 하늘보다도 번쩍거리고 있다. 그 밑을 구질구질한 개울이 흐르고 있었다. 그리고 철도선로의 제방이 있고 제방 저편에 말라빠진 포플러가 지구의 연령처럼 쓸쓸하게 늘어서 있었다.

어떤 그한테 끌리어서 그라는 골편骨片은 방향을 거꾸로 걸었다.

그는 일각을 서두르면서 편안히 쉴 수 있는 숙소를 찾고 있었지만 도로는 빌딩에로 이어지고 빌딩은 또한 가랑비 속으로 이어져 있다.

발가락은 욱신욱신 쑤시기 시작하였다. 이미 그는 한 발자국의 반조차도 전진할 수 없는 가련한 환자로 되어 있었다.

기적 일성 북극을 향해서 남극으로 달리는 한 대의 기관차가 제방 위를 질주疾走해 온다.

그는 최후의 몇 방울 피에 젖은 손바닥을 흔들어 올리며 살려달라고 소리를 질렀다. 다행히 기관차는 정거하고 석탄 같은 기관차는 그의 편승을 허락해주었다.

기관차로 생각하고 있었던 그 내부는 소박하게 설비되어 있는 객차였다.

그는 어디로 가는 것인가. 이 선로는 역을 고사하고 대피선조차도 안 가지고 있다고 한다.

천의穿衣를 벗고 우선 따뜻한 화로에 몸을 쪼였다. 따끈따끈하게 녹아 오는 빙점의 혈구血球는 비로소 그에게 공기층에 대한 면역성을 부여하였다.

승객이 한 사람도 없는 차 실내에서 그는 자유로운 에스프리의 소생을 축하하였다. 창밖은 아직까지도 비가 오고 있다. 비는 소낙비가 되어 산천초목을 그야말로 적시고 있다. 그는 방긋이 웃었다. 그러자 두 사람의 나 어린 창기가 한 대의 엷은 비단 파라솔을 받고 나란히 나란히 비를 피해가면서 철도선로를 건너고 있다. 그 모양은 그에게 어느 탄도彈道를 사상하게 하여 인생을 횡단하는 장렬한 방향을 그는 확인하였다. 그와 동시에 소리없는 방전이 그 파라솔의 첨단에서 번적하고 일어났다. 그와 동시에 차실車室은 삽시에 관통의 내부로 화하고 거기에 있는 조그마한 벽면의 여백에 고대 미개인의 낙서의 흔적이 남아 있다. 왈 '비의 전선電線에서 지는 불꽃만은 죽어도 역시 놓쳐버리고 싶지 않아' '놓치고 싶지 않아' 운운.

한 개의 임금林檎의 껍질을 벗기자 한 개의 배로 되었기 때문에 그 배의 껍질을 벗기자 한 개의 석류로 되었기 때문에 그 석류의 껍질을 벗기자 한 개의 네불로 되었기 때문에 그 네불의 껍질을 벗기자 이번에는 한 개의 무화과로 되었기 때문에……

걷잡을 수 없는 포학暴虐한 질서가 그로하여금 그의 손에 있던 나이프를 내동댕이쳐버리게 하였다.

내동댕이쳐진 소도小刀는 다시 소도를 낳고 그 소도가 또 소도를 낳고 그 소도가 또 소도를 낳고 그 소도가 또 소도를 분만하고 그 소도가 또……

그는 눈을 크게 떴다. 그 암흑 속에서 그는 역시 눈을 뜨고 있었다. 그 암흑 속에서 그는 다시 명목暝目하였다. 그리고 그 암흑 속에서 그는 여전히 눈을 뜨고 있었다. 그는 또 눈을 크게 떴지만 역시 그는 그 암흑 속에서 노상 눈을 뜨고 있기나 한 것처럼 그는 또 눈을……

그는 생물적 이등차 급수를 운명運命당하고 있었다. 뇌수에 피는 꽃 그것은 가령 아름답지는 않을 것이라고 하더라도 그에게 있어서 태양의 모형처럼 그는 사랑하기 위해서 그는 가지고 있는 것이었다.

어느 날 태양이 칠원색을 폐쇄하여 건조해진 공기의 한낮에 그는 한 그루의 수목을 껴안고 차디찬 호흡을 그 수피樹皮에 내어뿜는다. 그래서 그것이 무엇이란 말인가.

드디어 그는 결연히 그의 제 몇 번째인가의 늑골을 더듬어보았다. 흡사 이브를 창조하려고 하는 신이 아담의 그것을 그다지도 힘들여서 더듬어보았을 때의 그대로의 모양으로……

그래가지고 그는 그것을 수경樹莖에 삽입하였다. 세상에 다시없는 아름다운 접목을 실험하기 위해서.

허나 골편은 골편대로 초라하게 메말라버린 뒤 그 수목의 생리에 하등의 변화조차도 없이 하물며 그 꽃에 변색은 없었다.

자궁 확대모형의 정문에서 그는 부친을 분장扮裝하고 튜입하였다.

탄생일을 연기하는 목적을 가지고―

그리하여 그 모형의 정문 뒤에 뒷문이 있었던 것을 누가 알았단 말인가.

그는 뒷문의 열쇠를 놓아둔 채로 뒷문으로 나왔다. 거기는 묘망渺茫한 최후의 종언이었다.

그는 후회하지 않으면 아니 되었다. 그러나 여전히도 그 풍경이 없는 세계의 풍경을 요구하지 않는 불멸의 법률은 그에게 혹종의 종교적 체념을 가지고 왔다.

영원히 연락된 전면의 방향을 그는 오히려 기뻐하였다.

하나의 수학, 퍽이나 짧은 숫자가 그를 번민케 하는 일은 없을까?

그는 한 장의 거울을 설계하였다. 그리고 물리적 생리수술을 그는 무사히 필료畢了하였다.

기억이 관계하지 않는 그리고 의지가 음향하지 않는 그 무한으로 통하는 방장方丈의 제 3축에 그는 그의 안주를 발견하였다.

'좌' 라는 공평公平이 이미 그로하여금 '부처' 와도 절연시켰다.

이 가장 문명된 군비, 거울을 가지고 그는 과연 믿었던 안주를 다행히 향수할 수 있을 것인가.

이미 그것은 자궁 확대모형의 뒷문이 폐쇄된 후의 반향이 없는 문제에 불과한 것이다.

문제의 그 별은 광산이라고 한다.

채광학이 이미 그 별을 발견하였다.

야만스런 법률 밑에서 개산開山된 추도隧道는 세균같이 빽빽한 인원수의 광부에 의해서 침식되기 시작하였다.

피곤해 빠진 광부들은 채굴용 제기계로써 역설적으로 음악의 계통을 상傷하게 하였다.

음악은 사상을 떨어버리고 우곡迂曲된 길 위를 질서 없이 도망쳐 다니고 있었다.

그는 공복과 피로와 함께 문제의 그 별을 쳐다보았다. 별은 그에게 면허장까지도 거절하였던 것이다.

곽란霍亂처럼 들끓는 음악을 그는 기울어져가는 한 칸의 창에서 전송하였다. 낡은 모습의 슬픔이 그를 엄습하였다.

악보화된 성적표가 그의 소화계消化系를 난마亂麻와 같이 유린하였다. 중량의 구두의 소리의 체적體積—

야만스런 법률 밑에서 거행되는 사열査閱, 거기에는 역시 한 사람의 낙제자를 내놓는 일은 없다.

그는 아득하였다.

그의 뇌수는 거의 생식기처럼 흥분하였다. 당장이라도 폭열爆裂할 것만 같은 동통疼痛이 그의 중축中軸을 엄습하였다.

이것은 무슨 전조인가?

그는 조용히 사각진 달의 채광採鑛을 주워서, 그리고는 지식과 법률의 창문을 내렸다. 채광은 그를 싣고 빛나고 있었다.

그의 몇 억의 세포의 간극을 통과하는 광선은 그를 붕어와 같이 아름답게 하였다.

순간, 그는 제풀로 비상하게 잘 제련製鍊된 보석을 교묘하게 분만하였던 것이다.

그는 월광의 파편 위에 쓰러졌다. 증발한 의식이 차디차게 굳어가는 그 구각軀殼에 닿아도 다시 빗방울로는 되지 않았다.

—1932년 11월 6일

실내 풍경

「얼마 안 되는 변해」와 마찬가지로 1932년경의 작품으로 보인다. 본문 가운데 '23년'이라는 나이를 추정할 수 있는 숫자가 있다. 『현대문학』(1960년. 11~1961. 1)이 발굴해 낸 원고의 하나로 원문에는 제목이 없고, 위의 제목은 편자가 붙인 것이다.

따뜻한 공기는 실내에 있다. 부부와 부모 자식을 잠재운다. 그리고 가로에서는 차디찬 공기가 자웅 이주雌雄 異株의 생물을 학대하고 있다.

'오전 4시와 제1초. 지상의 어느 곳〔那邊〕에도 나는 있지 않았다.'

인후에 빙결氷結된 혈담을 그는 한 잔의 따뜻한 커피로 녹이면서 벗의 한쪽 귀를 상대로 이야기하고 있었다.

죽음을 캄푸라치하는 검은 산수병풍을 먼 발치에서 비웃으면서 그는 죽음으로 직통하는 길을 한 대의 차로서 달리고 있었다.

기억세포 마비 환자를 위해서 만들어진 의료용 차—

'나는 유모차에 태워진 채로 추락하였다. 기억의 심연 속으로'

거기에는 여전히 내일의 공란이 그의 기입을 기다리고 있다. 그는 한 개의 철필대에 그의 폐를 연락하였다.

　피가 흘렀다. 그리고 죽음으로 직통하는 프로그램의 정을 오로 얌전하게 정정을 가하였다.

　'이튿날 나는 자리에서 눈을 떴을 때, 걱정의 눈초리로 나를 지켜 보고 있는 불쌍한 부모의 얼굴이 눈에 뜨이자 나는 어디서인가 본 일이 있는 것 같은 남자와 여자로구나 하고, 생각한 일, 그것이 무엇 보다 요행이었다고 말하지 않으면 아니 된다'

　그는 부모의 손을 꽉 쥐어보았다. 맥박이 뛰면서 진해져오는 그 들 두 사람, 23년 동안이나 그를 추종해오고, 계속해오던 몸─사 랑─을 그는 비로소 맘 속 깊이 느끼었다.

　그것은 그에게 있어서는 흡사 23세의 그를 그의 부모는 처음으로 분만한 것 같은 비장한 광경이었다.

　완구점의 이층에서 그는 태양에 탐조되고 있었다.

　생활을 거절하는 의미에서 그는 축음기의 레코드를 거꾸로 틀었 다.

　악보가 거꾸로 연주되었다.

　그는 언제인가 이 일을 어느 늙은 악성한테 서신으로 써보낸 일 이 있다.

　'한번 만나고 싶다' 는 회답을 받고 그는 23세의 표표飄飄한 자태 를 그 늙은 악성의 비실秘室에 나타냈다.

　악성은 한 대의 지구의를 그에게 보이었다. 그것은 그가 일상, 완 구점의 2층에서 애상愛賞하여 마지않는 것이었다.

　'군의 어드레스를 찾아보게' 하는 말을 듣고 그는 조용히 그 지구의를 조사하기 시작하였다.

오대주의 대륙에서 최소의 산호초에 이르기까지 육지라는 육지는 모두 꺼멓게 칠해져 있었다. 그리고 다만 문자라고는 물이 된 부분에 '거꾸로 개록改錄된 악보의 세계' 라고 쓰여져 있을 뿐이었다.

'저한테 지상에 살 수 있는 장소, 자격이 없다고라도 말하시는 것인가요'

악성은 그저 묵연히 그를 다음의 비실로 인도하였다.

거기에서 악성은 둘째손가락으로 천장을 가리키었다.

천장은 거울로 하나 가득 끼어져 있었다. 악성과 그 두 사람의 거꾸로 나타난 입상이 어둠침침하게 비추어져 있었다.

그는 아연해져서 아껴야 할 곳을 알지 못하였다.

그리하여 악성은 또한 마룻장을 가리키었다. 거기에도 거울은 마루 온면에 깔려 있었다. 거기에도 두 사람의 입상은 아까와는 다른 역립逆立한 자태로 비치어져 있었다.

악성은 잠시 동안 그를 바라보고 있었다. 그리고 나서 천천히 전방前方 벽면을 향해서 걸어갔다. 그리고는 벽을 덮고 있는 커튼을 제쳤다. 거기에도 한 점의 흠점조차 없는 청량한 거울이 단단히 끼워져 있었다.

그는 악성의 앞에서 창백하게 입술을 떨고 있는 거울 속의 그 자신의 자태를 들여다보고 있었지만, 곧 혼도해서 악성 앞에서 쓰러졌다.

'나의 비밀을 언간생심히 그대는 누설하였도다. 죄는 무겁다. 내 그대의 〈우右〉를 빼앗고 종생의 〈좌〉를 부역하니 그리 알지어라'

악성의 충혈된 질타叱咤는 빙결한 그의 조그마한 심장에 수없는 균열을 가게 하였다.

첫 번째 방랑放浪

통화通化는 만주 지방의 한 마을 이름. 이미 발표된 작품을 게재한 『문학사상』은 이 원고가 『현대문학』이 발굴한 미발표 일문 원고(조연현 씨 소장)와 같은 자료에서 나온 것이라 하며, 「산촌여정」보다 2년쯤 전(그러니까 1933년)의 작품으로 추정. 그러나 편자의 의견은 좀 다르다. 즉, 이 작품은 「산촌여정」의 앞자리로 바로 이어지는 같은 연대의 소산으로 느껴진다. 그는 성천에 한 번밖에 간 일이 없으며(' 아름다운 우리말' 에 그가 성천을 몇 번 갔다고 적고 있지만, 그것은 사실과 다르며, 단지 성천에 대한 친근감을 강조하기 위한 표현이다) 그 밖에 혼자 경의선을 탄 경험을 그는 갖고 있지 않다.

출발

통화通化는 시골이라고들 한다. 그리고 아직껏 위험하다고들 한다. 그는 진도陣刀 모양의 끈 달린 지팡이를 가지고 있었다. 나는 그것이 금세 칼집에서 불쑥 알맹이를 드러내는 것이나 아닌지 겁이 났다. 나는 또 그에게 아편을 본 적이 있느냐고 물어보았다. 그가 어떤 대꾸를 했는지, 그건 잊어버렸다.

그—그는 작달막하고 이쁘장하게 생긴 사나이다. 안경 쓰는 걸 머리에 포마아드 바르는 것처럼이나 하이칼라로 아는 그는 바로 요전까지 종로의 금융조합에 근무하고 있었단다. 그가 나를 어떻게 생각하고 있는지는 모르지만, 나는 그를 아주 사람 좋고 순진하고 인정이 넘치는 사람인 줄 알고 있다. 그를 멸시할 생각도 자격도 나에겐 추호도 있을 수 없다.

그리고 그는 현재 만주의 통화라는 곳에 전근해 있다고 하지 않는가.

오랜만에 돌아온 경성은 정답기 그지없다고 한다. 경성을 떠나고 싶지 않다. 카페, 그리고 지분 냄새도 그득한 바아하며 참으로 뼈에 사무치게 좋다는 게다. 통화는 시골이라 오락기관(그의 말을 따르면) 같은 것이 통 없어서 쓸쓸하단다.

나는 그의 말에 일일이 고개를 끄덕여보았다. 실상 나는 그 방면의 일은 제법 잘 알고 있을 것 같으면서 조금도 그렇지 못한 것인데, 그는 자꾸만 그런 것에 대해 고유명사를 손꼽아대곤 나를 깜짝깜짝 놀하게 하는가 하면, 또 나아가서는 사계斯界의 종업자인 나보다도 이처럼 많은 것을 알고 있다는 걸 뽐내보임으로써, 그 천생의 도락벽에다 여하히 달콤한 우월감을 더해볼까 하는 속셈인 것 같으나, 나는 또 나로서 사실 말이지 그의 여러 가지 이야기에 고분고분 경의를 표하지 않을 수 없는 노릇이었다.

그의 그 하찮은, 한 번에 3원 정도의, 좀더 소규모로는 5, 6십 전의 도락은 정말 싫증나는 법이 없는가 보다. 그는 또 무엇보다도 금수강산으로 이름난 평양에 한나절 놀고 싶노라고도 했다. 평양 기생은 예쁘다. 하지만 노는 상대는 어쩐지 기생은 아닌상 싶었다.

그와 얘기한다는 건 한없이 나를 침묵케 하는 일이다. 그가 하는 이야기에 일일이 감탄을 표하고 있지 않으면 안 되니 말이다.

나는 얘기해서 그를 감격케 할 만한 아무것도 갖지 않았다. 나의 이야기는 그가 그저 괴상하다는 느낌만 들게 할 따름이리라. 첫째,

나는 나의 초라한 행색을 어떻게 변명해야 좋을는지를 알지 못한다. 그는 나의 이 빈약한 꼴을 비웃을 것에 틀림없다. 나로선 그것은 참기 어려운 노릇이다.

나의 여행은 진실로 모파상식이라는 것을 그에게 설명해주고 싶다. 허나 나의 혼탁한 두뇌는 그것을 어떻게 설명해야 좋을지 엄두가 나지 않는다. 나는 입을 다물고 그저 무턱대고 초조해 하는 수밖엔 없다.

집을 나설 때, 나는 역에서 또 기찻간에서 아무하고도 만나지 않았으면 싶었다. 다행히 역에는 아무도 없다. 내가 아는 사람은 아무도 없었다.

나의 이 뭐가 뭔지 알 수 없는 여행에 대해 변명을 하는 것은 정말이지 나로선 피로운 일이다. 나는 기찻간에서도 아무하고도 만나지 않았으며 싶었다.

그는 이렇게 언짢은 얼굴을 한 나를 보고 참으로 치근치근하게 인사를 했다. 나는 애써 얼굴에 웃음을 지으면서 한동안 어리둥절해 있었다. 그는 그런 일에는 무관심한 모양이다. 나그네길엔 길동무—어쩌고 하면서, 그는 자진해서 그의 만주행이 얼마만큼 장도의 여행인가를 설명한다.

경성 신의주 6시간 하고도 20분, 스피이드업한 국제열차 아니고선 그를 만족시킬 수 없다고 그런다. 그러나 그는 여태 비행기라는 편리한 교통기관이 있다는 사실을 알지 못하는 것만 같다.

나는 왜 이렇게 피로해 있는가에 대하여 생각해보았다. 어제는 엊그제 같기도 하고, 또한 내일 같기조차 하다. 나에겐 나의 기억을 정리할 만한 끈기가 없어졌다. 나는 이젠 입을 다물고 있는 수밖엔 별도리가 없었다.

거대한 바위 같은 불안이 공기와 호흡의 중압이 되어 마구 짓눌렀다. 나는 이 야행열차 안에서 잠을 자지 않으면 아니 된다.

미지의 사람들이 우굴거리는 차내의 한구석에서, 나의 눈은 자꾸만 말똥말똥해지기만 한다.

그는 이윽고 불손하기 짝이 없는 사나이한테 이야기하는 것이 얼마나 부질없는 노릇인가를 깨달았던 것일까. 비스듬히 맞은편 좌석에 누이동생인 듯한 열 살쯤 난 여자아이를 데리고 있는 한 여학생 차림의 얌전한 여인 위에 그의 주의를 돌리기 시작한다. (그런 것 같았다) 나처럼 그는 결코 여인을 볼 때에 눈을 번쩍이거나 하지 않는다. 느슨한 먼 풍경을 바라보는 사람과 같이 그야말로 평화스럽다. 평화스러운 눈매 그것이다.

나도 그 여자 쪽을 본다. 잘생기지는 못했다. 그러나 꽤 감성적인 얼굴이다. 살찐 듯하면서도 날렵하게 야윈 정강이는 가볍고 또 애처롭다. 포도를 먹었을 때처럼 가무스레한 입술이다. 멀리 강서 근처에서 폐를 요양하는 애인을 생각하는 그런 표정이었다.

나는 모든 것을 잊어버리지 않으며 아니 된다. 나 자산을 암살하고 온 나처럼, 내가 나답게 행동하는 것조차도 금지되지 않으면 아니 된다.

『세르빵』(일본의 문화잡지—엮은이 주)을 꺼낸다. 아뽈리네에르가 즐겨 쓰는 테마소설이다. '암살 당한 시인' 나는 신비로운 고대의 냄새를 풍기는 주인공에게서 '벵께이' (일본 평인 시대의 장사—엮은이 주)를 연상한다. 그러나 그것은 시인이기 때문에, 낭만주의 자아이기 때문에, 저 벵께이와 같이—결코—화려하지는 못할 것이다.

글자는 오수처럼 겨드랑이 밑에 간지럽다. 이미지는 멀리 바다를 건너간다. 벌써 바다소리마저 들려온다.

　이렇게 말하는 환상 속에 나오는 나, 영상은 아주 반지르르한 루바시카를 입은 몹시 퇴폐적인 모습이다. 소년 같은 창백한 털복숭이 풍모를 하고 있다. 그리곤 언제나 어느 나라인지도 모를 거리의 십자로에 멈춰 서 있곤 한다.

　나는 차가운 에나멜의 끝이 뾰족한 구두를 신고 있다. 나는 성큼성큼 걷기 시작한다. 얼마 후 꿈 같은 강변으로 나선다. 강 저편은 목멘 듯이 날씨가 질척거리고 있다. 종이 울리는가 보다. 허나 저녁 안개 속에 녹아버려 이쪽에선 영 들리지 않는다.

　나처럼 창백한 얼굴을 한 청년이 헌 책을 팔고 있다. 나는 그것들을 뒤적거린다. 찾아낸다. 나까무라 쓰네의 자화상 데생말이다.

　멀리 소년의 날, 린시이드유의 냄새에 매혹되면서 한 사람의 화인畵人은, 곧잘 흰 시트 위에 황저색潢疽色 피를 토하곤 했었다.

　문득 그가 페이지를 넘기는 소리가 났다. 이건 또 어찌된 셈일까. 그도 열심히 책을 읽고 있다. 그리고 미간에 주름살마저 잡혀 있지 않는가. 『킹구』(일본의 대중잡지—엮은이 주)—이 천진한 사나이의 마음을 아프게 하는 그 어떤 기사가 그 속에 있다는 것일까.

　나는 담배를 피우듯이 숨을 쉬었다. 그 아가씨는? 들녘처럼 푸른 사과 껍질을 깎고 있다. 그 옆에서 저 여동생 같기도 한 소녀는 점점 길게 드리워지는 껍질을 열심히 응시하고 있다. 어둡고 심각한 화면이다.

　나는 세상 불행을 제가끔 짊어지고 태어난 것 같은 오욕에 길든 일족을 서울에 남겨두고 왔다. 그들은 차라리 불행을 먹고 살고 있는 것인지도 모른다. 그들은 오늘 저녁도 또 맛없는 식사를 했을 테지. 불결한 공기에 땀이 배어 있을 테지

나의 슬픔이 어째서 그들을 진심으로 사랑할 수 없는가? 잠시나마 나의 마음에 평화라는 것이 있었던가. 나는 그들을 저주스럽게 여기고 증오조차 하고 있다. 그렇지만 그들은 멸망하지 않는다. 심한 독소를 방사하면서, 언제나 내게 거치적거리며 나의 생리에 파고들지 않는가.

지금 야행열차는 북위北緯를 달리고 있다. 무서운 저주의 실마리가 엿가락처럼 이 열차를 쫓아 꼬리가 되어 뻗쳐온다. 무섭다, 무섭기만 하다.

나는 좀 자야겠다. 허나 눈꺼풀 속을 별의 보슬비다. 암야의 거울처럼 습기 없이 밝고 맑은 눈이 자꾸만 더 말똥말똥하기만 하다.

책을 덮었다. 활자는 상箱에게서 흘러떨어졌다. 나는 엄격한 자세를 하지 않으면 아니 된다. 나는 이제 혼자뿐이니까.

차창

사람들은 모두 잠이 들어 있다. 그것이 나에겐 아무래도 이상스럽기만 하다. 어째서 앉은 채 사람들은 잠자는 것일까?

그러한 사람들의 생활 조직이 여간 궁금하지 않다. 저 여학생까지도 자고 있다. 검은 즈로오즈가 보인다. 허벅다리 언저리가 한결 수척해 보인다.

피는 쉬고 있나보다. 가만히 들여다보니 그 얼굴은 몹시 창백하다. 슬픈 나머지 울고 있는 것처럼 보이기까지 한다.

기차는 황해도 근처를 달리고 있는 모양이다. 가끔가끔 터널 속에 들어가 숨이 막히곤 했다. 도미에의 '3등열차' 가 머리에 떠올랐다.

나는 고양이처럼 말똥말똥해서 단정히 앉아 있었다. 이따금 포우

즈를 흐트려 잠잘 수 있을 만한 자세를 해본다. 하지만 그것은 부질없이 뼈마디를 아프게 하는 이외의 아무것도 아니다. 나는 체념한다. 해저에 가라앉는 측량기처럼 나는 단정히 앉아 있다.

창밖은 깊은 안개다. 아무것도 안 보인다. 능형菱形으로 움직이는 차창의 거꾸로 비친 그림자에 풀 같은 것들의 존재가 간신히 인정된다.

내가 앉아 있는 쪽으로 이건 또 누구일까, 다가오는 기척이 난다. 나는 반사적으로 고개를 그쪽으로 돌린다. 지극히 키가 큰 사람이다. 중대가리다. 입을 일자로 다물고 있다. 눈엔 독기를 띠고 있는 것 같기만 했다.

옆에까지 온 그 사람은, 별안간 무엇을 떨어뜨리기나 한 것처럼 커다란 소리를 내었다. 나는 오싹했다. 하지만 몸이 움직여지지 않는다.

지나가는 무슨 악귀처럼 그 사람은 맞은편 도어를 열고 다음 찻간으로 자취를 감추었다. 이게 어찌된 일일까. 저 금융조합 사나이가 가지고 있던 진도陣刀 모양의 단장을 넘어 뜨렸던 것이다. 그는 잠이 깨지는 않았다. 이건 또 어찌된 일일까.

사람들은 답답한 숨들은 쉬었다. 개중엔 커다랗게 입을 벌리고 있는 사람조차 있었다. 폐들은 풀무처럼 소리내어 울렸다.

탁한 공기는 빠져나갈 구멍을 잃고 있다. 송사리떼 같은 세균의 준동蠢動이 육안에도 보이는 것만 같다. 나는 코를 손가락으로 집어봤다. 끈적거리면서 양쪽 벽면은 희미한 소리마저 내면서 부착했다. 나는 더 숨을 쉴 수가 없다. 정신이 아찔했다.

안면은 순식간에 빨갛게 물들어 갔다. 다시마가 집채 같은, 콘크리트 같은 파도에 흔들리고 있는 것이 보였다. 일순간 그들 다시마

240

는 뱀장어로 변형돼 갔다. 독기를 품은 푸르름이 나의 육체를 압착했다. 나를 내부로 질질 끌고 갔다. 이제 완전히 나는 선머슴애가 되고 말았다. 세월은 나의 소년의 것이다. 나는 가련한 아이였다.

풀밭이 먼 데까지 펼쳐져 있다. 언덕 너머 목초 냄새가 풍겨온다. 빨간 지붕이 보였다. 여기는 대체 어디란 말인가?

나의 망막에 거대한 괴물이 비쳤다. 그것은 점점 멀어져가는 것 같았다. 나는 이제 놀라지 않는다. 이렇게 내 손은 희다.

이 사나이는 또다시 저 진도처럼 생긴 단장을 넘어뜨렸던 것이다. 이 무슨 경망스런 작자일까. 그건 그렇다 치더라도 아까 넘어졌던 그걸 일으켜 단정히 세워놓은 사람은 누구일까. 나는 그것을 보지 않는다. 그런데도 그것은 얌전하게 서 있지 않으면 안 된다는 이치인 것이다. 그렇다치더라도 또 나는 이 무슨 환상의 풍경을 눈앞에 본 것일까. 나는 그만 꾸벅꾸벅 졸았던 모양이다. 그러는 동안에 어쩌면 누군가가 내 옆을 지나갔을 것이다. 그리고 그 단장을 일으켜놓은 모양이다. 저 사나이는 아직도 잠에서 깨어나지 않고 있다.

몹시 두드려대는 (도어를) 소리로 해서 나의 의식은 한층 또렷해졌다. 내 앞에 저 진도처럼 생긴 단장이 딩굴어 있다. 나는 반쯤 조소로써 그것을 응시하고 있다. 그것은 어째 알맹이가 없는 그저 그런 장님 진도인 것 같다. 사람들은 저런 걸 사는 것이다. 이걸 만든 사람은 그것을 알고 있었기에 바로 저 얼토당토 않은 물건을 만들었을 것이다. 나는 그것을 짚어보았다. 나는 단장 휘두르기를 좋아한다. 머리가 민짜인 그 단장은 휘두를 수 없다. 나는 발밑 풀을 후려쳐 쓰러뜨리는 그런 시늉을 해보았다.

풀을 건드리지 않고 단장은 날카롭게 공기를 배었다. 나는 또 그

끝으로 흙을 눌러보았다. 시뻘건 피 같은 액체가 아주 조금 배어나왔다. 나는 몸에 가벼운 그러나 추위에 충분히 대비할 수 있는 고귀한 양복을 입고 있었다.

내 눈앞에서 한 여인이 해산을 하고 있다. 치골 언저리가 몹시 아프다. 팔짱을 끼듯 나는 그 애처로운 광경을 그저 바라만 보고 있다. 팔굽 언저리는 딱딱한 책상이다. 책상 위엔 아무것도 없다.

말소리가 유리를 뚫고 맑게 울리는 시골 사투리가 되어 들려왔다. 그것들은 더없이 즐겁다. 그리고 좀 시끄럽기조차 하다.

나는 개떼한테 쫓기고 있었다. 나는 쏜살같이 달아난다. 이윽고 나의 속도는 개들의 그것보다 훨씬 뒤진다. 개들의 흙투성이 발이 내 위에 포개졌다. 무수한 체중이 나를 짓누른다. 개들은 나를 쫓고 있는 것은 아니리라. 나를 밟고 넘어선 나의 전방 먼 저쪽 방향을 향해 달려가는 것이었다. 그렇다치더라도 이건 또 어쩌면 이렇게도 숱한 개의 수효란 말인가.

열차는 멈춰 있었다. 밤안개 속에 체온을 증발시키고 있었다. 턱수염인 것처럼 때때로 기관차는 뼈 돋힌 숨을 쉬었다.

차창 밖을 내다보았더니 이건 또 유령의 나라 순사인가. 금빛 번쩍거리는 모자를 쓴 사람이 습득물 바퀴[輪] 하나를 가지고 우두커니 서 있다. 이윽고 태엽을 감기나 한 듯이 종종걸음으로 걷기 시작했다. 그 순간 그의 얼굴에 어디선지 불이 옮겨 붙었는가 하자, 이미 그 모습은 무슨 방대한 어둠의 본체 속으로 빨려들어 보이지 않게 되었다.

나는 모골이 송연했다. 보아선 아니 된다. 나는 또 그 무슨 참혹한 광경을 목도한 것일까. 그런 생각을 하고 있자니까 내 귀에 산 같은 것이 무너져 떨어졌다.

내 귀는 멀어 있었던가. 그것은 남행의 국제특급인 것 같았다. 그렇다치더라도 내 귀는 멀어 있었던가.

아무것도 남기지 않고, 그리고 모든 것을 남기고 또 하나의 야행열차는 야기 때문에 흠씬 젖은 덩치를 엇비비듯 지나쳤다.

누군가가 슬픈 음색으로 기적을 불었다. 그렇게 느껴졌다. 마을은 보이지 않는다. 마을은 잠든 사이에 멸형滅形되었나 보다.

개찰구에 홀로 우두커니 기대고 있던 백의의 사람이 에스컬레이터처럼 움직이기 시작했다. 금빛을 번쩍거리던 사람은 다시 어디선가 나타나서 엄숙하게 거수경례를 해 보였다. 나는 내심 혀를 낼름 내밀었다. 이건 혹시 장난감 기차인지도 모른다. 진짜 기차는 어딘가 내 손이 결코 닿을 수 없는 위대한 지도 위대한 지도 위를 달리고 있는 것이나 아닌지 그렇게 나는 생각해보았다.

내 곁의 그는 어느새 잠이 깨고, 그 진도처럼 생긴 단장을 턱에 짚고 눈을 깜박거리고 있었다. 고쳐 앉은 나를 향해 지금 엇갈려 간 열차는 '히까리'가 분명하다고 말하는 것이었다. 나는 그렇구말구 하듯 끄덕여 보였다. 그는 만족한 듯 그 '히까리' 호의 속력이 어떻게 절륜적絶倫的인 것인가에 대해 그의 체험을 이야기했다. 그것은 얼마나 드물게 밖엔 정차하지 않는가에 의해 증명되는 것이라고 한다.

그리고 그는 슈우트케이스에서 사륙 반절형 소책자와 담배 케이스를 꺼냈다.

만주 담배라도 들어 있나 했더니, 그것은 만주에서 샀다는 케이

스였다. 그때 그의 슈우트케이스의 내용이 얼마나 빈약한가를 목격하고 말았다. 그는 흔해빠진 여송연 한 개비를 나에게 권했다.

나는 그것을 피우리라. 이미 이 야행열차 속에 10년 전의 그 커다란 잎 그대로의 칙칙한 연기를 볼 수는 없다.

그들은 먼 조상의 담뱃대를 버리고 우습기 짝이 없는 궐련 피우는 대(竹), 또는 오동 파이프를 입에 물고 있다. 그들 중 누군가는 그 맛의 미흡함과 자신의 어지간히 큰 덩치에 비해 파이프가 너무나 작은 멋쩍음으로 해서 눈에서 주루루 눈물마저 흘리고 있는 것이었다.

구토가 자꾸만 치밀어 목을 좌로 향하고 우로 향했다. 무거운 짐짝 같은 두통이 눈구멍 속에 있었다. 이것은 분명 불결한 공기 탓이리라, 이 불결한 공기로부터 잠시나마 도망치지 않으면 안 되겠다.

승강구에 섰다. 요란한 음향이다. 철과 철이 맞부딪는 대장간 같은 소리는 고통에 넘쳐 있다. 나는 산소로만 만들어졌다고 할 수 밖에 없는 시원한 공기를 마시면서, 이 정수리를 때리는 것만 같은 음향에 익숙하려 했던 것이다. 공기는 냉랭한 채 머리털에 엉겨 붙었다. 이마에 제법 차가운 손이 얹혀지는 것만 같았다. 사람을 초조하게 하는 이 음향에 어서 익숙했으면 좋겠다.

승강구에 멈춰 서보았다. 몸은 좌 혹은 우였다. 아직 머리는 비슬거리고 있나보다.

소변을 누어보는 것도 좋겠다. 달리는 기차 위로부터 떨어지는 소변은 가루눈처럼 산산이 흩어져, 그것은 땅바닥에 가닿지도 못할 것이다.

이때 나의 등 뒤에서 차량과 차량과의 접속해 있는 부분의 복잡

한 기계를 만지작거리는 사람이 있다. 차장일 태지.

그렇다 하더라도 익숙한 손짓이다. 나는 소변을 보면서 귀찮은 일은 그만 잊어버리기로 했다.

언제까지나 무엇을 저렇게 만지작거리는 것일까. 고장이 난 것일까. 그런 일이 있어서야 어디 되겠는가. 그렇더라도 너무 시간이 길다. 나는 더 참을 수가 없다. 돌아다보기로 하자. 아니 이거 아무도 없구나.

가느다란 공기 속에서 그전처럼 철과 철이 광명단(쇠에 녹이 슬지 않도록 하기 위하여 칠하는 붉은 도료—엮은이 주)을 가운데 끼고 맞부딪고 있다. 그리고 슬픈 소리를 내고 있다. 나의 소변은 어이없게 끝나버렸다. 이젠 이 이중—이부로 이루어진 음향에 익숙해져야 한다. 나는 먼 곳을 바라다보기로 했다.

거기엔 경치랄 것이 없다. 모든 것을 삼켜버린 방대한 살기가 어디까지나 펼쳐져 있다.

저 안개같이 보이는 것은 실은 고열의 증기일 것이 분명하다. 이무슨 바닥 없는 막대한 어둠일까.

들판도 삼켜졌다. 산도 풀과 나무를 짊어진 채 삼켜져 버렸다. 그리고 공기도 보아하니 그것은 평면처럼 얄팍한 것 같기도 하다.

그것은 입체가 없기 때문이다. 그것은 이미 헤아릴 수 없는 심원한 거리를 그득히 담고 있다. 그 심원한 거리 속에는 오직 공포가 있을 따름이다.

반짝이지 않는 별처럼 나의 몸은 오물어들면서 깜박거리고 있었다. 이미 이것은 눈물과 같은 희미한 호흡일 수밖에 없다.

그러나—나는 핸들을 꽉 붙잡고 있다. 차가운 것이 흐르고 있다. 나는 그것을 놓을 수는 없다.—저 막대한 공포와 횡포의 아주 초입은 조그마한 초원, 그것은 계절의 자잘한 꽃마저 피우고 있는, 목초가 있는 약간의 땅인 것 같다.

실상 목전에 이 열차의 등불 있는 생명에 매달리려고 필사의 아우성을 치면서—그것은 내 마음을 아프게 하기에 충분하다.

저기 멈춰 서자. 메마른 한 그루의 나무가 있으면 그것에 산책자이듯이 기대서자. 거창한 동공이 내 위에 쏟아진다. 나는 그것에 놀라면 안 된다.

아름다운 시를 상기한다. 또한 범할 수 없는 슬픈 시를 상기한다. 그리곤 고개를 수그리면서 외워본다. 공포의 해소海嘯는 얼마쯤 멀어진다. 그러나 아무것도 보이지는 않는다. 내 손에는 어느새 은빛으로 빛나는 단장이 쥐어져 있다. 그것을 가볍게 휘둘러본다.

그리하여 나는 무엇을 기다리고 있는 것일까. 이윽고 사람들은 오고야 말 것이다. 오오, 아직 이 살벌한 몽몽濛濛한 대기는 나를 위협하고 있다.

하현달이다. 군이 나는 아름답다고 본다. 그것은 몹시 수척한 심각하게 표정적인, 보는 눈에도 가엾게 담배 연기로 혼탁해 있는 달이다. 함성을 지르기엔 아직 이르다. 공포의 심연 속에는 분노의 호흡이 들린다. 이젠 사람들이 와도 좋을 시기다.

왔다. 일순, 달은 분연噴煙을 올리고 자취를 감추었다. 사람들은 철을 운반해 온 것이다. 사람들은 묵묵히 다가온다. 다만 철과 철이 알몸인 채 맞부딪고 있다. 나의 귀는 동굴처럼 그러한 음향들을 하나하나 반향한다. 아니, 이건 또 후방으로부터 오나 보다. 그렇다면 난 방향을 잘못 잡고 서 있는 것일까. 이건 반의叛意를 품고 있는 것 같다. 이건 단 혼자인 것 같다. 나는 아찔했다. 나는 상아처럼 차갑게 가늘어지면서 뒤를 돌아다보았다. 거기엔 아무도 없다. 나는 끝끝내 대지를 분실하고 말았다.

나는 나의 기억을 소중히 하지 않으면 안 된다. 나의 정신에선 이상한 향기가 나기 시작했으니 말이다.

이 뼈만 남은 몸을 적토 있는 곳으로 운반하지 않으면 안 되겠다. 나의 투명한 피에 이제 바야흐로 적토색을 물들여야 할 시기가 왔기 때문이다.

적토 언덕 기슭에서 한 마리의 뱀처럼 말라 죽을지도 모르지만, 나는 아름다운—꺾으면 피가 묻는 고대스러운 꽃을 피울 것이다.

이제 모든 사정이 나를 두렵게 하고 있다. 사람들이 평화롭다는 그것이 승천하려는 상념 그것이, 그리고 사람들의 치매증痴呆症 그것마저가.

그러한 온갖 위험을 나는 참고 견디지 않으면 안 된다. 그러한 것들의 침범으로 정신의 입구를 공허하게 해서는 안 된다.

끝없는 어둠에 나의 쇠약한 건강은 견디어내지 못하는가 보다. 나는 이 먼 데 공포로부터 자진 도피하지 않으면 안 된다.

등불은 어스름하다. 이건 시체실임에 틀림없다.

공기는 희박하다—아니면 그것은 과중하게 농밀한가. 나의 폐는 이런 공기 속에서 그물처럼 연약하다. 전실全室에 한 사람 몫 공기 속에 가사假死의 도적이 침입해 있는가 보다.

이 무슨 불길한 차창일까. 이 실내에 들어서는 즉시 두통을 앓지 않으면 안 되다니.

승강대에 다시 서서 저 어둠 속을 또 바라보았다. 이건 또 별과 달을 삼켜버리고 있다. 악취로 가득 차 있을 테지.

머리 위 하늘을 찌르는 곳에 한 그루 나무가 보였다. 그것은 거멓게 그을은 수목의 유적일 것이다. 유령보다도 처참하다.

몽몽한 대기가 사라지고 투명한 거리는 가일층 처참하다. 그 위를 거꾸로 선 나의 그림자가 닳아 없어지면서 질질 끌려간다.

8월 하순─이 요란하기 짝이 없는 음향 속에 애매미 소리가 훨씬 선명하다는 건 이상한 일이다. 그들은 저 어둠에 암살되었을 것이다.

따스한 애정의 오한처럼 나를 엄습한다. 또 실로 오전 세시의 냉기는 악몽이나 다름없다.

일순 나는 태고를 생각해본다. 그 무슨 바닥 없는 공포와 살벌에 싸인 저주의 위대한 영혼이었을 것인가. 우리는 더더구나 행복하지 않으면 안 된다. 식어가는 지구 위에 밤낮 없이 따스하니 서로 껴안지 않으면 안 될 것이다.

역마다 정지한다는 열차가, 한 번도 정지하지 않았다. 적어도 나의 기억엔 없다. 나는 그것을 모조리 건망하고 있나 보다.

먼동이 터올 것이다. 이윽고 공포가 끝나는 장엄한 그리고 날쌘 광경에 접하게 될 것이다.

그러나 언제까지나 그것은 어둠의 연속이다. 하지만 이미 이젠 저 해룡海龍의 혀 같은 몽몽한 대기는 완전히 가시었다. 나는 하늘을 치어다보았다.

시원한 공기가 폐부에 흐르고, 별들이 운행하는 소리가 체내에 상쾌하다.

어느 틈엔가 별의 보슬비다. 그리고 수줍어하듯 하늘은 엷은 은으로 빛나기 시작했다. 별은 한층 더 기쁜 듯이 반짝인다.

수목이 시원스러운 녹색을 보이는 시간은 언제쯤일까. 나무들은 움직이는 것처럼 보이기도 한다.

아주 딴 방향으로부터 저 하현달이 다시금 모습을 나타냈다. 하지만 그 방향이 다른 것으로 보아 그것은 다른 것임에 틀림없다.

그것은 약간 따스함조차 띠고 있다. 그리고 스스로의 사치로 해서 참을 수 없이 빛나고 있다. 참을 수 없는 아름다움이다.

나에게 표정을 강요하는 것 같기도 하다. 나는 어떤 표정을 짓지 않으면 아니 된다. 나는 기꺼이 표정을 선택할 것이다.

이런 때, 내가 해야 할 표정은 어떤 것이 제일 좋을까? 어떤 것이 제일 달의 자랑에 알맞은 것이 될까?

나는 잠시 망설인다.

산촌

돼지우리다. 사람이 다가서면 꿀꿀거린다. 나직한 초가지붕마다 호박덩굴이 덮이고, 탐스런 호박이 매달려 있다. 그리고 모양은 노랗고 못생겼으며, 자꾸만 꿀벌을 불러대고 있다. 자연의 센슈얼한 부면—

우리 속은 지독한 악취다. 허나 이것이 풀의 훈기와 마찬가지로 또한 요란하고 자극적이다.

돼지, 귀여운 새끼돼지, 즐거운 오예汚穢 속에 흐느적거리고 있는 돼지. 새끼돼지—수뢰水雷 모양을 하고 있는 꿀돼지이다.

바람이 불었다. 비는 이젠 저 철골 망루가 있는 산등성이를 넘어서 또 다른 산촌으로 가버렸다.

남쪽은 모로 길게 가닥가닥이 푸르고, 자주빛 구름은 어쩌면 오렌지빛 안쪽을 유혹이나 하듯 뒤집어 보이곤 한다.

야트막한 언덕 가득한 콩밭—그것은 그대로 푸른 하늘에 잇닿아 있다. 그것은 그러므로 끝이 없이 넓이 보이는 것이었다.

그리고 산 쪽으로는 수수밭, 들판 쪽으로는 벼밭과 지경을 이루고 있다.

또 바람이 불었다. 개구리가 뛰었다. 조그만 개구리다. 잔물결이 개구리밥 사이에 잠시 보였다.

벼밭에서 벼밭으로 아래로 아래로 맑은 물은 흐르고 있는 것이다. 논두렁을 잘라 물길을 낸 곳에 샴페인을 터뜨리는 그런 물소리가 끊일 새 없다.

피가—지칠 줄 모르는 피가 이렇게 내뿜고 있는 대자연은 천고에도 결코 늙어 보이는 법이 없다.

또 바람이 불었다. 좀 비를 머금은 바람이다. 수수, 옥수수 잎 스치는 소리가 소조蕭條롭다. 그리고 정겨웁다. 어쩌면 치마끈 끄르는 소리와도 같이.

농가다. 개가 짖는다. 새하얀 인간의 얼굴보다도, 오히려 가축답지 않은 생김새다. 아래 온천마을에선 개는 어떤 사람을 보아도 짖지를 않는다. 여기선—조심스레 겸손하는 태도마저 보이면서, 한층 더 슬픈 소리로 짖어댔다.

산에 산울림하여 인간의 호흡을 전달하는 것이었다.

밤나무와 바위와 약간 가파른 낭떠러지에 둘러싸여 온돌처럼 따스해 보이는 농가 두셋, 문 어귀의 소로까지 양쪽 대싸리 옥수수 울타리가 어렴풋하게 구부러지면서 지나갔다. 그래서 문 어귀를 곧바로 내다볼 수가 없다. 마당에는 공 만한 백일초가 새빨갛게 타오르고 있다.

울타리 사이로 개가 이쪽을 겁난 눈으로 엿보고 있다. 그리고 마당—말끔히 쓸어놓은 마당과 소로엔 수수며 조 같은 곡식이 떨어져 있음직도 하다.

툇마루 끝에선 노파가 손주딸 머리의 이를 잡고 있다. 원숭이류〔猿猴類〕가 하듯이—둘이 다 상반신은 알몸이다.

그리고 어두컴컴한 부엌 속에 이 또한 상반신은 알몸인 젊은 며느리가 서서 일하고 있다. 초콜렛빛 피부 건강한 육체다.

집 뒤꼍에는 옥수수가, 이것만은 들쭉날쭉으로 서 있다. 커다란 이삭을 몇 개고 달고는 가을 풀들 사이에 유난히 키가 크다.

바위에는 칡넝쿨이 붉다. 그리고 그것은 바위에 끼인 무슨 광물이거나 한 것처럼 찰싹 바위에 달라붙어 있다. 그리고 검은 바위를 배경 삼아 한층 더 붉다.

어린아이 둘이 검붉은 머리카락을 바람에 나부끼면서 마당 안에서 놀고 있는 것인지 노는 걸 그만두고 있는 것인지, 둘이 다 멍하니 서 있다.

매일같이 가뭄이 계속되어, 땅바닥은 입덧 난 것처럼 균열이 생기고, 암석은 맹수처럼 거칠게 숨쉬었다.

농부는 짙푸르게 개어오른 초가을 허공을 쳐다보았다. 한점 구름조차 없다.

삶을 지난 모든 것은 모두 피를 말려 쓰러질 것이다. 이제 바야흐로.

아카시아 아파리엔 흰 티끌이 덧쌓이고, 시냇물은 정맥처럼 가늘게 부어올라 거무죽죽하다.

뱀은 어디에도 그 꼴을 보이지 않는다. 옥수수 키 큰 풀숲 속에 닭을 작게 축소한 것 같은 산새가 꼭 한 마리 내려앉았다. 천벌인양.

그리고 빈민처럼 야위어 말라빠진 조밭이 끝없이 잇따라. 수세미처럼 말라죽은 이삭을 을씨년스럽게 드리우곤 바람에 울부짖고 있었다.

그러는 사이에도 잠실 누에는 걸신들린 것처럼 뽕을 먹어 치웠다.

아가씨들은 조밭을 짓밟았다. 어차피 인간은 굶어죽지 않으면 안 되는 것이라면, 지푸라기보다도 빈약한 조밭을 짓밟고 그리고 뽕을 훔치라고.

야음을 타서 마을 아가씨들은 무서움도 잊고, 승냥이보다도 사납게 조밭과 콩밭을 짓밟았다. 그리고는 밭 저쪽 단 한 그루의 뽕나무를 물고 늘어졌다.

그래도 누에는 눈 깜박할 새에 뽕잎을 먹어치웠다. 그리곤 아이들보다도 살찌면서 커갔다. 넘칠 것만 같은 건강—풍성한 안심이라고도 할 만한 것은 거기에 밖엔 없었다. 처녀들은 죽음보다도 누에를 사랑했다.

그리고 낮 동안은 높은 나뭇가지 위로 기어올라갔다. 부끄러움을 무릅쓰고. 그 하얀 세피아빛 과일을 해는 태워버릴 것만 같이 쪼이고 있었다.

어디에도 행복은 없다. 천사는 죄다 소년군처럼 도시로 모여들고만 것이다.

풍우에 쓰러진 비석 같은 마을이여. 태고의 구비口碑를 살고 있는 촌사람들—거기엔 발명은 절대로 없다.

지난해처럼 옥수수는 푸짐하게 익어, 더욱 더 숱한 주홍빛 수염을 바람에 나부끼고는, 초가을 고추잠자리 나는 하늘엔 휩쓸리는 흥겨운 소리를 울렸다.

그리고 옥수수 수수깡을 둘러친 울타리엔, 황금빛 탐스런 호박이 어떤 축구공보다도 크고 묵직하다.

산기슭 도수장은 오래도록 휴업 중이다. 그리고 아이들은 고무신을 벗어 들고는, 송사리보다 조금 큰 붕어를 잡는다.

개들은 가족들이 보이는 앞에서 야위어갔다. 그리고 시집을 앞둔 많은 처녀들이 노파와 같은 얼굴로 되어 갔다.

줄기는 힘없이 부러지기만 했고, 조 이삭의 큰 것은 자살처럼 제 체중 때문에 모가지를 접질르곤 했다.

마른 뱅어같이 딱딱하고 가느다란 콩넝쿨은 길 잃은 자라처럼 땅바닥을 기고 있다. 그리고 생식기 같은 콩 두서너 개를 매어달고 있다. 버들잎이 담겨 있는 시냇물까지 젊은 두 아낙네가 물동이를 이고 물길러 왔다.

그리하여 피[血]는 이어져 있다. 메마른 공기 속 깊숙이.

나는 물을 마셨다. 시원한 밤이 오장으로 흘러들었다.

귀뚜리 소리는 한층 야단스레 한결 선연해진 것 같다. 달 없는 천근千斤의 마당 안에.

홀로 이 귀뚜리는 속세의 시끄러움에서 빠져나와, 이 인외경人外境에 울적하게 철학하면서 야위도록 애태움은 어찌된 까닭일까? 이 귀뚜리는 지독한 염세가인지도 모른다. 램프의 위치는 어쩌면 그 화려한 자살장소로서 선정된 것이나 아닐지.

그의 저 등피 밖에서 흥분과 주저는 어떠했던가.

귀뚜리의 자살—여기에 일가권속을 떠나, 붕우를 떠나, 세상의 한없는 따분함과 권태로 해서 먼 낯설은 땅으로 흘러온 고독한 나 그네의 모습을 보지 않는가. 나의 공상은 자살하려고 하는 귀뚜리를 향해 위안의 말을 늘어놓는다.

귀뚜리여, 영원히 침묵할 것인가. 귀뚜리여, 너는 어쩌면 방울벌레인지도 모른다. 네가 방울벌레라 해도 너는 침묵할 것이다.

죽어선 안 된다. 서울로 돌아가라. 서울은 시방 가을이 아니냐. 그리고 모든 애매미들이 한껏 아름다운 목청을 뽑아 노래하는 계절이 아니냐.

서울에선 아무도 너를 기다리고 있지 않다 그 말인가. 그래도 좋다. 어쨌든 너는 서울로 돌아가라. 그리고 노래해보게나. 그리하여 전과는 다른 의미에서의 삶의 새로운 의의와 광경을 발견하게나. 고안해보게나.

하지만 나의 이 같은 우습지도 않은 혼잣말은 귀뚜리의 귀에는 가 닿지 않은가 보다. 어쩌면 귀뚜리는 내심 나를 몹시 조소하면서도, 외관만은 모르는 척하고 꿀먹은 벙어리로 있는 것이나 아닐지. 나는 저윽이 불안하다.

나는 이 지방에 와서 아무와도 친하지 않는다. 그들은 모두 나를 질색하는 것만 같았기 때문이다. 하지만 일주도 안 되어 슬금슬금 그들은 두어 마디 서너 마디 나한테 말을 걸어오는 수도 있게 됐다. 그것이 나로선 참을 수 없이 무섭다.

그들은 도대체 나한테서 무엇을 탐지하려는 것일까? 내 악의 충동에 대해 똑똑히 알고 싶은 것이리라.—나는 위구危懼를 느껴 마지 않는다. 나는 그들의 누구를 보고도 싱글벙글했다. 무턱대고 싱글벙글함으로써 나의 그러한 위구감을 얼버무리는 수밖엔 없었다.

아침부터 밤까지 남을 보면 그저 싱긍벙글했다. 그들의 어떤 자는 괴상하다는 표정조차 했다. 하지만 나는 그런 것에 상관하지 않았다.

하지만 이제 나는 귀뚜리를 향해 어찌 싱글벙글할 수 있겠는가? 너의 혜안은 나의 위에 별처럼 빛난다.

다시금 귀뚜리는 아무것도 아직 써넣지 않은 나의 원고용지 위에 앉았다. 그리고 나의 운명을 점쳐주기라도 할 그런 자세이다. 이번은 몹시도 생각에 골똘한 것 같다. 그리고 나의 이 펜촉이 달리는 소리를 열심히 도청하고 있는 것만 같다.

귀뚜리여, 이 사각거리는 소리를 듣기만 해도, 너는 능히 나의 이 모자란 글을 읽어내릴 수 있을 것이다. 정녕 선지자 같은 정돈된 그 이지적인 모습을 보면, 나는 그렇게 생각되니 말이다. 그러나 어쩌냐, 나는 이렇게 많은 거짓말을 하고 있다. 얄미운 놈이라고 생각하느냐, 요사한 놈이라고 생각하느냐.

하지만 너만은 알 것이다. 보다 속 깊이 싹트고 있는 나의 악에 대한 충동을, 그리고 염치도 없는 나의 욕망을, 그리고 대해大海 같은 나의 절망까지도. 그리고 너만이 나를 용서할 것이다. 나를 순순히 받아들여줄 것이다.

그러나 귀뚜리는 다시 흰 벽으로 옮아 앉았다. 그것이 내가 필설로써 호소할 수가 전혀 없는 수많은 깊은 악과 고통마저 알고 있다는 꼭 그런 얼굴인 것이다. 나는 나의 무능함이 폭로되는 것을 생생하게 보았던 것이다. 나는 더욱 깊이 절망할 수밖에 없다.

최저낙원最低樂園

1936년 동경으로 건너가 있던 그 무렵의 작품. 그때 그의 칙칙하고 고통스럽던 자의식이 사이렌 소리처럼 서로 얽혀 있는 고백록으로 『조선 문학』(18집. 5)에 발표되었다.

1

공연한 아궁이에 침을 배알는 기습奇習, 연기로 하여 늘 내운 방향, 머무르려는 성미, 걸어가려 드는 성미, 불현듯이 머물려드는 성미, 색색이 황홀하고 아예 기억 못하게 하는 질서로소이다.

구역宪疫을 헐값에 팔고 정가를 은아隱惹하는 가게 모퉁이를 돌아가야 혼탁한 탄산가스〔瓦斯〕에 젖은 말뚝을 만날 수 있고 흙 묻은 화원 틈으로 막다른 하수구를 뚫는 데 기실 뚫렸고 기실 막다른 어른의 골목이로소이다. 꼭 한번 데림프스를 만져본 일이 있는 손이 리소르에 가라앉아서 불안에 흠씬 끈적끈적한 백색 법랑질法瑯質을 어루만지는 배꼽만도 못한 전등 아래 군마가 세류細流를 건너는 소리,

산곡을 답사하던 습관으로는 수색 뒤에 오히려 있는지 없는지 의심만 나는 깜빡 잊어버린 사기로소이다. 금단의 허방이 있고 법규를 세척하는 유백乳白의 석탄산수요 내내 실낙원을 구련驅練하는 수염 난 호랑이로소이다. 5월이 되면 그 뒷산에 잔디가 태만하고 나날이 가뿐해가는 체중을 가져다 놓고 따로 묵직해가는 윗도리만이 고닲게 향수하는 남만도 못한 인견人絹 깨끼저고리로소이다.

2

방문을 닫고 죽은 꿩털이 아깝듯이 네 허전한 쪽을 후후 불어본다. 소리가 나거라. 바람이 불거라. 흡사하거라. 고향이거라. 정사情死거라. 바람이 불거라. 매 저녁의 꿈이거라. 단심이거라. 펄펄 끓거라. 백지 위에 납작 업디거라. 그러나 네 끝에는 연화鉛華가 있고 너의 속으로는 소독이 순회하고 나면 도회의 설경같이 지저분한 지문이 어우러져서 싸우고 그냥 있다. 다시 방문을 열랴. 아스랴. 주저치 말랴. 어림없지 말랴. 견디지 말랴. 어디를 건드려야 너는 열리느냐. 어디가 열려야 네 어제가 들여다보이느냐. 마분지로 만든 임시 네 세간, 은박으로 빚어 놓은 수척한 학이 두 마리다. 그럼 천후天候도 없구나. 그럼 앞도 없구나. 그렇다고 네 뒤꼍은 어디를 디디며 찾아가야 가느냐. 너는 아마 네 길을 실없이 걷나보다. 점잖은 개 잔등이를 하나 넘고 둘 넘고 셋 넘고 넷 넘고, 무수히 넘고 얼마든지 겪어제치는 것이 해내는 용인가 오냐 네 행진이더구나. 그게 바로 도착이더구나. 그게 절차더구나. 그다지 똑똑하더구나. 점잖은 개 떼가 월광이 은화 같고 은화가 월광 같은데 멍멍 짖으면 너는 그럴 테냐. 너는 저럴 테냐. 네가 좋아하는 송림이 풍금처럼 발개지면 목매

죽은 친구와 연기 속에 정조대 채워 금해둔 산아제한의 독살스러운
항변을 홧김에 토해놓는다.

3

연기로 하여 늘 내운 방향. 걸어가려드는 성미, 머물려드는 성미,
색색이 황홀하고 아예 기억 못하게 하는 길이로소이다. 안전을 헐
값에 파는 가게 모퉁이를 돌아가야 최저낙원의 부랑한 막다른 골목
이요 기실 뚫린 골목이요 기실은 막다른 골목이로소이다.

에나멜을 깨끗이 훔치는 리소르 물 튀기는 산곡소리 찾아보아도
없는지 있는지 의심나는 머리끝까지의 사기로소이다. 금단의 허방
이 있고 법규를 세척하는 유백의 석탄산이요 또 실낙원의 호령이로
소이다. 5월이 되면 그 뒷산에 잔디가 게으른 대로 나날이 가벼워가
는 체중을 그 위에 내던지고 나날이 무거워가는 마음이 혼곤히 향
수하는 겹저고리로소이다. 혹 달이 은화 같거나 은화가 달 같거나
도무지 풍성한 삼경에 졸리면 오늘 낮에 목 매달아 죽은 동무를 울
고 나서, 연기 속에 망설이는 B·C의 항변을 홧김에 방 안 그득히
토해놓는 것이로소이다.

4

방문을 닫고 죽은 펭털을 아깝듯이 네 뚫린 쪽을 후후 불어본다.
소리 나거라. 바람이 불거라. 흡사하거라. 고향이거라. 죽고 싶은 사
랑이거라. 매 저녁의 꿈이거라. 단심丹心이거라. 그러나 너의 곁에
는 화장化粧 있고, 너의 안에도 리소르가 있고, 있고 나면 도회의 설

경같이 지저분한 지문이 쩔쩔 난무할 뿐이다. 겹겹이 중문일 뿐이다. 다시 방문을 열까. 아슬까. 망설이지 말까. 어림없지 말까. 어디를 건드려야 너는 열리느냐 어디가 열려야 네 어저께가 보이느냐.

　마분지로 만든 임시 네 세간, 석박錫箔으로 빚어놓은 수척한 학두루미. 그럼 천기가 없구나. 그럼 앞도 없구나. 그렇다고 뒤통수도 없구나. 너는 아마 네 길을 실없이 걷나 보다. 점잖은 개 잔등이를 하나 넘고, 둘 넘고, 셋 넘고, 넷 넘고, 무사히 넘고, 얼마든지 해내는 것이 꺾어제치는 것이 그게 행진이구나. 그게 도착이구나. 그게 순서로구나. 그렇게 똑똑하구나. 점잖은 개 멍멍 짖으면 너도 그럴 테냐. 너는 저럴 테냐. 마음놓고 열어제치고 이대로 생긴 대로 후후 부는 대로 짓밟아라. 춤추어라. 깔깔 웃어버려라.

이상의 작품이 한국문학의 귀중한 자산이라는 사실은 누구나 알고 있다. 그러나 그 귀중한 자산은 난해라는 평가의 장벽과 또한 그 난해를 더욱 난해하게 하는 연구가와 일부 애호가들의 연구에 겹겹이 둘러싸여 있다. 그 결과로 일반 문학독자들은 이상의 작품을 읽어보지도 못하고 소문 속의 이상만 잘 알고 있는 야릇한 현상 속에 이상 문학이 자리 잡고 있다. 그러나 이상의 작품이 난해한 것은 사실이지만 그의 모든 작품이 그런 것은 아니며, 또한 일반 독자들이 그의 문학을 이해할 수 없는 것도 아니다.

이 책은 모든 문학 독자들이 이상의 문학을 즐길 수 있는 길을 만드는 데 그 목적을 두고 기획되고 엮여졌다. 그 길을 효과적으로 만들기 위해 이 책은 세 가지의 작업을 했다.

그 첫째는 이상의 생애를 소개하는 일이다. 이상의 생애는 그 자체가 한 편의 드라마이기도 하지만 그의 작품을 이해하는 데 극히 중요한 요소이기도 하다. 이상만큼 생애와 작품이 밀접한 관계를 갖는 작가도 드물기 때문이다.

둘째는 한자를 한글 표기로 바꾸고 맞춤법을 현대화한 것이다. 작품을 읽어보지도 않고 난해하다는 소문과 빈번하게 등장하는 한자 앞에서 책장을 덮어버리는 독자들이 의외로 많은 것이 현실이다. 그러므로 이 작업 하나만으로도 독자들이 이상의 작품을 가까이 하는 데 큰 도움이 될 것이다.

셋째는 각 작품마다 이상의 생애나 다른 작품과의 관계를 간략하게 설명해 붙여놓은 것이다. 이를 통해 독자들은 그의 생애와 작품이 구체적으로 어떻게 연결되어 있는가를 알게 되고, 작품을 보다 깊이 있게 이해하게 될 것이다.

그리고 이 책의 내용은 다음과 같은 형태로 짜여 있다.

제1부는 엮은이가 쓴 이상의 생애이다.

제2부는 그의 생애에 대한 그 자신의 기록에 해당하는 에세이들을 대부분 수록하였으며,

제3부는 그가 우리나라에서 가장 뛰어난 에세이스트임을 예증하는 「산촌여정」「권태」를 중심으로 하여, 그가 농촌사회에서 얻어낸 주옥 같은 에세이들을 주로 선택했다.

제4부는 생활 주변의 갖가지 이야기와 느낌을,

제5부는 여성, 특히 그와 마지막으로 사귄 여성으로부터 얻은 사랑과 환멸이 주된 테마를 이루며,

제6부는 아포리즘에 얽혀 있는 그의 독특한 고백들이다.

아마, 이 산문집을 읽고 나면 이상의 문학세계로 가는 어떤 이해

의 문이 활짝 열려짐을 느끼게 되리라 생각한다.

　이 책은 오래전에 이미 출판되어 많은 독자들로부터 좋은 반응을 얻은 바 있다. 그동안 사정이 생겨 절판되어 있었으나 『현대문학』사에 의해 다시 빛을 보게 되었다. 특별한 표기가 없는 작품은 임종국 편 『이상전집』을 원본으로 하였다.

2006년 봄,

오규원

날자, 한번만 더 날자꾸나—李箱산문집

엮은이	오규원
펴낸이	양숙진

초판 1쇄 펴낸날   2006년 2월 14일

펴낸곳	㈜현대문학
등록번호	제1-452호
주소	130-905 서울시 서초구 잠원동 41-10
전화	516-3770
팩스	516-5433
E-Mail	book@hdmh.co.kr
홈페이지	www.hdmh.co.kr

찍은곳   대한교과서주식회사

값 9,000원

ISBN 89-7275-348-3 03810